Meer geht immer…

NADJA TEN PEZE

Meer geht immer

Liebesroman

Bibliografische Information der Deutschen Nationalbibliothek

Die Deutsche Nationalbibliothek verzeichnet diese Publikation in der Deutschen Nationalbibliografie; detaillierte bibliografische Daten sind im Internet über http://dnb.d-nb.de abrufbar.

Cover: Background vector created by pikisuperstar - www.freepik.com
Watercolor photo created by rawpixel.com - www.freepik.com
Background vector created by BiZkettE1 - www.freepik.com
Winter photo created by teksomolika - www.freepik.com
Background vector created by jcomp - www.freepik.com

Umschlagdesign, Satz, Herstellung und Verlag:
BoD - Books on Demand, Norderstedt
ISBN 978-3-7543-8102-1

Kapitel 1

Hallo, Marie!« Die beste aller Freundinnen kommt lachend auf mich zu und drückt mir ihre kleine Tochter Alva in den Arm.

»Oh, Ina, sie wird ja von Tag zu Tag hübscher«, rufe ich aus und halte das kleine Mädchen zärtlich auf meinem Arm.

»Ich muss dringend zur Toilette Marie, sorry. Schon auf dem Weg zu dir habe ich mir fast in die Hose gemacht«, erwidert Ina, grinst mich an und verschwindet eilig auf meinem Gäste-WC.

Typisch Ina, denke ich schmunzelnd und nehme den kleinen Wonneproppen mit in die Küche. »Deine Mami kommt gleich wieder und solange spielen wir mit Rowdy Hoppe-Reiter«, sage ich und setze die Kleine auf den Rücken meines Appenzeller Sennenhunds, der in der Küche unter dem Tisch geschlafen hat und nun freundlich wedelnd vor mir steht.

Ihre kleinen Finger umklammern fest meine Hände, als sich Rowdy, der treueste und liebste Hund der Welt, langsam in Bewegung setzt. »Alva mehr, Alva mehr«, gluckst die Kleine und ihre blonden Locken fliegen.

Was für ein süßes Kind, denke ich. Ihr Vater Isolino ist ein waschechter Italiener, gutaussehend, groß und charmant. Die südländische Hautfarbe hat sie von ihm und die wunderschönen blonden Locken von ihrer Mutter. Eine gelungene Mischung. Ich bin überglücklich, dass Ina diesen tollen Mann bei einem Italienurlaub mit mir vor fast zwei Jahren lieben und kennen gelernt hat. Meine Freundin hatte mit ihren vierzig Jahren die Hoffnung auf ein eigenes Kind schon aufgegeben. Ihre Beziehungen hielten entweder nie lange oder die Männer, die Ina interessant fand, waren anderweitig vergeben. Mit Isolino war es Gott sei Dank anders. Die beiden verliebten sich gleich beim ersten Treffen und auch die Entfernung konnte sie nicht trennen. Jetzt sind sie eine kleine Familie. Allerdings pendelt Lino, wie Ina ihn zärtlich nennt, zwischen Italien und Deutschland hin und her. Er arbeitet bei einer großen Messebaufirma als Art Director und kann viele Projekte von Deutschland aus managen. Als die Kleine auf die Welt kam, hat Ina ihren Job als Gestalterin für visuelles Marketing aufgegeben, um sich ganz ihrer kleinen Familie zu widmen.

Ina kommt nun zurück und bleibt in der Küchentür stehen. Sie sieht zu uns herüber – ich stehe neben Rowdy, bereit zuzugreifen, falls die Kleine fällt, die aber völlig entspannt auf dem Hund thront. »Hey, ihr zwei«, ruft Ina schmunzelnd, »ihr habt wohl Spaß zusammen.«

Ich sehe auf. »Den haben wir doch immer. Alva ist mein größter Schatz«, antworte ich grinsend und drücke der Kleinen einen liebevollen Kuss auf die Wange.

Alva ist ausgesprochen fröhlich und ausgeglichen. Meine drei Kids mögen sie auch sehr und freuen sich jedes Mal, wenn sie mit Ina zu Besuch ist.

Ina lehnt ihm Türrahmen, die Arme verschränkt. »Wollen wir eine Runde mit Rowdy durch den Wald laufen? Das Wetter ist traumhaft heute?«, fragt sie und schaut mich dabei mit ihren blauen Augen unternehmungslustig an.

Ich bin spontan begeistert. »Gute Idee, lass uns gleich losgehen. Wir haben noch genau zwei Stunden, bis meine hungrige Bande um dreizehn Uhr von der Schule kommt.« Lachend gebe ich Ina ihre kleine Tochter zurück und hole die Hundeleine aus dem Flur. Rowdy springt schon aufgeregt um mich herum und bellt laut. »Ja Rowdy, alles gut, jetzt geht's los« versuche ich ihn zu beruhigen.

Ina ist mir gefolgt und hat Alva in ihren Buggy gesetzt. Neugierig schaut sie zum Hund. »Wuff, Wuff«, ruft sie und klatscht in ihre Händchen.

Ina krault Rowdy hinter den Ohren. »Rowdy ist wirklich der beste Familienhund der Welt. Wenn wir irgendwann einmal einen Hund haben, dann bestimmt einen Appenzeller«, erklärt sie und fährt mit einer Hand über sein weiches Fell.

Keine zehn Minuten später laufen wir durch den sonnigen Winterwald. Die Äste der Bäume biegen sich unter der Last des Schnees, der letzte Nacht gefallen ist. Alvas Wangen leuchten rot in der klaren Luft.

»Puh, ganz schön kalt. Zum Glück scheint die Sonne heute, das macht den Spaziergang angenehmer«, bemerkt Ina und schiebt den Buggy durch den Schnee.

»Einfach herrlich, diese Wintertage«, gebe ich lächelnd zurück. »Obwohl ich ja eher ein Sommertyp bin. Und wenn ich an die warmen Tage in Italien denke, bekomme ich schon etwas Fernweh.«

Mein Freundin schaut mich von der Seite an und meint lachend: »Was soll Lino denn sagen? Er friert sich hier im kalten Deutschland den Allerwertesten ab, nur wegen mir. Manchmal habe ich schon ein schlechtes Gewissen und …«

Augenblicklich klingeln bei mir alle Alarmglocken. Abrupt bleibe ich stehen und schaue Ina fragend an. »Was soll das denn heißen? Du spielst doch wohl nicht mit dem Gedanken, nach Italien zu gehen?«

Auch Ina bleibt stehen, ein paar Schritte vor mir. Eine Hand am Buggy schaut sie zu mir. Umständlich drückt sie dann Alva in ihren warmen Fußsack.

Meine Alarmglocken werden lauter. »Hey, Ina, hast du mir vielleicht etwas zu sagen?«, bohre ich nach und suche ihren Blick, nachdem sie sich wieder zum mir umgedreht hat.

Sie kommt zu mir, liebevoll nimmt sie meine Hand und sagt verlegen: »Marie, ich wollte es dir eigentlich noch nicht sagen, aber wenn du mich jetzt schon darauf ansprichst … Ja, wir haben vor, im Frühjahr nach Tresstino zu ziehen.«

Das erwischt mich kalt. »Was? Im Frühjahr nach Tresstino? Das ist doch jetzt nicht dein Ernst«, entgegne ich aufgebracht und meine Wangen glühen, nicht nur wegen der Kälte. »Wann wolltest du es mir denn sagen? Zwei Wochen bevor ihr umzieht, oder was?«, rufe ich jetzt außer mir vor Enttäuschung und spüre Tränen in den Augen.

Ina sieht mich betroffen an. »Natürlich hätte ich es dir in den nächsten Tagen gesagt. Ich wollte es dir schonend beibringen. Glaube mir bitte.«

Wir stehen da im Schneewald und sehen uns an. Im Buggy gluckst Alva vor sich hin. Rowdy schnüffelt an einem verschneiten Busch gleich neben mir. Es ist still, ja, irgendwie friedlich, nur passt das nicht zu den Gefühlen in mir. Ich bin fassungslos. Ina geht nach Italien! Meine beste Freundin! Wir hatten immer alles miteinander geteilt. Als meine drei Kinder geboren wurden, war sie jedes Mal noch vor meinen Eltern im Krankenhaus und bei der Beerdigung meines Mannes vor fast sechs Jahren stand sie neben mir und hielt meine Hand. Ich war dabei, als sie ihren Lino in der Toskana kennenlernte und sie war es, die mich tröstete, als ich mich dort unglücklich in Gerrit, einen Holländer, verliebte.

»Italien ist doch nicht aus der Welt. Wir können uns doch besuchen«, versucht Ina mich jetzt zu beruhigen und nimmt mich liebevoll in den Arm. Nun kann auch sie die Tränen nicht mehr zurückhalten und wir schluchzen beide, während wir uns in den Armen liegen.

»Ach, Ina, es tut mir leid, dass ich so unfair zu dir war. Natürlich wünsche ich dir alles erdenklich Gute in Italien. Das musst du mir glauben. Nur der Gedanke daran, dass du nicht mehr in meiner Nähe bist, macht mich so schrecklich traurig«, antworte ich niedergeschlagen, löse mich aus der Umarmung, wische an meinen Augen rum und schaue zu Alva, die versucht, Schneeflocken aufzufangen. Es hatte wieder angefangen zu schneien, die Sonne war fort. »Und die kleine süße Maus kann ich dann auch nicht mehr so oft sehen. Sie wird mich bald nicht mehr erkennen und weinen, wenn ich sie auf den Arm nehme«, sage ich betrübt und die Tränen sammeln sich wieder in meinen Augen.

Ina legte ihren Arm um meine Schulter. »Hey, so schlimm wird es schon nicht werden. Aber wenn wir noch länger hier im Schnee stehen, sind wir festgefroren und brauchen uns keine Gedanken mehr über unsere Zukunft zu machen«, sagt sie grinsend und nickt mir aufmunternd zu. »Komm, lass uns schnell nach Hause gehen. Ich freue mich auf einen warmen Tee mit Honig. Alva und Rowdy sehen auch schon aus wie Schneemänner.«

Ich schaue zum Hund, der sofort meinen Blick bemerkt, den Busch sein lässt und zu mir kommt. Auf seinem dunklen Rückenfell hat sich tatsächlich eine dünne Schneeschicht gebildet, ebenso auf dem Buggy und Alvas Mütze. Jetzt erst bemerke ich, dass es immer stärker schneit. »Oh mein Gott, was bin ich für eine Egoistin. Stehe hier und heule dir den Kopf voll und die kleine Alva bekommt eine Lungenentzündung. Nix wie raus aus dem Wald«, antworte ich schuldbewusst, schnappe mir den Buggy und mühe mich ab, ihn durch den Neuschnee zu schieben. Die kleinen Räder sind über und über mit Schnee bedeckt und lassen sich kaum noch lenken. Ich ackere und schiebe, aber es geht nicht so richtig voran. Die Schneeflocken beißen in meinem Gesicht. Rowdy hingegen scheint Spaß zu haben, er läuft voran, schüttelt sich immer wieder den Schnee aus dem Fell und jagt Flocken. Alva juchzt und wirft die Hände hoch. Und ich gebe auf und bleibe stehen. »Verdammt, hier kommen wir mit dem Kinderwagen nicht mehr weiter«, sage ich genervt und versuche die Räder des Buggys vom Schnee zu befreien.

Ina schaut mir für einen Moment zu und holt dann Alva samt Fußsack aus dem Kinderwagen. »Also, Marie, du kannst es gerne noch bis Mitternacht versuchen. Ich laufe dann schon mal zurück«, sagt sie entspannt und zwinkert mir zu.

Verwirrt schaue ich sie an. »Willst du den Buggy hier im Wald stehen lassen?«

Sie zuckt mit den Schultern. »Eigentlich nicht, aber haben wir eine Wahl? Besser warm zu Hause ohne Buggy, als erfroren mit«, antwortet sie lachend und drückt die Kleine in ihrem warmen Fußsack fest an sich.

»Rie, mit. Rie. mit«, ruft Alva und klatscht mit ihren dicken Fäustlingen in ihre Händchen.

»Ja, mein Schatz, Marie kommt auch mit«, sagt Ina beruhigend und drückt ihr einen zärtlichen Kuss auf die Stirn.

Rowdy, der beste aller Hunde, ist zu uns gekommen und schaut uns auffordernd an. Dann schüttelt er sich zum wiederholten Mal den Schnee aus seinem dicken Winterfell. »Wenigstens Rowdy ist nicht kalt«, stelle ich fest – und muss dann doch lachen. Seufzend zerre ich den Buggy unter eine dicke Eiche. »Hoffen wir, dass wir ihn morgen wiederfinden«, sage ich, bevor wir uns auf den Rückweg machen.

Keine halbe Stunde später sitzen wir, jede mit einer Tasse heißen Tees mit Honig, in meiner warmen Küche. Die frische Luft und das Tragen an Inas Brust hat Alva müde und zufrieden auf Inas Schoß einschlafen lassen. Rowdy hat sich noch vor der Haustür seines kompletten Schnees entledigt und liegt nun wunschlos glücklich in seinem Hundekorb vor dem Terrassenfenster im Wohnzimmer.

Ich schaue gedankenverloren zum Küchenfenster hinaus. Draußen tobt mittlerweile ein richtiger Schneesturm. »Zum Glück sind wir wieder zu Hause. Ich dachte schon, wir finden nicht mehr zurück«, sage ich noch immer fröstelnd und nippe an meinem heißen Tee.

»Tja, der Buggy dürfte jetzt schon eingeschneit sein. Ich

denke nicht, dass wir ihn morgen finden. Aber was soll's, es gibt Schlimmeres als ein eingeschneiter Kinderwagen«, entgegnet Ina und ich muss wieder einmal über ihre optimistische Lebenseinstellung schmunzeln.

Meine beste Freundin! Nichts kann sie so schnell aus der Fassung bringen. Mit ihrer positiven Art hat sie mich schon oft aufgebaut, wenn ich am Verzweifeln war. Dafür liebe und bewundere ich sie wirklich von ganzem Herzen. Ich werde Ina schmerzlich vermissen, wenn sie nach Italien zieht, das weiß ich jetzt schon. Ich schaue wieder nach draußen, wo der Schnee immer dichter vom Himmel fällt.

Als ob sie meine Gedanken gelesen hätte, sagt Ina nun sanft: »Hey, Marie, an was denkst du?« Und ohne eine Antwort abzuwarten, fügt Sie hinzu: »Ich wollte wirklich mit dir reden und dir alles erklären. Es kommt für mich genauso überraschend. Lino hat mir letzte Woche gesagt, dass er im Hauptsitz der Firma einen super Job angeboten bekommen hat. Er könnte im Frühjahr nächsten Jahres anfangen. Natürlich hat er mich erst gefragt, ob ich mir vorstellen könnte, in Italien zu leben. Und was soll ich sagen? Sonne, Strand und Meer! In meiner Euphorie habe ich sofort Ja gesagt und später ist mir erst in den Sinn gekommen, dass ich einiges dafür aufgeben muss.« Bekümmert schaut sie mich an. Dann zeigt sie auf Alva, die noch immer auf ihrem Schoß schläft. Vorsichtig steht sie auf, verlässt auf leisen Sohlen die Küche, um die fest schlafende Alva in ihre Kuscheldecke gewickelt auf mein breites Sofa im Wohnzimmer zu legen. Ich folge ihr leise bis zur Wohnzimmertür. Von dort sehe ich, wie sie ihr zärtlich einen Kuss auf die Stirn gibt.

Gemeinsam kehren wir in die Küche zurück. Die Tür bleibt weit offen, so können wir uns in der Küche unterhalten und haben die Kleine im Blick. Liebevoll nimmt Ina meine Hand und sagt leise: »Marie, was würdest du an meiner Stelle tun?«

Behutsam streiche ich ihr über die Wange. »Weißt du noch,

was du mir vor fast zwei Jahren, als ich mich nicht zwischen Gerrit und Christian entscheiden konnte, gesagt hast? Höre auf dein Herz. Ich habe es getan und gemerkt, dass es für mich, zu dieser Zeit besser war, mich für keinen von beiden zu entscheiden. Und genau das sage ich jetzt zu dir. Höre auf dein Gefühl. Liebst du Lino von ganzem Herzen? Dann tu es, du kannst nichts falsch machen.«

Nun hat Ina Tränen in den Augen. »Oh Marie, ja, ich liebe Lino und kann mir ein Leben ohne ihn nicht mehr vorstellen. Es ist das erste Mal, dass ich für einen Mann umziehen würde, und dann auch noch gleich in ein anderes Land. Ich muss verrückt sein«, stöhnt sie und schaut mich dabei ungläubig an.

Jetzt muss ich trotz aller Traurigkeit lachen. »Du bist nicht verrückt. Du bist verliebt«, entgegne ich und stupse sie sanft in die Seite. »Hey, ich hoffe, du vergisst deine alte Freundin in Deutschland nicht und freust dich auf meine Besuche. Es kann nämlich sein, dass ich dich mindestens drei- bis viermal im Jahr besuchen komme.«

Ina schüttelt den Kopf, dann lacht sie erleichtert auf und sagt: »Ich bin so froh, dass du es mir nicht schwer machst, Marie. Du kannst von mir aus ein halbes Jahr bei uns bleiben, am besten bringst du deine Kids auch noch mit. Hach, ich freue mich jetzt schon auf euren Besuch.« Schnell springt sie auf, nimmt mich in ihre Arme und ein paar Tränen kullern über ihre Wangen. Wir drücken uns ganz fest.

Als sie sich wieder gesetzt hat, sage ich bestimmt und feierlich: »Wir werden immer die besten Freundinnen bleiben, daran ändert auch die Entfernung zwischen uns nichts. Das verspreche ich dir, Ina.«

Ina nickt mit Inbrunst und grinst breit. »Aber wir sind ja noch nicht weg. Erst im Frühjahr wollen wir uns in Tresstino etwas Passendes suchen. Wir haben also noch den ganzen Winter«, antwortet sie sichtlich erleichtert.

In diesem Moment kommt Rowdy zu uns in die Küche, gähnt einmal kurz und tapst dann zu Ina, setzt sich neben ihren Stuhl und sieht sie auffordernd an. Sie lächelt ihm zu, streicht ihm über das weiche Fell und krault ihm die Ohren, was er sichtlich genießt.

Ich schaue es mir an, dann sage ich leise und nachdenklich: »Ja, Gott sei Dank haben wir noch etwas Zeit.«

Kapitel 2

Ina zieht nach Italien! Es geht mir immer wieder durch den Kopf, als ich am selben Abend auf meiner Couch im Wohnzimmer sitze. Eine Tasse Tee steht vor mir auf dem Couchtisch und ich starre ins Leere. Draußen ist es dunkel und es schneit noch immer. Ich denke zurück an den Tag mit Ina. Es fiel mir schwer, mir nicht anmerken zu lassen, wie traurig mich die Nachricht ihres Umzugs macht. Ina ist so happy mit ihrer kleinen Familie und ich möchte ihr auf keinen Fall ein schlechtes Gewissen machen. Schließlich ist es ihr Leben und ich gönne es ihr von Herzen, dass sie endlich den richtigen Mann gefunden hat. Gleichzeitig fühlt es sich so unwirklich an. Meine beste Freundin wohnt dann nicht mehr um die Ecke, sondern im fast zweitausend Kilometer entfernten Italien. Keine Marmeladenfrühstücke mehr in meiner Küche, keine gemeinsamen Spaziergänge im Wald, keine gemeinsamen Ausflüge mit den Kindern. Oh je, wie werden meine drei Kids auf die Nachricht reagieren? Ina ist mehr als eine Freundin auch für sie. Sie gehört quasi zur Familie. Bei dem Gedanken an ihren baldigen Umzug steigen mir erneut die Tränen in die Augen, ich schnappe mir eines der Sofakissen und schluchze hinein. »Verdammt, wie kannst du mir das nur antun?«, murmle ich leise ins Kissen. »Du kannst mich doch hier nicht allein lassen!« Dann pfeffere ich das Kissen in den Raum. Es landet neben der Stehlampe, die das Wohnzimmer in ein warmes Licht taucht.

Ich kauere mich auf dem Sofa zusammen. Ina gehörte all die Jahre einfach zu meinem Leben. Sie war wie die Schwester, die ich leider nie hatte. Alles konnte ich mit ihr bereden und oft hat sie mir auch den Kopf gewaschen, wenn ich wieder einmal in einer Selbstmitleidsphase steckte. Mit ihrer erfrischenden optimistischen Art hat sie mich immer wieder bestärkt nicht aufzugeben. Gerade nach dem Tod meines Mannes Daniel vor sechs Jahren hat sie mir Mut gemacht und auch meinen Kindern Kraft und Liebe gegeben. Meine älteste Tochter Lotta war zu der Zeit gerade elf Jahre alt. Mattis war sieben und meine Kleinste, Nele, fünf Jahre. Oft bin ich fast verzweifelt an den Herausforderungen dieser schweren Zeit, aber Ina war wie ein Fels in der Brandung und zeigte mir immer wieder, dass es auch noch schöne Zeiten im Leben gibt. Wie oft haben wir lachend in meinem Garten gesessen und den Kindern beim Spielen mit Rowdy zugeschaut. Wenn mein Hund mit Lotta kleine Kunststücke vorführte und vergeblich versuchte, die Bälle aufzufangen, die die Kids ihm zuwarfen. Mit ihr konnte ich über alles reden, was mich belastete. Das Verhältnis zu meiner Mutter war noch nie das Innigste, was nach dem Tod meines Vaters vor zwölf Jahren nicht unbedingt besser wurde. Sie war eine konservative und eher kühle Frau, die mir immer das Gefühl gab, nicht richtig zu sein. Meine Kindererziehung kritisierte sie immer wieder mit den Worten: »Na, das hätte es in deiner Kindheit nicht gegeben, Marie. Aber du musst es ja wissen. Ich meine es doch nur gut, mein Kind.« Oft rief ich Ina noch spät abends an, um mir bei ihr Luft zu machen, wenn ich mich wieder einmal über meine Mutter geärgert hatte. Meine Kinder gingen damals nie gerne zur Oma, freuten sich aber immer riesig, wenn sie bei Ina übernachten durften. Das war eine schwere Zeit, die ich ohne meine beste Freundin nie durchgestanden hätte.

Ich nehme einen Schluck Tee und stelle die Tasse wieder ab. Gott sei Dank hat sich das Verhältnis zu meiner Mutter in den letzten zwei Jahren total verändert. Seit sie einen neuen Mann an ihrer Seite hat, ist sie wie ausgewechselt. Frederik Graf von Putlitz hat ihr Herz im Sturm erobert. Und obwohl er zwölf Jahre jünger als meine Mutter ist, haben sie vor einem Jahr geheiratet. Ich bin so glücklich, dass sie noch einmal einen so tollen und herzlichen Mann gefunden hat. Auch meine drei Kids gehen jetzt wieder gerne zu ihrer Oma und ihrem Grafen-Opi, wie sie ihn liebevoll nennen.

Ich seufze tief und schnappe mir das nächste Kissen, an das ich mich klammere. Ach Ina, was soll ich nur ohne dich tun? Du warst dabei, als ich mich Hals über Kopf, in unserem gemeinsam Italienurlaub in einen Holländer verliebte. Dass ich dazu überhaupt noch fähig war nach dem Tod von Daniel hatte ich selbst nicht für möglich gehalten. Aber es ist passiert und ich spürte wieder Schmetterlinge in meinem Bauch. Doch wegen unglücklicher Umstände und Missverständnisse trennten wir uns, bevor es überhaupt begann … Gerrit, denke ich, das war sein Name. Manchmal wüsste ich schon gern, wie es ihm jetzt geht und wo er lebt. Vor über zwei Jahren habe ich Gerrit in Italien das letzte Mal gesehen. Es war eine wunderschöne Nacht. Die Sterne leuchteten über uns, als wir uns am Strand zärtlich liebten. Seine liebevolle und gleichzeitig humorvolle Art zog mich von Anfang an in den Bann. Doch als ich wieder in Deutschland war und über uns nachdachte, fühlte es sich plötzlich nicht mehr richtig an. Hatte ich Angst, mich auf ihn einzulassen, oder war es vielleicht doch der Gedanke an Christian, den sympathischen Revierförster, den ich kurz zuvor kennengelernt hatte? Auch ihn habe ich seitdem nicht mehr gesehen. Ich war so verwirrt, als ich aus Italien zurückkam, dass ich mich entschloss, keinen von beiden eine Chance zu geben. Ich wollte erst einmal mit mir selbst klarkommen und mein Leben mit meinen drei Kids genießen.

Ich drücke mit einer Hand weiter das Kissen an mich, mit der anderen greife ich zur Teetasse und nehme einen Schluck. Tja, Marie, das ist jetzt schon eine ganze Weile her. Vielleicht wäre es jetzt wieder an der Zeit für einen Mann an deiner Seite, denke ich lächelnd und streichle liebevoll das Fell meines Hundes. Aber die guten Männer wachsen bekanntlich nicht auf den Bäumen und außerdem bin ich ja auch nicht mehr die Jüngste mit meinen zweiundvierzig Jahren. Vielleicht sollte ich eine Annonce aufgeben oder im Internet nach einem passenden Partner suchen: Single-Lady mittleren Alters mit drei Kids sucht attraktiven Mann fürs Leben. Ach was, Marie, denke ich und verscheuche den Gedanken. Wie hat Ina immer zu mir gesagt: »Wenn der Richtige dich sucht, wird er dich auch finden.« Tja, vielleicht hat sie auch damit recht, wie schon so oft in meinem Leben.

»Hi, Mama«, ruft Lotta, als sie gegen dreizehn Uhr zur Tür hereinschneit. Ihre braunen, langen Haare fliegen durch die Luft und ihre Schultasche landet in der Ecke der Küche. »Ich habe einen Mordshunger. Was gibt es heute?«, fragt sie und schaut mir grinsend über die Schulter, als ich die Spagetti auf unsere beiden Teller verteile.

Ich balanciere Spagetti mit der Spagetti-Gabel und sehe sie an. »Hey, du hast es ja wieder besonders eilig. Bitte die Schultasche in den Flur, Lotta«, entgegne ich.

Sie springt einmal um den Tisch herum und schnappt sich wieder ihre Tasche. »Ja, ja, wird erledigt, Feldmarschall Kramer«, antwortet sie lachend, stürmt in den Flur und stellt ihre Tasche an der Garderobe ab, wie ich aus den Augenwinkeln sehen kann.

Keine zwei Minuten später sitzen wir am gemütlichen Küchentisch in unserem kleinen Reihenhaus, das ich noch gemeinsam mit Daniel gekauft habe. Ach Daniel, wie sehr vermisse ich ihn immer noch. Über sechs Jahre ist es nun schon her, dass er von uns ging, und die Zeit heilt leider keine Wunden ... Ich stochere in meinen Spagetti.

»Hallo Mama.« Lotta stupst mich von der Seite an. »Hast du keinen Hunger oder träumst du am helllichten Tag?«

Ich sehe auf und zu meiner Tochter. Gerade schiebt sie sich

noch eine Gabel Spagetti in den Mund. »Doch, doch«, antworte ich noch immer etwas abwesend.

»Puh, ich bin satt! Es war sehr lecker«, sagt sie grinsend und schiebt den leeren Teller von sich. Im Schnellessen stellt sie immer wieder neue Rekorde auf. Dann sieht sie mich an und fährt fort: »Du, Mama, weil die zwei Kleinen noch nicht da sind, wollte ich gerne mal mit dir reden.«

Erstaunt schaue ich Lotta an. Wenn sie so offiziell mit mir reden will, ist meist etwas im Busch. »Okay, schieß los. Was hast du auf dem Herzen?«, fordere ich sie lächelnd auf und schiebe meinen Teller zur Seite.

Nervös faltet sie ihre Servierte zusammen und schaut mich liebevoll an. »Du weißt ja, dass ich Holland so liebe, auch unsere Urlaube am Meer. Als Papa noch lebte, waren sie für mich immer ein großes Erlebnis.«

Ich mustere sie aufmerksam und bin gespannt, worauf das hinausläuft. Die Ferien in Holland waren auch für mich immer die schönste Zeit des Jahres. Die Kinder hatten so viel Spaß beim Burgenbauen am Strand und beim Lagerfeuer auf unserem Campingplatz. Wehmütig denke ich zurück und Tränen sammeln sich in meinen Augen. Schnell schaue ich aus dem Fenster, um meine Gefühle zu verbergen.

Lotta spricht mit ernster Stimme unbeirrt weiter: »Mama, seit Papas Tod waren wir nicht mehr dort und das ist jetzt schon sechs Jahre her. Wie wäre es, wenn wir über Silvester alle nach Holland fahren? Ich habe schon ein tolles Ferienhaus für uns gefunden.«

Überrascht schaue ich meine Tochter an. Sie ist wirklich kein Kind mehr mit ihren siebzehn Jahren. Ihre braunen langen Haare umschmeicheln ihr hübsches Gesicht, das ihrem Vater sehr ähnelt. Dass sie Holland so vermisst, hätte ich nie gedacht. Die letzten Jahre haben wir einfach nicht mehr darüber gesprochen. Ein Fehler, wie mir jetzt klar wird. Zärtlich streiche ich ihr über die Wange und antworte lächelnd: »Du überraschst mich immer wieder, Lotta. Und ja, auch ich habe auch schon öfter daran gedacht. Schön, dass du dir darüber Gedanken machst. Jetzt bin ich aber gespannt. Wo hast du denn ein Häuschen für uns gefunden?«

Aufgeregt springt sie vom Stuhl und zieht mich ins Wohnzimmer an den Couchtisch. Dort liegt mein Laptop und sie klappt es auf. Schnell gibt sie einen Begriff in die Suchleiste ein und sagt: »Guck mal, Mama, wie gefällt dir das?«

Ich beuge mich vor und starre auf den Bildschirm. Dort erkenne ich die holländische Nordseeküste. Möwen ziehen am Himmel ihre Bahn und die Schafe grasen friedlich am Deich. Ein kleines typisch holländisches reetgedecktes Häuschen mit Garten und gemütlichem Kaminofen steht zur Vermietung an Urlaubsgäste bereit. »Das sieht ja schnuckelig aus, Lotta«, rufe ich begeistert. »Da hast du aber wirklich ein besonders schönes Haus ausgesucht.«

Meine Tochter schaut mich zufrieden an und sagt lächelnd: »Tja, Mama, ich kenne doch deinen Geschmack, und im Internet findet man immer etwas Passendes.«

Ich runzle die Stirn und schaue mir die Seite etwas genauer an. Dann frage ich: »Wo in Holland steht das Haus denn?«

Lotta gibt den genauen Standort bei Google-Maps ein und die Route wird berechnet. »Genau dreihundertachtzig Kilometer bis Westerland. Das ist in Nordholland, Mama. Ein kleines verträumtes Örtchen direkt am Amstelmeer. Das Wattenmeer ist ganz in der Nähe und die tollen Nordseestrände von Den Helder oder Callantsoog sind nur wenige Kilometer entfernt. Ist das nicht toll?«, ruft sie begeistert.

Ich starre auf die Landkarte. Westerland? Ist das nicht …? Gerrit! Ja, natürlich, dort hatte »mein« Holländer seine Surfschule. Oh Gott! Genau dort soll ich mit meinen Kids Silvester verbringen? Ich war nie dort. Leider hat das Schicksal es damals nicht zugelassen, dass ich Gerrit in Westerland besuche.

»Mama, was hast du denn auf einmal? Dir gefällt das Haus doch, oder?« Fragend schaut mich Lotta an und zeigt auf die Fotos. »Schau mal, wie herrlich es da ist. Oder ist es dir zu weit mit dem Auto?«

Meine Wangen fangen an zu glühen, als ich auf die schönen Bilder der Webseite schaue. »Haus Noordzeestrand – Hartelijk welkom!« So steht es dort in geschwungenen Buchstaben. Wie oft habe ich von so einem Häuschen geträumt. Wieder den Wind in den Haaren spüren und im Strandpavillon eine »groote Schokomel« trinken, was unserer heißen Schokolade ähnelt, nur mit »ganz veel Slaagroom«. Westerland in Nordholland – ist es Zufall, dass Lotta genau in diesem Ort ein Ferienhäuschen für uns gefunden hat? Oder ein Wink des Schicksals? Ich starre weiter auf den Bildschirm und kaue auf meiner Unterlippe.

»Hallo, Mama, was ist nun? Irgendwie guckst du nicht gerade begeistert. Ich finde bestimmt auch etwas anderes, wenn es dir nicht gefällt.«

Ich sehe meine Tochter an. Lotta runzelt die Stirn. Das macht sie immer, wenn sie sich unwohl fühlt. »Nein, nein, das ist wirklich eine sehr schöne Gegend und das Häuschen sieht niedlich aus«, beeile ich mich zu antworten und drücke ihr einen Kuss auf die Wange.

Ihr Gesicht hellt sich wieder auf, dann sagt sie leise: »Zuerst habe ich in Domburg nach einem Ferienhaus gesucht. Da waren wir ja immer mit Papa in den Ferien. Weißt du noch, Mama, als wir uns alle so im Sand eingebuddelt hatten, dass die Strandwacht kommen und uns wieder ausgegraben musste?«

Ich muss unweigerlich lächeln. »Oh ja, daran erinnere ich mich noch gut. Rowdy war gerade ein paar Monate alt und lief laut kläffend um uns herum«, antworte ich und sehe die Bilder wieder vor mir, als ob es gestern war. Daniel vor Kraft strotzend. Seine blauen Augen lachen mich fröhlich an, als er mit den Kindern johlend ins Meer rennt. Das war die schönste Zeit meines Lebens.

Liebevoll nimmt Lotta meine Hand und als ob sie meine Gedanken gelesen hätte, sagt sie flüsternd: »Mama, ich dachte, es wäre gut, wenn wir an einem anderen Ort in Holland Urlaub machen. Vielleicht ist es für uns alle ein Neuanfang.«

Zärtlich schaue ich meine Älteste an und merke einmal mehr, was für eine wundervolle junge Frau sie geworden ist. Daniel wäre so stolz auf sie. Ich spüre, wie mir Tränen in die Augen steigen. Warum musste er kurze Zeit später krank werden und sterben? Noch immer schnüren mir Wut und Verzweiflung die Kehle zu. Warum musste es gerade ihn treffen? Diese Frage habe ich mir in den Jahren immer wieder gestellt. Doch leider bekam ich keine Antwort. Ich habe gelernt, damit zu leben und mir mit meinen Kindern ein neues Leben aufzubauen. Aber die Erinnerung an diese wunderbaren Momente bleibt für immer in meinem Herzen. Ich wische mir hastig über die Augen und reiße mich dann zusammen. Entschlossen schaue ich meine Tochter an. »Ja, du hast recht, Lotta. Ich möchte so gerne wieder mit euch nach Holland. Dieses kleine Land hat es uns einfach angetan und das Häuschen ist wunderschön. Also abgemacht, wir buchen für Silvester«, antworte ich und nehme sie behutsam in meine Arme.

Jetzt laufen auch ihr Tränen über die Wangen und sie schmiegt ihren Kopf an meine Schulter. »Ach, Mama, ich bin so glücklich, dass du Ja gesagt hast. Papa wird ganz bestimmt von oben zuschauen und sich mit uns freuen.«

Keine zwei Stunden später nach diesem emotionalen Gespräch mit Lotta stapfe ich mit Rowdy durch den mittlerweile etwas abgetauten Schnee. Seit gestern ist kein neuer Schnee mehr gefallen. Hoffentlich steht der Buggy noch unter der Eiche, denke ich, als ich den Weg hinter unserem Haus in den Wald nehme. Noch einmal geht mir unser Gespräch durch den Kopf. Nie hätte ich gedacht, dass Lotta so viele positive Erinnerungen an unsere Hollandferien hat. Es freut mich sehr, dass sie sich genauso für das Meer begeistern kann wie ich. Lange Zeit habe ich versucht, die Erinnerungen zu verdrängen. Aber jetzt ist die Zeit gekommen und ich fange an zu lächeln bei dem Gedanken an das gemütliche Häuschen. Leider hat sie ausgerechnet Westerland ausgesucht. Der Ort, mit dem ich unweigerlich Gerrit verbinde. Natürlich mache ich ihr deswegen keine Vorwürfe, schließlich weiß sie bis heute nicht, dass Gerrit der Mann war, in den sich ihre Mutter nach dem Tod ihres Vaters neu verliebt hatte. Westerland – ein kleines ruhiges Örtchen am nördlichstes Zipfel Hollands. Unweigerlich muss ich lächeln bei dem Gedanken, dort bald Silvester mit meinen Kids zu verbringen. Je mehr ich darüber nachdenke, umso mehr freue ich mich auf ein paar Tage an der winterlichen Nordseeküste.

Rowdy zerrt an seiner Leine und schnüffelt am Gebüsch entlang. Es ist ein grauer Tag und langsam fängt es wieder an zu schneien. Ich konzentriere mich auf den Waldweg vor mir und lasse den Blick schweifen. »Das muss doch hier gewesen sein«, murmele ich und schaue auf die verschneiten Bäume. Ich bleibe vor einer dicken Eiche stehen. Wo ist der Buggy? Scheint doch nicht so einfach zu sein, einen Kinderwagen im Wald wiederzufinden. Dann spüre ich ein Rucken an der Leine. »Rowdy, halt«, kann ich gerade noch rufen, da liege ich auch schon im Schnee und mein Appenzeller zieht mich mindestens zehn Meter über die Erde. Schnüffelnd bleibt er schließlich vor einer anderen dicken Eiche stehen und gräbt mit seinen Pfoten etwas aus, was verdächtig nach Inas Buggy aussieht.

Ich liege perplex am Boden und starre zu ihm hinüber. Dann

rappele ich mich mühselig auf und klopfe mir den Schnee von der Kleidung. Wehgetan habe ich mir zum Glück nicht. Rowdy hat aufgehört zu graben, bellt einmal kurz und sieht mich auffordernd an. »Rowdy, hast du mich erschreckt«, rufe ich aus. Dann sehe ich an mir herab und stelle fest, dass meine neue Winterjacke und meine Hose mit lehmigen Waldboden und Schnee verschmiert sind. »Toll gemacht, Rowdy«, schimpfe ich ihn an.

Reumütig schaut er mit seinen treuen Augen zu mir herüber, als ob er sagen wollte: Hey, warum schimpfst du mit mir? Ich habe doch deinen Kinderwagen gefunden.

Sofort wird mir klar, dass der arme Hund das Richtige getan hat und ich ihn zur Belohnung angeschrien habe. Ich atme einmal kurz durch und beuge mich zu ihm herab. Er kommt zu mir und ich kraule ihn hinter dem Ohr und gebe ihm ein Leckerli. »Sorry, Rowdy, tut mir leid. Ich bin so froh, dass du den Buggy gefunden hast und die schmutzigen Sachen sind mein Problem«, murmele ich, grinse ihn an und streichle ihm über sein nasses Fell. »Komm, jetzt müssen wir uns aber auf den Heimweg machen. Es wird schon langsam dunkel«, sage ich dann, schnappe mir den Buggy und schiebe ihn durch den immer dichter werdenden Schneewirbel. Der Wind wird ebenfalls stechender und bläst mir kalt ins Gesicht. Ich beneide meinen Hund um sein warmes Winterfell, denn trotz Mütze, Handschuhen und warmer Winterjacke friere ich erbärmlich.

Ich stapfe vorwärts, Rowdy bleibt an meiner Seite. Gütiger Himmel, wann kommt denn endlich die Hauptstraße, frage ich mich irgendwann wütend. Ich kann kaum noch den Weg vor mir erkennen. Und das alles wegen diesem blöden Kinderwagen! Wenn Ina wüsste, dass ich jetzt frierend im Wald herumirre, wäre sie zurecht sauer auf mich. Ich schimpfe vor mich hin und ziehe mit der einen Hand Rowdy und mit der anderen den Kinderwagen über den nassen Waldweg. Endlich sehe ich die Lichter von Autos – die Bundesstraße. Jetzt kann es nicht mehr weit sein. Hauptsache, erst einmal aus dem Wald heraus, denke ich und erreiche den Fahrradweg, der entlang der Straße verläuft und zu den ersten Häuserreihen führt, die ich schemenhaft, im Halbdunkeln erkenne. Ich marschiere weiter. Plötzlich blendet mich ein grelles Licht und ein Ranch Rover bremst scharf hinter mir ab. Als ich mich umdrehe, sehe ich, dass der Geländewagen umkehrt und auf mich zufährt. Oh Gott! Die Angst kriecht mir langsam den Nacken hoch, ich marschiere stramm weiter und ziehe Rowdy näher an mich heran. Was, wenn ich jetzt auf offener Straße überfallen und ausgeraubt werde oder vielleicht noch Schlimmeres passiert? Mein Herz schlägt mir bis zum Hals, als der Wagen anhält, ein Mann aussteigt und langsam auf mich zukommt. »Marie?«, höre ich ihn durch das dichte Schneegestöber rufen. »Marie, bist du das?«

Ich stapfe wild entschlossen vorwärts, eine Hand am Buggy, in der anderen die Hundeleine. Habe ich jetzt schon Wahnvorstellungen durch die Kälte? Wer ruft denn hier draußen meinen Namen? Ich habe vor einiger Zeit in einem Buch von einem Bergsteiger gelesen, dass man unter bestimmten Bedingungen im Schnee Halluzinationen bekommen kann. Allerdings war da die Rede von minus 30 Grad Celsius.

»Marie«, ruft der Fremde noch einmal gegen den Sturm an und folgt mir.

Ich fahre herum und brülle über die Schulter: »Wenn Sie nicht sofort stehen bleiben, lass ich meinen Hund auf Sie los.«

Er kommt weiter näher. »Das kannst du ruhig machen. Rowdy wird mir sicher nichts tun«, ruft er scheinbar amüsiert zurück.

Ich bleibe stehen. Woher kennt dieser Kerl den Namen meines Hundes? Aufgewühlt ziehe ich Rowdy dicht an meine Seite. Jetzt ist der Fremde nur noch wenige Schritte von mir entfernt und ich erkenne schemenhaft sein Gesicht unter einer schwarzen Mütze. Das kann doch nicht wahr sein … Oder doch? Ich blinzle durch das Schneegestöber. »Christian?«, rufe ich dann verwundert aus. »Was machst du denn hier?«

Er bleibt vor mir stehen und grinst mich an. Der Mann, den ich für meinen potenziellen Mörder gehalten habe. »Marie, ich habe dich sofort erkannt und Rowdy natürlich auch«, sagt er und beugt sich herunter, um meinem Hund ein Leckerli zu geben, das dieser schwanzwedelnd annimmt.

Ein schöner Beschützer bist du, denke ich und schaue zu, wie er Christian in aller Seelenruhe aus der Hand frisst.

»Na, wenigstens Rowdy scheint mich noch zu kennen«, sagt Christian, lacht mich jetzt schelmisch an und richtet sich wieder auf.

Ich starre ihn an, während auf der Bundesstraße Autos durchs Schneegestöber an uns vorbeirollen. Christian! Tatsächlich, er ist es. Seit über zwei Jahren habe ich nichts mehr von ihm gehört. Nachdem ich ihm gesagt habe, dass ich noch Zeit für mich und meine Kinder brauche, hat er sich irritiert zurückgezogen. Unsere erste Begegnung damals war in seiner Waldhütte, als er mich und Rowdy aufnahm, nachdem wir uns total verlaufen hatten und triefend nass vor seiner Tür standen. Oh Gott, und jetzt bin ich schon wieder in einer so peinlichen Situation. Er muss ja wirklich denken, es sei mein Hobby, durch verschneite oder regennasse Wälder zu rennen und darauf zu warten, dass mich irgendjemand nach Hause bringt. »Also«, beginne ich zögernd, »entschuldige bitte, Christian. Aber mit dir hätte ich heute und hier sicherlich nicht gerechnet«, antworte ich schlotternd vor Kälte und Aufregung.

»Tja, Marie, ich hätte auch nicht gedacht, dass ich dich hier an der Landstraße im Schneegestöber wiedertreffe. Aber eh wir hier festfrieren, könnten wir auch in meinen Wagen steigen. Ich bringe dich nach Hause. Den Weg kenne ich noch«, sagt er und blinzelt mir mit seinen braunen Augen aufmunternd zu.

Jetzt muss ich lächeln, nicke und steige Momente später dankbar in seinen Geländewagen ein. Rowdy springt sofort auf die Rückbank und macht es sich dort bequem, während Christian noch den Buggy im Kofferraum verstaut.

Nachdem er auf dem Fahrersitz Platz genommen hat, sieht er mich neugierig an. »Was hattest du denn mit dem Kinderwagen vor? Wolltest du Rowdy damit durch den Schnee schieben?«

Ich seufze. »Nein, natürlich nicht. Der ist von Alva«, gebe ich mürrisch zurück.

»Ach so, Alva. Darf ich wissen, wer das ist? Oder ist das zu privat?«, fragt er interessiert weiter und startet den Motor, damit die Heizung die beschlagenen Fenster freimacht.

Natürlich, woher soll er wissen, wer Alva ist? »Oh, sorry«, seufze ich. »Alva ist Inas Tochter. Du erinnerst dich an Ina, oder?«, frage ich zögernd.

Er runzelt gespielt angestrengt die Stirn, um dann mit Ironie in der Stimme zu fragen: »Mit ihr warst du doch in der Toskana, richtig? Ist sie noch mit dem Italiener zusammen?« Er schaut mich durchdringend an.

Ich erwidere seinen Blick und antworte stockend: »Äh, ja. Alva ist ihre gemeinsame Tochter. Sie und Lino sind sehr glücklich und nächstes Jahr wollen sie zusammenziehen.« Unsicher schaue ich nach draußen, um seinem Blick auszuweichen.

»Oh, das hört sich ja gut an. Schön, dass wenigstens sie den passenden Partner gefunden hat«, erwidert er mit scharfem Unterton.

Abrupt drehe ich mich zu ihm um und sage leise: »Christian, es tut mir leid, wenn ich dich vor zwei Jahren verletzt habe. Ich hatte gehofft, dass wir noch einmal reden könnten, aber leider hast du dich auf meine Nachricht nicht mehr gemeldet.«

Er legt die Hände aufs Lenkrad und ich höre die Anspannung in seiner Stimme, als er mir sichtlich aufgewühlt antwortet: »Marie, du hast mir damals ziemlich deutlich zu verstehen gegeben, dass du keinen Kontakt mehr zu mir möchtest und Zeit für dich brauchst. Das habe ich respektiert. Was hätte ich denn machen sollen? Dir hinterherlaufen? Du hattest deine Wahl doch schon getroffen.«

Jetzt erinnere ich mich wieder, als ob es gestern gewesen wäre. Ja, ich war total durcheinander damals, denn da war auch noch Gerrit, bei dem ich das erste Mal nach dem Tod von Daniel wieder Schmetterlinge im Bauch gespürt hatte. Dass Christian nach zwei Jahren noch immer verletzt ist, lässt mich erahnen, wie tief es ihn damals getroffen haben muss. Unsicher schaue ich ihn an und antworte leise: »Ja, du hast recht. Ich war mir nicht sicher, weder mit dir noch mit Gerrit, dem Mann, den ich in Italien wiedergetroffen habe. Deshalb habe ich mich für keinen von euch beiden entschieden. Es tut mir leid, Christian, das musst du mir glauben. Ich wollte nur ehrlich sein.«

Er wendet sich von mir ab, sieht nach draußen ins Schneegestöber und ich meine zu erkennen, wie er mit sich ringt. Als er sich mir wieder zuwendet, scheint der Groll verflogen. Liebevoll nimmt er meine Hand und schaut mich mit seinen dunkelbraunen Augen zärtlich an. »Marie, ich habe versucht, dich zu vergessen. Kurze Zeit später habe ich mich in ein anderes Revier versetzen lassen, hundert Kilometer von hier entfernt. Mein Nachfolger hier ist erkrankt und so wurde ich gefragt, ob ich für zwei, drei Wochen als Revierförster aushelfen kann. Da ich die Gegend kenne wie meine Westentasche, habe ich zugesagt. Dass ich dir heute hier begegne, ist Zufall oder Schicksal.«

Ich erwidere gebannt seinen Blick und fühle mich von der Situation überwältigt. »Also, ich …, Christian …« Mir fehlen die Worte. Da spüre ich auch schon seine weichen Lippen auf meinem Mund und seine Hände streichen sanft über meine Wangen.

»Marie, ich liebe dich noch immer«, haucht er mir nach dem

Kuss leise ins Ohr und ehe ich etwas antworten kann, küsst er mich noch einmal zärtlich auf den Mund.

Oh Gott! Was passiert hier gerade? Mein Herz schlägt laut vor Aufregung und Erregung. Seine Hände scheinen überall gleichzeitig zu sein und ich spüre seinen durchtrainierten Körper trotz des dicken Pullovers, den er trägt. Immer leidenschaftlicher werden seine Liebkosungen und Küsse und ich erahne sein Drängen nach mehr. Doch plötzlich wendet er sich von mir ab und schaut verwirrt aus dem Fenster.

Ich bin auch verwirrt. »Was ist mit dir, Christian? Habe ich etwas falsch gemacht?«, frage ich überrascht und aufgewühlt zugleich.

»Nein, Marie, es liegt nicht an dir. Du bist eine außergewöhnliche Frau, aber ich habe nicht geahnt, dass ich noch immer so viel für dich empfinde. Es tut mir leid, dass ich dich geküsst habe«, sagt er mit schuldbewusstem Blick.

»Wenn ich es nicht auch gewollt hätte, hätte ich mich schon zur Wehr gesetzt«, versuche ich die Situation zu retten und lächele ich ihn liebevoll an. Jetzt erst sehe ich, dass ihm Tränen über die Wangen laufen. Das trifft mich und erschrocken frage ich: »Christian, was ist los? Warum um alles in der Welt weinst du? Es war doch ein wundervoller Moment.« Zärtlich wische ich ihm die Tränen aus dem Gesicht.

Er sieht mich an und antwortet mit tränenerstickter Stimme: »Marie, ich bin nicht mehr allein. Ich habe eine andere Frau kennengelernt. Ich dachte, für uns beide gibt es keine Zukunft mehr. Und jetzt werde ich in sechs Monaten Vater.«

Habe ich mich da gerade verhört? Christian wird Vater? Mir wird heiß und kalt bei dem Gedanken. Fassungslos schaue ich ihn an und meine Hand zittert, als ich mein Seitenfenster langsam öffne. Die klare, kalte Schneeluft strömt in den Wagen und kühlt mein brennendes Gesicht.

Beschämt und mit geröteten Augen schaut er mich an und

sagt leise: »Ich wollte niemanden verletzen. Bitte glaube mir. Als ich dich hier im Schneesturm am Straßenrand sah, dachte ich erst, ich würde träumen. So lange habe ich auf ein Zeichen von dir gewartet. Und als ich vor dir stand, spürte ich sofort, dass meine Gefühle für dich immer noch stark sind. Es tut mir unendlich leid.«

Ich nicke wie in Trance. Langsam wird mir klar, dass das hier kein Film ist, sondern die harte Realität mich wieder einmal eingeholt hat. Ich werde Vater – ich höre den Satz in meinem Kopf widerhallen. Dieser Mann gehört einer anderen. Es ist besser, wenn ich jetzt gehe, denke ich verzweifelt und spüre, wie sich meine Augen mit Tränen füllen. Mit bebender Stimme und um Fassung ringend antworte ich: »Ich wünsche dir alles Gute und vergiss einfach, was gerade passiert ist.« Mit einem Satz springe ich aus dem Wagen und ziehe Rowdy an der Leine hinter mir her. Ohne mich noch einmal umzusehen, renne ich in die Dunkelheit, immer dem Fahrradweg folgend.

Kapitel 3

Ich weiß nicht, wie lange ich gelaufen bin, bis ich die ersten Häuser unseres Dorfes erreiche. Der Wind nahm mir auf dem Weg fast den Atem und meine Jacke ist vom Schnee völlig durchnässt. Die Tränen, die mir immer wieder über die Wangen laufen, schmecken salzig und kalt. Aber nun stehe ich vor unserem Haus. Endlich zu Hause! Zitternd öffne ich die Haustür und ziehe meine nassen Sachen im Flur aus. Rowdy schüttelt sein nasses Fell und die Wassertropfen spritzen an die Wände. Auch das noch, denke ich genervt und erschöpft und schaue auf die Uhr an der Wand. Schon fast zwanzig Uhr. Meine Kinder werden mich schon vermissen, denke ich schuldbewusst. Wie konnte ich die Zeit so vergessen? Natürlich hatte ich mein Handy nicht dabei, als ich heute Nachmittag in den Wald lief. Verdammt!

Da taucht auch schon Lotta am anderen Ende des Flures auf. »Mama, wo warst du so lange? Wir haben uns solche Sorgen gemacht«, ruft sie mir entgegen, stürmt aufgeregt auf mich zu und wirft sich in meine Arme.

»Oh Lotta, es tut mir leid, dass ich mich nicht gemeldet habe. Ich hatte mein Handy vergessen«, antworte ich und streiche sanft über ihr Haar.

Sie guckt mich mit großen Augen an, dann schaut sie zu Rowdy. »Ihr seit ja beide total durchnässt. Wie lange wart ihr denn draußen bei dem Wetter?« Irritiert schaut sie wieder mich an. Rowdy wedelt mit dem Schwanz und stupst sie am Bein. Sie streicht ihm über sein nasses Fell. »Ich mache dir einen heißen Tee mit Honig, Mama. Komm erst einmal in die Küche«, sagt sie schließlich fürsorglich und zieht mich hinter sich her.

Rowdy folgt uns und trottet müde auf seinen Platz unter dem Küchentisch. Oje, der arme Hund hat für heute auch genug von Wald und Schnee, denke ich und gebe ihm noch ein extra großes Hundeleckerli. Erschöpft sinke ich auf einen Stuhl. Jetzt erst merke ich, dass meine beiden Jüngsten nicht da sind, während Lotta den Wasserkocher anstellt, Kanne, Tasse, Honig und Teebeutel aus dem Schrank holt. Ich sehe ihr zu und nachdem das Wasser gekocht und sie den Tee aufgegossen hat, frage ich beunruhigt: »Wo sind Nele und Mattis?«

Lotta stellt eine Tasse mit dampfendem Tee vor meine Nase und setzt sich zu mir. Lächelnd antwortet sie: »Mach dir keine Sorgen, Mama. Sie haben sich beide ordnungsgemäß gewaschen, die Zähne geputzt und als ich ihnen noch eine Geschichte vorgelesen habe, sind sie ohne Murren ins Bett marschiert.«

Ich atme innerlich aus. Meine große Tochter, denke ich stolz, ich kann mich wirklich auf sie verlassen. Lotta ist mit ihren siebzehn Jahren schon sehr selbständig und umsichtig. Manchmal wünsche ich mir, dass sie noch ein paar mehr Flausen im Kopf hätte. Sie ist oft zu vernünftig für ihr Alter, geht es mir durch den Kopf. »Danke, mein Schatz, was würde ich nur ohne dich tun?«, sage ich erleichtert und küsse sie zärtlich auf die Wange.

Sie winkte ab. »Ja, ja, Mama, kein Problem. Ich kann doch meine beiden Geschwister nicht ungewaschen ins Bett schicken«, antwortet sie und grinst mich an. »Jetzt erzähle aber bitte mal, warum du solange mit Rowdy unterwegs warst.« Ihr Blick wird forschend.

Ich starre sie an. Was soll ich nur sagen? Nur nicht die Wahrheit, schießt es mir durch den Kopf, und ich versuche so unverkrampft wie möglich zu klingen. »Ich wollte eigentlich nur den Buggy von Alva holen, den Ina und ich gestern im Wald gelassen haben, weil es auf dem Rückweg so stark schneite.«

Verwirrt schaut sie mich an und sagt mit schiefem Lächeln: »Äh, Mama? Hast du ihn nicht mehr gefunden oder warum bist du ohne zurückgekommen?«

Verdammt – der Buggy. Er liegt noch in Christians Kofferraum. Lügen war noch nie meine Stärke, also beeile ich mich zu antworten: »Ich habe lange gesucht und die Zeit vergessen. Auf dem Rückweg fing es dann wieder heftig zu schneien an und ich habe mich fast verlaufen. Aber jetzt bin ich ja wieder hier.« Schnell drücke ich meine Tochter an mich, um meine Verlegenheit zu überspielen.

»Ja, Gott sei Dank, Mama«, entgegnet sie erleichtert, lächelt mich an und fügt dann verschmitzt hinzu: »Na, das wäre dann ja geklärt. Dir noch einen ruhigen Abend. Ich gehe jetzt in mein Zimmer, muss noch dringend telefonieren.« Damit steht sie auf und verlässt die Küche.

Ich atme aus, höre sie zur Treppe gehen und halte mich an meiner Teetasse fest. Sie muss schon auf der Treppe sein, als sie mir noch zuruft: »Ach ja, das Ferienhaus in Westerland ist gebongt.«

»Oh, wie schön«, antworte ich abwesend und versuche meine Gedanken zu ordnen. Momente später höre ich, wie ihre Zimmertür geht. Ich trinke meinen Tee mit Honig aus, gehe dann ins Wohnzimmer, werfe mich aus Sofa und kuschle mich in eine Decke. Dann schaue ich in den schneebedeckten Garten hinaus. Es hat aufgehört zu schneien. Der Mond scheint hell auf die Bäume und die Sterne leuchten am klaren Abendhimmel. Christian wird Vater, denke ich und Tränen sammeln sich in meinen Augen. Was erwartest du, Marie? Hätte er auf dich warten sollen? Schließlich hast du ihn weggeschickt vor zwei Jahren. Also jammere nicht herum, wenn er jetzt mit einer anderen glücklich ist, tadle ich mich stumm. Natürlich wünsche ich ihm von ganzem Herzen alles Gute und freue mich für ihn, dass er sein Glück gefunden hat. Aber warum hat er mich geküsst? In meinem Kopf schwirren die Gedanken wie Blitze hin und her – und ich spüre immer noch seine warmen Lippen auf meinem Hals. Verwirrt nehme ich mein Handy und wähle Inas Nummer.

Keine fünf Sekunden später höre ich ihre Stimme: »Hey, Marie, schön dich zu hören. Was verschafft mir die Ehre heute Abend?«

Ich zögere kurz, weiß nicht, wie ich beginnen soll. Dann platze ich einfach stotternd heraus: »Stell dir vor, Ina, Christian wird Vater.« Mühsam versuche ich meine Tränen zu unterdrücken.

»Was? Wie? Christian? Ist das nicht der Revierförster? Bin gleich bei dir«, höre ich sie aufgeregt rufen – und schon ist sie weg.

»Jetzt mal ganz langsam und zum Mitschreiben.« Ina sitzt mit halb geöffnetem Mund auf meiner Couch vor mir und schenkt sich Orangensaft ein. Nach meinem Notruf stand sie binnen fünfzehn Minuten vor meiner Haustür. »Wo hast du ihn denn getroffen? Sag bloß nicht schon wieder im Wald«, fährt sie aufgeregt fort und mustert mich.

Verlegen zucke ich mit den Achseln und antworte flüsternd: »Bitte nicht so laut. Lotta ist gerade erst in ihr Zimmer gegangen und ich möchte nicht, dass sie etwas mitbekommt.«

Verständnisvoll legt Ina einen Finger auf ihren Mund und flüstert mir kaum hörbar zu: »Okay, alles klar, hab's verstanden.«

Typisch Ina, denke ich und muss trotz allem grinsen über meine Freundin, die mich immer wieder zum Schmunzeln bringt. »So leise musst du nun auch wieder nicht reden«, antworte ich und nehme aufgeregt ihre Hand.

Auffordernd schaut sie mich an und verlangt: »Dann schieß endlich los. Wo und wie hast du ihn wiedergesehen?«

Draußen schneit es nun wieder heftig und der Wind wirbelt die Flocken nur so durch den Garten. Das Feuer prasselt gemütlich im Kaminofen und ich stehe auf und ziehe die Gardinen vof meinem Terrassenfenster weiter zu, bevor ich ihr die ganze Geschichte mit Christian erzähle.

Als ich fertig bin, schaut sie mich mit großen Augen an und sagt bestürzt: »Das ist ja eine schöne Scheiße! Sorry, Marie.«

»Wem sagst du das. Zwei Jahre habe ich Christian nun nicht mehr gesehen und ausgerechnet heute muss ich ihm wieder begegnen. Es fühlte sich immer noch sehr, sehr schön an und als er mich küsste, war da so ein bekanntes, wohliges Gefühl. Aber, verdammt, er wird Vater, Ina«, entgegne ich niedergeschlagen und die Tränen rinnen über mein Gesicht.

»Oh, Marie, das tut mir so unendlich leid für dich. Dieser blöde Kerl, warum musste er dir auch noch einmal begegnen«, sagt sie und nimmt mich liebevoll in den Arm. »Manchmal sind Männer wirklich Schweine«, schiebt sie noch hinterher.

Meine Gedanken drehen sich im Kreis und immer wieder sehe ich seinen zärtlichen Blick und spüre seinen brennenden Kuss auf meinen Lippen. War es wirklich ein Wink des Schicksals oder war es nur dummer Zufall, dass ich ihm noch einmal begegnet bin? Ich seufze tief. »Ach, Ina, lass mal gut sein. Christian gehört bestimmt nicht zu der Sorte Männer, die ihre Frauen betrügen. Er wurde von seinen Gefühlen zu mir genauso überrascht wie ich. Es war damals nicht der richtige Zeitpunkt und jetzt scheint es wieder nicht mit uns zu passen«, gebe ich mit tränenerstickter Stimme zurück.

»Ja, vielleicht hast du recht, Marie. Christian soll es wohl nicht sein. Das weißt du jetzt und kannst mit dieser Geschichte abschließen. Auch wenn es wehtut«, sagt sie mit verständnisvollem Blick und fügt lächelnd hinzu: »Hey, wir haben schon ganz andere Tiefen durchgestanden. Da wirst du dich doch von einem rheinländischen Revierförster nicht aus der Fassung bringen lassen, oder?«

Jetzt muss auch ich wieder lächeln und nehme meine Freundin fest in die Arme. »Ach, Ina, was mache ich nur ohne dich? Bei dem Gedanken an deinen Umzug könnte ich schon wieder losheulen. Scheint momentan nicht so gut zu laufen bei mir«, antworte ich mit ironischem Unterton.

»Jetzt denk doch mal positiv und freu dich auf die gemeinsame Zeit mit deinen Kids in Holland. Ich denke, dass du richtig aufgetankt mit guter Energie von dort zurückkommst.«

Was habe ich doch für eine tolle Freundin, denke ich, nachdem Ina sich vor einer Stunde wieder auf den Nachhauseweg gemacht hat. Noch immer sitze ich mit meiner Tasse Pfefferminztee auf meiner gemütlichen Couch im Wohnzimmer und schaue ins prasselnde Kaminfeuer. Mit ihr kann ich über alles reden und sie versteht mich immer, auch wenn sie mir schon des Öfteren den Kopf gewaschen hat. Bei diesem Gedanken lächele ich vor mich hin. Und natürlich hat sie recht, wenn sie sagt, dass ich mich eigentlich nicht zu beschweren brauche. Vor zwei Jahren habe ich Christian ziemlich verletzt, als ich mich einfach so aus seinem Leben geschlichen habe. Eine Nachricht von mir an ihn – das war's. Tja, Marie, das war keine Heldentat von dir! Das schlechte Gewissen in meinem Kopf und Herzen schlägt zu. Vielleicht war es ein großer Fehler, dass ich ihn so schnell aufgegeben habe. Aber nun ist es zu spät und er wird Vater. Langsam spüre ich, wie das Pochen in meinem Magen weniger wird und ich wieder ruhig atmen kann. »Christian, ich wünsche dir von Herzen, dass du glücklich wirst mit deiner kleinen Familie«, sage ich leise in Richtung Kaminfeuer und eine letzte Träne läuft mir über die Wange.

»Guten Morgen, Mama.« Nele steht in ihrem Nachthemd vor meinem Bett und zieht mir die Decke weg.

Ich blinzle ihr benommen zu. Ist die Nacht schon wieder rum? Ich schaue auf meinen Wecker. »Hey, du Süße, gut geschlafen?«, antworte ich schlaftrunken und drücke meine Jüngste zärtlich an mich, die daraufhin zu mir ins Bett kriecht.

»Wo warst du denn gestern Abend? Wir haben dich schon vermisst, Mama. Lotta hat uns ins Bett gebracht und uns noch eine wunderschöne Geschichte vorgelesen«, murmelt sie an meinem Ohr und kuschelt sich in meinen Arm.

Genau in dem Moment stürmt mein Sohn ins Schlafzimmer. »Eine wunderschöne Geschichte? Ha, dass ich nicht lache! Diese blöden Bibi-und-Tina-Abenteuer musste ich mir anhören, Mama. Das ist doch Mädchenkram. Ich hätte viel lieber ›Star Wars – das Imperium schlägt zurück‹ gelesen««, ruft er aufgedreht. Hin und her springend bleibt er neben meinem Bett stehen.

Mit einem Satz ist Nele wieder aus den Federn und baut sich wütend vor Mattis auf. »Bibi und Tina ist kein blöder Mädchenkram. Nimm das sofort zurück«, ruft sie aufgebracht.

Aber ihr Bruder lacht nur und ruft noch einmal laut: »Mädchenkram, Mädchenkram.«

Jetzt bin ich endgültig wach und springe ebenfalls aus dem Bett, um die beiden Streithähne zu beruhigen. »Halloo, Mattis, jetzt ist Schluss. Entschuldige dich bitte bei deiner Schwester und dann ab mit euch ins Badezimmer«, verlange ich energisch und ergreife Mattis am Arm .

Er hält inne, sieht mich aber maulend an. »War doch nur Spaß, Mama. Nele soll mal nicht so empfindlich sein«, antwortet er schnippisch.

Aufgebracht baut sich Nele nun vor ihm auf und sagt mit Tränen in den Augen: »Du sollst dich entschuldigen, hat Mama gesagt. Also, ich warte.«

Als Mattis meinen drohenden Blick sieht, macht er einen kleinen Schritt auf sie zu und murmelt trotzig: »Tschuldigung.« Und schon ist er im Badezimmer verschwunden.

Nele stemmt die Hände in die Hüften und sieht mich an. »Warum sind Jungs immer so doof, Mama? Ich hasse Brüder.«

Liebevoll drücke ich sie an mich und antworte sanft: »Vielleicht ist er heute mit dem falschen Fuß aufgestanden. Eigentlich ist er doch ein ganz netter Bruder, oder?«

Jetzt schaut sie mich mit ihren großen blauen Augen irritiert an und fragt ganz ernst: »Mama, sprichst du von Mattis?«

Ich stehe in der Haustür und schaue meinen beiden Kleinen hinterher. Weg sind sie – ich atme auf. Nachdem sie sich wieder vertragen haben, laufen sie gemeinsam durch den tiefen Schnee in Richtung Schule. »Tschüss, ihr Streithähne, und passt auf euch auf«, rufe ich ihnen noch lachend hinterher.

Schnell schließe ich dann die Tür und gehe in die Küche, um mir einen frischen Kaffee zu brühen. Ohne Kaffee am Morgen läuft bei mir nichts. Wenig später zieht der leckere Geruch frisch gerösteter Bohnen durchs Haus und ich setze mich an mein aufgeklapptes Laptop im Wohnzimmer. Noch einmal schweifen meine Gedanken zu Christian. Warum hat er mich geküsst, wenn er doch Vater wird und glücklich vergeben ist? Ist er vielleicht gar nicht glücklich vergeben und bleibt nur wegen des Kindes mit der Mutter zusammen? Sollte ich doch noch einmal mit ihm reden? Verdammt! Ich will eigentlich nicht mehr über ihn nachdenken und nun schleicht er sich wieder in meinen Kopf. »Nein, Marie, lass es bleiben«, sage ich streng zu mir und Rowdy, der vor der Couch liegt, hebt seinen Kopf, als er meine energische Stimme hört. Ich bemerke es und nicke ihm zu. »Ja, ja, wir gehen gleich raus. Lass mich nur noch meinen Kaffee trinken«, sage ich zu meinem Hund, der nun aufgeregt mit dem Schwanz wedelt.

Keine zehn Minuten später stapfe ich durch den knirschenden Schnee. Ich atme tief die klare Luft ein, die Sonne scheint zwischen den Bäumen hindurch und wärmt meine kalten Wangen. Diese Spaziergänge am Morgen genieße ich immer besonders. Kein Handy, keine unangenehmen Anrufe, kein

Stress, nur mein Hund und ich. Für mich kommt das fast einer Meditation gleich, wenn ich so entspannt durch den Wald laufe. Herrlich. Es gibt ja viele Menschen, die meditieren. Ina und ich wollten das auch unbedingt mal ausprobieren und meldeten uns bei einem Tagesworkshop an – Meditieren leicht gemacht. Leider schliefen wir beide nach kurzer Zeit ein und störten mit unserem Geschnarche die anderen Teilnehmer. Das war peinlich! Mittlerweile können wir beide herzlich darüber lachen. Bei dem Gedanken an diese komische Situation muss ich wieder schmunzeln.

Nach einer guten Stunde mache ich mich langsam wieder auf den Rückweg. Da fällt mir ein, dass heute Nachmittag meine Mutter mit Frederik vorbeikommen wollte. Und ich hatte ihr versprochen, dieses Jahr wieder einmal Plätzchen zu backen. Seit drei Jahren habe ich mich schon nicht mehr daran versucht, nachdem mir einmal das ganze Blech total verbrannt war und meine Kinder mich seitdem »Miss Schwarzgebäck« nennen.

Frederik ist der zweite Mann meiner Mutter. Nachdem mein Vater vor dreizehn Jahren starb, lernte meine Mutter den zwölf Jahre jüngeren Gutsbesitzer Frederik von Putlitz vor drei Jahren kennen und sie heirateten nach ein paar Monaten. Meine Mutter ist mit ihren mittlerweile dreiundsiebzig Jahren noch immer eine sehr attraktive Frau und seit sie sich noch einmal neu verliebt hat, lebt sie ihr Traumleben. Frederik hat ein Gestüt mit wertvollen Pferden, um die sich die beiden liebevoll kümmern. Außerdem reisen sie viel und genießen ihr Leben gemeinsam in vollen Zügen. Dass meine Mutter, die immer eine sehr konservative und spießige Einstellung hatte, ihr Leben noch einmal so verändern würde, hätte ich vor ein paar Jahren nicht für möglich gehalten. Tja, was die Liebe so alles bewirken kann, kommt es mir in den Sinn und ich muss lächeln.

Als ich die Haustür aufschließe, fällt mein Blick auf Inas Buggy, der angelehnt an der Hauswand steht. Hallo, wo kommt der jetzt her, frage ich mich irritiert und ziehe ihn mit meiner noch freien Hand in den Hausflur. Nachdem ich Rowdys Leine abgemacht und ihm eine frische Schale Wasser hingestellt habe, schaue ich mir den Buggy etwas genauer an. Ein Briefumschlag lugt aus Alvas Winterfußsack hervor. Langsam ziehe ich ihn heraus und öffne ihn aufgeregt. »Liebe Marie«, lese ich überrascht, »leider hast du mir nicht mehr die Möglichkeit gegeben, mein Verhalten zu erklären. Als ich dich nach zwei Jahren wiedersah, waren alle Gefühle für dich, die ich die ganze Zeit unterdrückt hatte, wieder da. Mein Herz hatte sich nicht getäuscht. Ich empfinde noch immer viel zu viel für dich, um diesen wunderbaren Moment mit dir einfach ungeschehen zu machen. Ja, es stimmt, ich werde Vater. Doch ist die Beziehung zur Mutter des Kindes nicht so, wie du vielleicht denkst. Wir hatten eine kurze Affäre miteinander, aber keiner von uns beiden dachte an eine feste Beziehung. Einen Monat später, nachdem wir uns getrennt hatten, bekam ich die Nachricht, dass ich Vater werde. Zuerst war es für mich ein Schock. Doch nach mehreren schlaflosen Nächten kam ich zu dem Entschluss, dass ich mich der Verantwortung für dieses ungeborene Wesen stellen will. Ich werde versuchen, trotz allem ein guter Vater zu sein. Ich hoffe, dass ich dir mit diesem ehrlichen Brief alles erklären kann. Vielleicht meldest du dich doch noch einmal bei mir. Meine Handynummer steht auf der Rückseite. Alles Liebe, Christian.«

Noch einmal lese ich den Brief und meine Hände zittern, als ich mir in der Küche ein Glas Orangensaft einschenke. Oh mein Gott, das erklärt natürlich einiges, schießt es mir durch den Kopf. Total verwirrt suche ich mein Handy, um Ina anzurufen. Verdammt, wo ist das blöde Ding schon wieder? Immer wieder lege ich es irgendwohin, um es dann gefühlte Stunden später an den unmöglichsten Orten wiederzufinden. Auch heute wieder liegt es dort, wo ich es nicht vermutet hätte –

zwischen der Bügelwäsche auf der Waschmaschine. Wie ist es da nur hingekommen? »Alzheimer lässt grüßen, Marie«, murmele ich kopfschüttelnd vor mich hin, gehe ins Wohnzimmer, lass mich aufs Sofa sinken und wähle die Nummer meiner Freundin.

»Hey, Marie, was gibt es? Hatten wir nicht erst das Vergnügen?«, begrüßt Ina mich lachen.

»Ina, dein Buggy ist wieder da«, antworte ich aufgewühlt.

»Ah, schön. Und deshalb rufst du an?«

»Nein, ich meine, doch. Also, Christian hat ihn mir gebracht.«

Es herrscht Stille und für einen Moment denke ich schon, die Verbindung wäre unterbrochen.

»Wie? Was? Christian? Aber warum denn? Ich dachte, der wird Vater«, sagt sie schließlich verwirrt.

Keine zwanzig Minuten später sitzen Ina, Alva und ich wieder in meiner Küche. »Na, so was. Für was so ein Kinderwagen doch alles gut ist. Hätte nicht gedacht, dass mein Buggy euch beide noch einmal zusammenbringt«, stellt Ina fest und grinst mich an, nachdem ich ihr den Brief vorgelesen habe.

Ich lasse den Zettel sinken und sehe sie an. »Hallo, Ina, jetzt mal langsam. Wir sind nicht zusammen. Die ganze Sache ist mir viel zu kompliziert. Darüber muss ich erst einmal ein paar Nächte schlafen«, gebe ich nervös zurück und schaue meine Freundin ratlos an.

»Ach, Mariechen, das ist wieder typisch für dich. Jetzt schneit der schmucke Revierförster noch einmal in dein Leben und du musst erst wieder Nächte lang überlegen. Pack doch die Gelegenheit beim Schopf. Oder gefällt er dich nicht mehr?«

»Doch, schon, er sieht immer noch sehr gut aus, aber … Er wird Vater, Ina«, antworte ich aufgelöst und zerdrücke Alva eine Banane mit der Gabel.

»Ach so, und das ist für dich ein Hinderungsgrund? Schließlich bist du ja Single und hast mit Kindern absolut nichts am Hut.« Sie grinst mich an und hebt dabei die linke Augenbraue.

Ich schüttele den Kopf. »Mensch, Ina, du weißt doch, wie ich das meine. Natürlich liebe ich Kinder, aber auf einmal einen Mann mit Baby, das ist schon etwas gewöhnungsbedürftig für mich.« Liebevoll nehme ich Alva auf den Arm. »Komm, mein Schatz, jetzt gibt es lecker Banane«, sage ich liebevoll und gebe ihr ein Löffelchen Bananenbrei in den Mund. Prompt verzieht sie ihr Gesichtchen und spuckt mir den Brei samt Löffel auf meine neue Bluse. Ich sehe Ina an. »Da siehst du es. Meine Erfahrungen mit Kleinkindern liegen schon Lichtjahre zurück.«

»Ach, das machst du doch super, und den Feinschliff bringe ich dir schon wieder bei«, sagt Ina, lacht jetzt aus vollem Herzen und kratzt den Rest Bananenbrei vom Teller.

Ich seufze tief und wische mir mit einer Serviette den Brei von der Bluse. »Du hast gut reden, schließlich ist es ja dein Kind. Ganz ehrlich, Ina, ich weiß nicht, ob ich mir das noch einmal antun will. Meine drei sind jetzt aus dem Gröbsten heraus und dann fange ich wieder von vorne an.« Ratlos schaue ich meine beste Freundin an und versuche weiter den Fleck auf meiner Bluse wegzureiben, während ich Ina ihre Tochter zurückgebe.

»Du vergisst scheinbar etwas. Das Kind hat eine Mutter«, sagt Ina nun ruhig. »Du tust gerade so, als ob du das Kind austragen und auf die Welt bringen müsstest.«

Das ist ein Punkt, wie ich zugeben muss.

»So eine Patchworkfamilie kann doch auch toll sein. Hast du schon einmal darüber nachgedacht?«, fährt Ina fort und wippt mit den Beinen, um Alva nebenbei zu beschäftigen.

In mir erwachen sofort die nächsten Bedenken. »Na, du bist lustig. Das könnte natürlich auch ein Problem werden. Stell dir mal die Gesichter meiner Kids vor, wenn ich zu ihnen sage: ›Hallo, ihr drei, ab Morgen gehört noch ein kleines, süßes Baby zur Familie. Und ehe ich es vergesse, einen Papa gibt es auch noch dazu.«

Ina sieht mich an und prustet dann los: »Da wäre endlich mal wieder Leben in deiner Bude. Neuer Mann mit Kind, ich stelle mir das echt gut vor, Marie.«

Mittlerweile habe ich den Fleck auf meiner Bluse noch größer gerieben und antworte ärgerlich: »Ha, ha, und wenn ich dich dann nächstes Jahr in Italien besuche, kannst du eine ganze Ferienwohnung für uns mieten. Denn in deiner Wohnung ist bestimmt kein Platz für zwei Erwachsene plus vier Kinder.«

Aufgeregt schaut sie mich an und ruft wild gestikulierend: »Si, si, benvenuto, Seniora Kramer.«

Jetzt muss auch ich herzhaft lachen, stehe auf und drücke meine Freundin und Alva fest an mich. »Ach, Ina, vielleicht hast du recht und ich mache mir wieder mal viel zu viele Gedanken. Ich werde es mir überlegen, versprochen.«

Damit steht Ina auf und setzt Alva auf ihre Hüfte. »Gute Idee. Sag mir bitte umgehend Bescheid, damit ich die Ferienwohnung rechtzeitig buchen kann.« Sie geht in den Flur, ich folge ihr langsam und sehe zu, wie sie Alva ihre Winterjacke überzieht. »Ich muss jetzt los, dir noch einen schönen Tag. Ich muss auf den Markt etwas Obst einkaufen.«

Überrascht schaue ich zur Uhr über der Haustür und sehe, dass es schon fast dreizehn Uhr ist. »Oh, schon wieder so spät, ich wollte noch ein paar Plätzchen backen. Meine Mutter kommt mit Frederik heute Nachmittag zum Kaffee. Das mit den Plätzchen kann ich jetzt wohl vergessen«, rufe ich erschrocken aus.

Grinsend sieht Ina mich an und sagt neckend: »Wahrscheinlich stört es deine Mutter nicht sonderlich, wenn sie keine selbstgebackenen Plätzchen bekommt. Du hast doch noch von den leckeren Schokoladenlebkuchen im Schrank, oder?«

»Sehr lustig, Ina! Ja, ja, ich weiß, dass meine Backkünste

sich in Grenzen halten. Aber müsst ihr mich immer daran erinnern?«, antworte ich scherzend und knuffe Ina in die Seite.

»War doch nicht böse gemeint«, sagt sie schnell und drückt mir noch einen Kuss auf die Wange, eh sie mit ihrer kleinen Tochter und dem Buggy mein Haus verlässt und draußen in ihr Auto steigt, das direkt vor der Gartenpforte parkt. »Habt einen schönen Nachmittag und melde dich«, ruft sie mir noch winkend zu und schon ist sie weg.

Patchworkfamilie, geht es mir durch den Kopf, als ich in der Küche die Spülmaschine einräume. Vielleicht sollte ich tatsächlich darüber nachdenken. Aber kann ich es mir mit Christian überhaupt noch einmal vorstellen? Es war wunderbar, als er mich in seinem Wagen geküsst hat. Seine weichen Lippen und seine zärtlichen Hände … Oh, Marie! Du bist ja total durcheinander. Komm mal wieder auf den Boden der Tatsachen zurück. Diese Geschichte hattest du doch abgehakt, ermahne ich mich selbst streng, um meine Gedanken zu stoppen. Aber warum schlägt mein Herz bis zum Hals, wenn ich an ihn denke?

Keine zwei Stunden später sitzen meine Mutter und Frederik in meinem Wohnzimmer. »Schön, dass wir uns wieder einmal sehen, Marie. Was machen die Kinder, sind alle gesund und munter?«, fragt meine Mutter und schenkt sich noch eine Tasse Kaffee nach.

»Alles gut, Mama. Mattis und Nele sind heute Nachmittag bei Freunden und Lotta hat Nachmittagsunterricht. Sie lassen euch aber alle ganz lieb grüßen«, antworte ich lächelnd und stelle die Schokoladenlebkuchen auf den Tisch.

»Wolltest du nicht Plätzchen backen?«, fragt meine Mutter und sieht mich überrascht an.

Damit hatte ich gerechnet und antworte schnell: »Ja, eigentlich schon, aber ich hatte kein Backpulver mehr.« Ich lüge und mein Kopf wird puterrot. Lügen ist einfach nicht meine Stärke und Mütter merken ohnehin, wenn man lügt, auch wenn die Tochter schon über vierzig ist.

Aufmerksam schaut sie mich an und meint: »Ah so, kein Backpulver? Na ja, kein Problem. Diese Lebkuchen essen wir auch gerne, oder Frederik?«

»Natürlich, und Marie, bitte keine Umstände. Wir hatten uns ja auch ziemlich kurzfristig angekündigt.« Frederik schaut mich freundlich lächelnd an und nimmt sich einen Lebkuchen vom Teller.

Ich atme aus. »Wie geht es euch, Mama? Ihr habt euch in letzter Zeit ziemlich rar gemacht. Ich glaube, es ist schon fast vier Wochen her, seit wir uns das letzte Mal gesehen haben, oder?«, frage ich meine Mutter und nehme mir auch einen Lebkuchen.

Meine Mutter nickt. »Wir hatten einiges zu klären. Jetzt ist alles erledigt und wir können es dir nun sagen. Wir haben Frederiks Gestüt verkauft«, erklärt sie dann in aller Seelenruhe.

Ich kann es nicht fassen. »Was habt ihr?«, frage ich nach und verschlucke mich fast vor Aufregung an meinem Lebkuchen. »Warum das denn? Und was habt ihr jetzt vor?« Ich schaue entgeistert von einem zum anderen.

Jetzt nimmt Frederik zärtlich die Hand meiner Mutter und antwortet ruhig: »Marie, es kommt vielleicht für dich alles etwas überraschend, aber deine Mutter und ich haben schon länger darüber nachgedacht. Das Gestüt macht sehr viel Arbeit und außerdem laufen uns die Kosten davon. Du weißt ja, dass wir es auch nicht so dick haben, da die Scheidung von meiner ersten Frau mich fast alles gekostet hat. Ich wollte das Gestüt nie aufgeben, aber seit ich mit deiner Mutter zusammen bin, haben sich meine Prioritäten verschoben. Wir möchten einfach unsere gemeinsame Zeit genießen und nicht ständig über alle möglichen Rechnungen nachdenken müssen. Ich habe ein sehr gutes Angebot bekommen von einem solventen Käufer mittleren Alters, damit können wir mit einem Schlag all unsere Verpflichtungen begleichen und mit dem stattlichen Rest wollen wir auf Weltreise gehen.«

Beide sehen mich an und ich bin erneut fassungslos – Weltreise? Schnell spüle ich den letzten Bissen Lebkuchen mit einem Schluck Kaffee herunter und antworte stotternd: »Ach, das sind ja Neuigkeiten. Sorry, die muss ich erst einmal sacken lassen.« Irritiert schaue ich die beiden an und kann es kaum glauben Meine Mutter überrascht mich immer wieder und manchmal frage ich mich allen Ernstes, wer von uns beiden dreiundsiebzig ist.

Lächelnd rückt sie nun zu mir und nimmt mich in den Arm. »Jetzt bin ich noch fit und gesund, aber in meinem Alter ist das nicht die Regel. Deshalb haben wir beschlossen, uns jetzt eine schöne Zeit zu machen. Ich glaube, du wirst unseren Entschluss verstehen, wenn erst einmal ein bisschen gesackt ist. Oder?«

Ja, ich verstehe sie. Es kommt nur gerade alles ein wenig plötzlich. Ich erwidere ihre Umarmung und als wir uns wieder loslassen, sage ich schnell: »Natürlich, Mama, ihr habt absolut recht und ich freue mich für euch von ganzem Herzen. Genießt eure gemeinsame Zeit. Es ist nur etwas überraschend für mich.« Ich schaue erst meine Mutter an, die erleichtert wirkt, und dann in Frederiks glückliches Gesicht, der meiner Mutter liebevoll zuzwinkert.

»Ich bin froh, dass du es so aufnimmst, Marie«, sagt er zum mir. »Ich hatte schon ein schlechtes Gewissen, weil ich dir deine Mutter jetzt wegnehme und deinen Kindern die Großmutter.« Er lächelt nervös und seine warmen Augen strahlen.

Ich nicke, dann merke ich förmlich, wie ich Anlaufe nehme und über meinen Schatten springe. »Hey, ihr zwei, ich hoffe ihr kommt wieder! Wann soll es denn losgehen?«, frage ich schnell und lächele zurück.

Sie sehen sich an. »Na, so schnell geht es natürlich auch nicht.

Bis alles verkauft ist, wird es wohl Frühjahr werden«, antwortet Frederik.

Und meine Mutter ergänzt mit einem strahlenden Gesicht: »Ich denke, im Mai werden wir dann unsere große Reise antreten. Marie, ich bin schon jetzt aufgeregt. Mit deinem Vater habe ich leider keine weiten Reisen unternommen. Du weißt ja, dass er am liebsten im Garten unter seinem Apfelbaum gesessen hat. Frederik hat mir in den letzten drei Jahren schon viel von Europa gezeigt. Italien, Frankreich, Schweden … Jetzt wollen wir aber über den großen Teich nach Amerika, Brasilien, Kanada und nach Asien. Vielleicht schaffen wir es auch noch nach Australien, was meinst du Frederik?« Die Wangen meiner Mutter glühen vor Aufregung und Freude wie die eines Kindes. Dass sie tatsächlich schon dreiundsiebzig ist, würde wirklich niemand vermuten. Sie strahlt über das ganze Gesicht und ihre blauen Augen leuchten, als sie die Hand ihres Mannes nimmt und ihn schelmisch anlächelt.

»Ja, deine Mutter hat noch viel mit mir vor, wie du siehst«, bemerkt Frederik und küsst sie liebevoll auf die Wange.

Ich freue mich für die beiden, ehrlich, aber mir wird trotzdem das Herz schwer. »Na, dann hoffe ich, dass ihr gesund bleibt und alle eure Lieblingsorte besuchen könnt. Ich freue mich von ganzem Herzen für euch«, antworte ich augenzwinkernd und hebe meine Kaffeetasse wie für einen Toast.

Nachdem meine Eltern weg sind, räume ich ab und fülle die Spülmaschine. Meine Mutter geht auf Weltreise. Auch das war eine Neuigkeit, mit der ich nicht gerechnet hätte. Wobei ich denke, dass es eine gute Entscheidung war, Frederiks Gestüt zu verkaufen. Die Pferde und Stallungen und das Gelände kosten viel Kraft und Geld. Frederik ist mit seinen gerade mal einundsechzig Jahren noch fit und sportlich. Dennoch hat er schon des Öfteren angedeutet, dass er mehr Zeit mit meiner Mutter verbringen möchte und das Gestüt mehr Ballast als Freude bringt. Dass sie jetzt so schnell einen potenziellen Käufer gefunden haben, wundert mich aber doch etwas. Und warum kann ich mich nicht von Herzen freuen für die beiden?

Nachdem alles aufgeräumt ist, sitze ich allein in meinem Wohnzimmer und schaue betrübt den weißen Schneeflocken zu, die im Garten auf die Tannen fallen. Das kann ja ein tolles neues Jahr werden, denke ich traurig und schniefe in mein Taschentuch. Ina zieht nach Italien und meine Mutter geht auf Weltreise. Denkt vielleicht auch jemand an mich? Alle machen sich vom Acker, bald hocke ich hier mutterseelenallein. Ich schnappe mir ein Sofakissen und schluchze hinein. Plötzlich berührt mich eine feuchte Fellnase an der Wange. Mein Hund schaut mich mit treuen Hundeaugen tröstend an. Ich hatte ihn gar nicht kommen hören. Jetzt lege ich einen Arm um seinen Nacken und drücke ihn liebevoll an mich. »Ach, Rowdy, wenn ich dich nicht hätte«, sage ich traurig. Dieser Hund hat mich schon so oft getröstet, denke ich und lächele ihn dankbar an.

Als ich ihn loslasse, scheint er mich zu mustern, dann bellt er zweimal laut auf, als wolle er mich auffordern, aufzustehen und das Leben anzupacken. Ich schüttele den Kopf über mein Selbstmitleid, in das ich hin und wieder verfalle. Mensch, Marie, jetzt freu dich doch für deine Mutter und Frederik. Dass die beiden sich im Alter noch gefunden haben und glücklich miteinander sind, ist doch das schönste Geschenk des Lebens, höre ich meine innere Stimme flüstern.

Kapitel 4

Das Jahr neigt sich langsam dem Ende und die Weihnachtstage sind schon wieder vorbei. Wie schnell die Zeit vergeht, denke ich, während ich im Wohnzimmer auf dem Boden sitze und den Weihnachtsschmuck wieder in die Kartons packe. Wir hatten wie immer hektische Feiertage. Irgendwie bekomme ich es nie hin, zwischen Geschenkekaufen, Einpacken, Weihnachtsbaumschmücken und Kochen noch entspannt, gut gelaunt und frisch frisiert in meiner Küche zu stehen. Ich frage mich immer, wie all die anderen Frauen bei Instagram & Co. es schaffen, lachend und perfekt geschminkt mit einwandfrei sauberer Küchenschürze in ihrer staubfreien Wohnung zu stehen und selig lächelnd den Gänsebraten zu servieren. Von dem sie dann übrigens angesichts ihrer Traumfigur bestimmt keinen Bissen selbst essen. Bei mir herrscht immer Chaos bis zum Schluss. Dafür ist es aber umso schöner, wenn wir alle vor dem Weihnachtsbaum, einer alten Familientradition folgend »eine Muh, eine Mäh, eine Täterä-tä-tä, eine Tu-ute, eine Ru-ute, eine Dideldadeldum« von Peter Alexander singen. Seit meiner Kindheit wird dieser alte Weihnachtsklassiker jedes Jahr gespielt. Mittlerweile nicht ohne Protest meiner Ältesten und meines Sohnes, der sich mit seinen zwölf Jahren vehement dagegen wehrt, solche uncoolen Lieder mitzusingen. »Mama, muss das wirklich sein?«, rufen beide einhellig im Chor und ziehen ihre Augenbrauen hoch. Nur meine Jüngste singt noch lautstark mit und sagt dann immer glücklich zu ihren Geschwistern: »Ihr zwei habt ja keine Ahnung, das ist doch ein wunderschönes Weihnachtslied. Mama, ich und Rowdy finden es toll.« Wobei Letzterer, sich bei den ersten Tönen von Peter Alexander unter den Tisch verkriecht und erst wieder hervorkommt, wenn der letzte Ton verstummt ist.

Weihnachten, das Fest der Liebe, denke ich gedankenverloren und nehme das Bild meines verstorbenen Mannes von der Kommode im Wohnzimmer. »Ach, Daniel, wärst du doch noch hier, dann wäre vieles einfacher«, sage ich leise und spüre den altbekannten Kloß im Hals und Tränen in meinen Augen. Ich stelle das Bild wieder zurück. Wann werde ich wieder richtig glücklich sein und nicht jeden Mann, der in mein Leben kommt, mit dir vergleichen? Es sind traurig Gedanken und ich weiß, dass es an mir liegt, mich wieder ganz für eine neue Liebe zu öffnen. Da kommt mir Christian spontan wieder in den Sinn. Wie hat er wohl Weihnachten verbracht? Auf seinen Brief habe ich noch immer nicht geantwortet. Was soll ich ihm sagen? Ich weiß es nicht. Meine Gefühle für ihn sind nach unserem Treffen wieder aufgeflammt und doch … Der Umstand, dass er bald Vater wird, macht die ganze Sache nicht einfacher. Ina meint, ich solle es einfach versuchen, mehr als schiefgehen könne es ja nicht. Typisch Ina, denke ich und muss schmunzeln bei dem Gedanken an meine beste Freundin. Sie war vor Weihnachten mit ihrer kleinen Tochter nach Italien zu Lino geflogen und verbringt auch die Silvestertage mit ihrer großen Liebe. Ich freue mich von ganzem Herzen für sie und dennoch bin ich traurig, dass sie dieses Jahr nicht in Deutschland ist. Na ja, in Deutschland bist du dieses Jahr auch nicht, Marie, kommt es mir nun in den Sinn. Nur noch zwei Tage und wir sind in Holland am Meer. Bei dem Gedanken an das gemütliche Häuschen direkt an der Nordseeküste huscht ein Lächeln über mein Gesicht und ich sehe mich schon mit Rowdy am Strand den Möwen hinterherrennen. Es werden bestimmt erholsame und hoffentlich stressfreie Tage mit meinen drei Kindern.

Nele hat schon ihren kleinen Koffer vor ein paar Tagen gepackt und als ich sie fragte, was sie denn alles mitnehmen wolle, antwortete sie mir mit fürsorglicher Miene: »Meinen

Teddy natürlich, Mama, der braucht dringend Luftveränderung.« Bei diesem Gedanken stelle ich Daniels Bild wieder zurück. Es wird schon weitergehen.

»Kinder, habt ihr eure Taschen alle im Auto?« rufe ich noch einmal gestresst nach oben. Gleich geht es los nach Holland. Mein Wagen ist vollgepackt mit Jacken, Stiefeln, Mützen und Kuscheltieren. Ich stehe ihm Hausflur und starre auf die Garderobe im sicheren Gefühl, etwas Wichtiges vergessen zu haben. Natürlich, Rowdy. Unser Hund muss natürlich auch noch mit. Ich stürze zum Auto und rücke die Reisetaschen in meinem Kombi etwas enger zusammen.

»Mama, Mattis hat meinen Teddy versteckt«, höre ich da Nele aus ihrem Schlafzimmer rufen. Schnell spurte ich ins Haus zurück und die Treppen in die obere Etage hoch. Nele kommt mir weinend entgegen und schluchzt: »Mattis, der Blödmann! Meine Heidi ist weg und ich weiß genau, dass er sie versteckt hat.«

Liebevoll nehme ich meine Jüngste in den Arm und sage tröstend: »Ach, mein Schatz, mach dir keine Sorgen. Deine Heidi finden wir sicher wieder.«

Mattis kommt indessen grinsend aus seinem Zimmer und ehe ich ihn ansprechen kann, rutscht er eilig das Treppengeländer herunter. Ich erstarre. »Mattiiiiisss, bitte die Treppe benutzen«, rufe ich ihm noch hinterher. »Das Geländer ist für die Hände und nicht den Po von pubertierenden Teenagern gedacht.«

Jetzt kommt auch Lotta aus ihrem Zimmer und hat einen Riesenrucksack auf dem Rücken. Ich mustere sie. »Willst du als Backpacker nach Australien reisen oder warum hast du den monströsen Rucksack dabei? Ich dachte, wir fahren nur nach Holland«, bemerke ich.

Grinsend schaut sie mich an. »Oh, sorry, Mama, habe da nur meine wichtigsten Sachen eingepackt.«

Ach du meine Güte, das kann ja heiter werden, denke ich und folge ihr mit Nele an der Hand in die Garage. Mein Sohn hat es sich schon auf dem Rücksitz des Wagens gemütlich gemacht. »Mattis, wo ist Neles Heidi?«, frage ich aufgebracht.

Er sieht mich trotzig an. »Was soll ich mit ihrer blöden Heidi? Und wie kann man einen Teddybären nur Heidi nennen?«, fragt er zurück, klettert wieder aus dem Wagen und nimmt Lotta den schweren Rucksack ab. »Und wo soll der noch hin?« fragt er dann mit großen Augen und lehnt ihn an die Wagentür.

Ich sehe Lotta an. »Willst du auswandern? Ich habe gesagt, jeder noch eine kleine Tasche oder ein Kuscheltier.«

Jetzt fängt Nele wieder an zu weinen und geht auf Mattis los. »Du hast meine Heidi und ohne meine Heidi fahre ich nicht nach Holland.«

Oh mein Gott! Wann können wir endlich losfahren, frage ich mich und versuche dann verzweifelt, die Streithähne zu beruhigen. »Jetzt ist Schluss, Mattis. Bitte hole jetzt Neles Teddy und entschuldige dich bei ihr, sonst bleibt dein Handy zu Hause«, sage ich schließlich scharf. Danach schnappe ich mir Lottas Rucksack und quetsche ihn unter ihren kritischen Blicken noch irgendwie in den Kofferraum.

Murrend rennt Mattis nach oben, um keine Minute später mit Neles Teddy auf dem Arm wieder zu erscheinen.

Nele ist schon eingestiegen. Zufrieden nimmt sie ihn in Empfang. »Mama hat gesagt, du sollst dich entschuldigen« verlangt sie dann triumphierend von der Rückbank aus

»Tschuldigung. War doch nur Spaß«, murmelt Mattis und lümmelt sich neben seine Schwester.

Schnell schließe ich die Haustür und danach sorgsam den Kofferraum. Lotta sitzt schon mit Kopfhörern und Handy auf dem Beifahrersitz. Ich atme aus. Endlich kann es losgehen, denke ich aufgeregt, setze mich hinters Steuer und gebe die

Adresse des Ferienhauses ins Navi ein. »Wir fahren ungefähr vier Stunden. Pausen nicht eingerechnet«, verkünde ich.

Eine Viertelstunde später, als ich gerade auf die Autobahn auffahren will, sage ich zu meinen Kindern: »Sagt bitte Bescheid, wenn ihr mal aufs Klo oder Rowdy raus muss … « Ich stutze. Rowdy! »Verdammt«, fluche ich erschrocken und meine Kinder sind ausnahmsweise still. »Wir haben Rowdy vergessen.« Ich nehme die nächste Abfahrt. Keine halbe Stunde später fahren wir wieder Richtung Holland. Mit Rowdy. Super, Marie, denke ich, der Urlaub fängt ja richtig gut an.

»Westerland fünf Kilometer«, ruft Lotta Stunden später aufgeregt und zeigt auf das Navi. »Immer geradeaus und dann links abbiegen, Mama. Dann sind wir da.«

Mattis und Nele recken die Köpfe und jubeln, dass wir endlich da sind

»Hey, Kinder, so lang war die Fahrt nun auch wieder nicht. Selbst Rowdy musste nur einmal raus«, brumme ich nur. Die Autobahn war frei, trotz Ferienzeit im Dezember. Die meistens fahren wohl über Silvester in die Berge und nicht an die stürmische Nordseeküste, denke ich und konzentriere mich auf die enge Landstraße. »Das Phänomen in Holland sind die breiten Fahrradwege, die sich durch ganz Holland ziehen. Offiziell heißt es übrigens Niederlande. Holland ist eigentlich nur die Region um Amsterdam. Die anderen Provinzen nennen sich Overijssel, Gelderland, Flevoland und im Süden Zeeland, Nordbrabant und Limburg. Drente, Groningen und Friesland liegen im Norden«, belehre ich meine Kinder, die interessiert zuhören.

»Du kennst dich ja richtig gut aus«, meint Lotta überrascht.

»Dahinter muss das Meer sein«, ruft jetzt Mattis und zeigt aufgeregt zum Deich, der sich jetzt rechts von uns erhebt.

»Cool, gleich sind wir da«, stellt Lotta fest und zieht ihr Handy aus ihrer Jackentasche. »Ich muss Fotos machen und meinen Freundinnen schicken«, erklärt sie schnell

Ich bin gerade ein letztes Mal abgebogen und wir fahren nur direkt auf unser Häuschen zu. »Erst einmal packen wir den Wagen aus und tragen alles ins Haus. Du hast noch die ganze Woche Zeit, um Fotos zu verschicken, Lotta«, sage ich bestimmt und steuere den Wagen vorsichtig über die Kieselsteine der Einfahrt des kleinen Ferienhauses. Wie niedlich das reetgedeckte Haus vor uns liegt. Die blauen Fensterläden und die kleinen Lichterketten in den Blumenkästen, die mit winterharter Erika bepflanzt sind, lassen das Haus gemütlich und einladend wirken. »Was für ein schönes Häuschen. Gut ausgesucht, Lotta«, sage ich lächelnd und bringe den Wagen zum Stehen. Als ich die Autotür öffne, rieche ich sofort das Meer und der Wind weht mir kräftig durch die Haare. »Hui, Kinder, hier weht ein anderes Lüftchen als bei uns zu Hause. Schnell die Sachen aus dem Auto und dann gehen wir an ans Meer«, rufe ich laut gegen den Wind an.

Keine halbe Stunde später haben wir alles im Haus verstaut und der Kaminofen, der schon brannte, als wir kamen, erzeugt eine gemütliche Wärme.

»Ich will jetzt sofort ans Meer, Mama«, sagt Lotta und zieht sich ungeduldig ihre Jacke über.

»Ja, ja, wir gehen alle noch gemeinsam eine Runde mit Rowdy, bevor es dunkel wird«, antworte ich und lege Rowdy seine Hundeleine an.

»Muss ich auch mit?«, fragt Mattis und wirkt etwas gelangweilt.

»Ich sagte ALLE, das gilt dann wohl auch für dich, Mattis. Wir haben jetzt lange genug im Auto gesessen. Die frische Luft tut uns allen gut«, entgegne ich ihm und ziehe Nele ihre rosafarbenen Winterstiefel mit den Einhörnern an. Die liebt sie heiß und innig. Ina hat sie ihr zu Weihnachten geschenkt und seitdem trägt sie die Stiefel ständig. Auch im Haus und – wenn ich nicht protestieren würde – vermutlich auch noch im

Bett zum Schlafen. Oh Ina, denke ich, sie ist jetzt in Italien bei ihrem Lino. Später muss ich sie unbedingt noch anrufen, um ihr zu berichten, wie schön wir es hier angetroffen haben. Aber jetzt geht es erst einmal in Richtung Deich.

Wir stehen auf dem Deich, der Wind fegt uns um die Ohren. Rowdy tobt um uns herum, während am Horizont die Sonne dunkelrot über dem Meer hängt. Ich atme aus – endlich Meer und Urlaub.

»Mama, guck mal, es ist Flut«, ruft meine Älteste begeistert und hält ihr Handy in Richtung untergehende Wintersonne. Wir schauen über das Wasser, das in schweren Wellen gegen den Deich schlägt. Der Wind ist noch kräftiger hier oben und wir ziehen alle unsere Mützen tief ins Gesicht. »Hui, was für ein Wind. Kinder, haltet euch an den Händen fest, dass ihr nicht wegweht«, rufe ich lachend und halte Nele fest an der Hand. Herrlich! Diesen Blick über das weite Meer habe ich unendlich vermisst, denke ich und atme die klare, salzige Luft tief ein. Warum das Meer so eine starke Anziehung auf mich hat, kann ich nur erahnen. Schon als kleines Kind war ich oft mit meiner Tante an der Ostsee und empfand dieses Glücksgefühl, wenn der Wind mir um die Nase wehte und die Möwen kreischend Fische aus dem Meer holten. Später waren wir als Familie oft an der holländischen Nordseeküste, damals, als Daniel noch lebte.

»Hey, Mama, hier ist es ja richtig cool«, ruft Mattis, stupst mich von der Seite an und holt mich aus meinen Gedanken.

»Ja, finde ich auch«, gebe ich noch immer etwas abwesend zurück.

»Super ist es. Mir gefällt es hier super. Ich habe schon einige tolle Fotos gemacht und meinen Freundinnen geschickt«, ruft Lotta freudig und stemmt sich gegen den Wind.

Rowdy reckt seine Nase in den Wind, schüttelt sein dickes

Winterfell, bellt laut und sieht uns auffordernd an, als wolle er jetzt noch einen Spaziergang machen. »Rowdy gefällt es auch, Mama«, übersetzt Nele und drückt ihn fest an sich, bevor wir uns, vollgetankt mit frischer Luft, auf den Rückweg machen.

Am Abend kehrt endlich Ruhe ein in unserem gemütlichen Ferienhäuschen. Die Kinder waren alle ziemlich aufgeregt, besonders Nele war von den Eindrücken überwältigt. Jetzt liegen sie alle in ihren Betten und schlafen tief und fest. Nur Lotta telefoniert noch mit ihrer Freundin.

Ich sitze im gemütlichen Wohnzimmer auf dem Sofa am Kamin, eine heiße Tasse Tee steht vor mir auf dem Couchtisch. Zu meinen Füßen liegt Rowdy auf einer Decke und döst vor sich hin. Apropos, telefonieren muss ich ja auch noch. Schließlich habe ich meiner Mutter und Ina versprochen, dass ich mich direkt bei ihnen melde, wenn wir angekommen sind. Ich schaue zur Uhr an der Wand. Und jetzt ist es schon fast zweiundzwanzig Uhr. Hastig ziehe ich mein Handy aus der Tasche meiner Strickjacke und wähle die Nummer meiner Mutter.

»Hallo Marie, bist du es?«, höre ich sie am anderen Ende der Leitung.

Ja, Mama, entschuldige, dass ich so spät noch anrufe. Wir waren noch am Deich und bis alle im Bett lagen, war es doch etwas später«, antworte ich..

»Ach Kind, das ist doch kein Problem. Ich dachte mir schon, dass ihr euch erst noch etwas die Gegend anschaut. Ich hoffe, es gefällt euch«, antwortet sie freundlich.

Meine Mutter! Noch immer muss ich in solchen Momenten über sie staunen. Diese Reaktion wäre noch vor drei Jahren undenkbar gewesen. Sie hätte mir bestenfalls schnippisch einen guten Abend gewünscht, um mir anschließend eine Predigt über Pünktlichkeit und Disziplin zu halten. Unglaublich, wie sie sich verändert hat, seit sie mit Frederik zusammen ist. Dieser Mann hat aus ihr eine lebensbejahende und zufriedene Frau gemacht, und das in ihrem Alter. Da soll mir noch einmal einer sagen, dass das Leben mit siebzig vorbei ist, denke ich und bin glücklich, dass sie mit ihrem Frederik eine große Liebe gefunden hat.

»Hier ist es einfach herrlich, das Häuschen, das Meer, die Luft. Morgen werden wir uns den Ort näher ansehen«, antworte ich begeistert und streichele Rowdy.

»Das hört sich ja wirklich toll an, Marie. Dann sag den Kinder schöne Grüße von mir und Frederik und erholt euch gut«, antwortet sie und drückt noch schnell einen herzlichen Schmatzer durch die Leitung.

»Danke, Mama, ich melde mich. Schöne Grüße auch an Frederik und gute Nacht.« Das erste Gespräch lief ja prächtig, denke ich beruhigt, dann wähle ich Inas Handynummer. Meine Freundin ist letzte Woche mit ihrer kleinen Tochter zu ihrem Lino nach Italien geflogen und verbringt natürlich Weihnachten und Silvester mit ihm.

Auch sie geht gleich ran. »Hallo, Marie, endlich meldest du dich«, höre ich sie aufgeregt sagen.

»Hi, Ina, sorry, dass ich mich so spät erst melde. Habe gerade noch mit meiner Mutter gesprochen. Wir sind gut angekommen und fühlen uns alle pudelwohl hier. Das Ferienhaus ist einfach klasse und urgemütlich. Wir waren schon am Deich und haben die untergehende Sonne über dem Meer bewundert«, erzähle ich begeistert, die Worte sprudeln förmlich aus mir heraus.

»Das hört sich ja super an, Marie. Das freut mich so für euch. Genießt die Tage am Meer und vielleicht hast du auch etwas Zeit für dich, um über deine Zukunft nachzudenken.«

Ich stutze, dann seufze ich innerlich. »An was für eine Zukunft solle ich deiner Meinung nach denn denken, liebe Ina?«, entgegne ich süffisant.

»Ich glaube, du weißt, von wem und was ich rede, oder?«, höre ich sie am anderen Ende leicht aufseufzen.

»Ina, denkst du wirklich, ich mache mir hier Gedanken über Männer?«

»Nein, nicht über Männer, Marie. Über EINEN Mann«, antwortet sie.

Ich sehe in die Flammen im Kamin und kraule weiter Rowdy. »Ach, liebste Freundin, ich glaube, ich habe hier genug Ablenkung, um über Christian nachzudenken«, sage ich nun ein wenig gereizt.

»Sorry, Marie, ich möchte dir bestimmt nicht deine Urlaubsplanung durcheinanderbringen und wünsche euch einfach nur eine tolle Zeit«, entgegnet Ina daraufhin vorsichtig.

»Ja, das wünsche ich mir auch. Einfach mal abschalten und die wunderbare Meeresluft genießen. Bei euch in Italien ist es sicher ein paar Grad wärmer als hier«, antworte ich und versuche so das Thema »Christian« abzuwürgen.

»Wir haben noch immer fast zwanzig Grad«, geht Ina schnell darauf ein. »Dieses Jahr ist es besonders mild für einen Dezember. Wir waren sogar noch im Meer baden. Einfach herrlich«, schwärmt sie und ich bin heilfroh, dass sie auf mein kleines Ablenkungsmanöver eingegangen ist.

»Super. Schwimmen ist hier nicht angesagt. Aber vielleicht können wir Schlittschuhlaufen. Mal schauen, was meine Kids dazu sagen. Ich würde es zu gerne mal wieder ausprobieren. Du weißt ja, dass ich früher die reinste Eisprinzessin war.« Ich muss lachen bei diesem Gedanken.

Auch Ina fängt am anderen Ende der Leitung laut an zu glucksen und meint dann: »Natürlich kann ich mich noch an deine wundervollen Pirouetten erinnern. Ein fliegender Schwan war nix dagegen.«

Jetzt habe ich es wieder genau vor meinem geistigen Auge: Aufgeregt und verkrampft halte ich mich an der Eislaufbande fest. Langsam versuche ich einen Schritt nach dem anderen auf dem Eis zu bewältigen. Mein Kopf ist hochrot vor Scham und

Anstrengung. Als ich mich endlich gefühlte Stunden später vorsichtig mitten auf das spiegelglatte Eis bewege, kommt ein älterer Herr mit giftgrünem Jogginganzug schnurstracks und laut schreiend auf mich zugefahren. »Weg da, ich kann nicht ausweichen«, brüllt er.

Ich wackele wir erstarrt auf meinen Schlittschuhen hin und her und kann nur noch Hilfe schreien und keine Sekunde später liegen der grünbekleidete Herr und ich der Länge nach auf dem Eis. Und als wäre das nicht schon peinlich genug, fährt jetzt meine »große Liebe« mit gekonnten Pirouetten und meiner damaligen Erzfeindin süffisant lächelnd an mir vorbei. Damals war ich fünfzehn. Doch dieses Ereignis hat meine Leidenschaft für das Schlittschuhlaufen merklich gebremst.

»Ich erinnere mich noch genau an damals«, sage ich laut kichernd. »Danach war ich Jahre lang nicht mehr in einer Eishalle.«

Meine Freundin kringelt sich vor Lachen und ich höre sie nach Luft schnappen: »Das war echt zum Schießen, Marie«, prustet sie.

Ich wische mir die Lachtränen aus den Augenwinkeln. »Sehr lustig, Ina. Dass du heute noch so darüber lachen kannst, freut mich«, antworte ich mit gespielt-gekränkter Stimme. »Okay, ich war und bin nicht die beste Eisläuferin, aber trotzdem würde ich mich gerne wieder aufs Eis wagen. Vor allem weil meine Kids die Mama unbedingt bewundern wollen«, ergänze ich.

»Super, Marie, finde ich echt klasse, dass du mit gutem Beispiel vorangehst. Wann soll es denn losgehen? Und gibt es in der Nähe eures Ferienhauses eine Eislaufhalle?«

Jetzt lache ich noch einmal laut auf. »Eine Eislaufhalle? Ina, wir sind nicht im warmen Italien. Wir haben hier Minusgrade und das Amstelmeer ist fast zugefroren.«

Kurz höre ich ein Räuspern und dann die aufgeregte Frage: »Ist das dein Ernst? Willst du tatsächlich auf einem zugefrorenem See Schlittschuhlaufen?«

»Natürlich, warum denn nicht? In Holland ist das Schlittschuhlaufen auf zugefrorenen Seen im Winter eine Art Volkssport«, antworte ich.

Ina scheint von meiner Idee nicht gerade begeistert zu sein und gibt nur noch zu bedenken: »Nun ja, wenn ihr Spaß daran habt, dann macht das. Aber passt auf euch auf.«

»Du hörst dich ja an wie meine Mutter früher. Wir passen schon auf uns auf. Ich werde dir Bericht erstatten«, antworte ich lachend.

»Okay, Marie, dann sage ich für heute ciao und euch morgen einen schönen Tag.«

»Ciao, Ina, und liebe Grüße an Lino.«

Kaum habe ich das Gespräch beendet, muss ich gähnen. Jetzt erst merke ich, wie müde ich bin. Es war ein aufregender und langer Tag. Die klare, kalte Meeresluft tat ihr Übriges. Keine zehn Minuten später liege ich in meinem gemütlichen Zimmer und habe die warme Bettdecke bis über beide Ohren gezogen. Gute Nacht, Holland!

»Mama, bist du schon wach?« Nele steht mit ihrer Heidi neben meinem Bett und schaut mich fröhlich an. ,

Ich drehe mich verschlafen um und sehe sie an. »Oh, wie spät ist es denn?«, frage ich meine Jüngste und strecke meine Arme nach ihr aus. »Komm noch etwas kuscheln, Nele.«

Das brauche ich ihr nicht zweimal zu sagen. Schnell springt sie mit ihrem Teddy unter meine noch warme Decke. Diese Momente genießt sie als Nesthäkchen immer sehr. Fest drückt sie sich mit ihrem weichen Körper an mich. »Hier ist es so schön, Mama. Ich will am liebsten für immer hier bleiben. Können wir nicht nach Holland ziehen? Dann gehe ich hier zur Schule und lerne Holländisch«, sagt sie euphorisch und strahlt mich dabei glücklich an.

»Ach, Nele, das ist ein schöner Gedanke. Mir gefällt es hier auch sehr, aber leider geht das nicht so einfach. Schließlich haben wir doch unser Haus in Deutschland und was ist mit deinen Freunden? Und Oma, Frederik und Ina sind ja auch noch da. Die würden uns sicher vermissen«, antworte ich und streiche ihr liebevoll über den Kopf.

Sie scheint kurz nachzudenken und kaut auf ihrer Unterlippe. Dann sagt sie ernst: »Ja, aber die können uns doch besuchen kommen. Und Ina zieht doch bald nach Italien und Oma will mit Frederik eine Weltreise machen.«

Ich zucke innerlich zusammen. Autsch! Wie heißt es doch so schön? Kindermund tut Wahrheit kund. Mein Magen zieht sich zusammen bei dem Gedanken an Ina und meine Mutter. Ich hatte den Kindern vor unserem Urlaub erzählt, dass Frederik sein Gestüt verkaufen will und dass die beiden dann eine Weltreise machen wollen. Alle drei Kinder haben es gut aufgenommen und Lotta meinte sogar, dass sie es ganz cool fände, dass Oma sich in ihrem Alter so eine sicher anstrengende Reise zutrauen würde. »Wir sprechen später noch einmal darüber. Jetzt genießen wir erst einmal die Tage hier«, versuche ich das Thema zu beenden und gebe Nele einen Kuss auf die Wange.

»Okay, Mama. Aber schön wäre es schon, oder?«, sagt sie und grinst mich schelmisch an.

Keine Stunde später sitzen wir in der gemütlichen Küche am Frühstückstisch. »Was machen wir heute?«, fragt Mattis und nimmt sich noch eine Scheibe holländisches Brot, auf die er drei Scheiben Goudakäse und eine ganze Ladung »Hagelslaa« schüttet.

»Igitt! Was ist das denn?«, ruft Lotta entsetzt und schaut Mattis mit großen Augen an.

»Das sind Schokoladenstreusel, siehst du doch. Schmeckt lecker. Probiere mal«, antwortet Mattis grinsend und hält Lotta das Käse-Schokostreusel-Brot vor die Nase.

Die dreht sich aber angewidert zur Seite: »Nee, lass mal. Ist nicht so mein Ding.«

Jetzt muss auch ich grinsen und wende mich an Lotta: »Es ist nicht jedermanns Sache, Goudakäse mit Schokoladenstreusel, aber in Holland wird das gerne zum Frühstück gegessen. Andere Länder, andere Sitten, Lotta.«

Nele nimmt sich auch ein Brot und meint zu ihrer Schwester: »Ich esse nur die Schokostreusel. Lotta, das schmeckt echt gut.«

»Nee, danke. Ich bleibe lieber bei der Marmelade«, antwortet Lotta eilig und schenkt sich noch etwas warme Milch in ihre Porzellantasse ein, die mit holländischen Milchkühen bemalt ist.

»Wisst ihr eigentlich, dass es in Holland überwiegend schwarz-weiße Kühe gibt? Die sind auch nicht so dick wie unsere deutschen braunen Kühe«, erkläre ich in die Runde.

»Das wusste ich nicht, Mama. Warum gibt es denn mehr Schwarz-weiße?« Interessiert schaut Mattis mich an und leckt die letzten Schokostreusel von seinem Teller.

»In Holland wird ja sehr viel Käse produziert, das wisst ihr sicher, und für diese Massen an Käse braucht man viel Milch. Die schwarz-weißen Kühe sind nicht so mächtig wie die braunen und werden Hauptsächlich für die Milchproduktion gehalten«, antworte ich, stehe auf und beginne den Tisch abzuräumen, denn scheinbar sind alle Kinder fertig mir ihren Broten.

»Hey, cool. Das muss ich unbedingt meiner Klassenlehrerin erzählen. Ich wette, das weiß sie nicht«, verkündet Mattis zufrieden.

»Wie wäre es, wenn wir heute nach Alkmaar und zum berühmten Käsemarkt fahren? Das ist eine knappe Stunde von hier. Da könnt ihr Käse bestaunen, die so groß wie Wagenräder sind«, schlage ich nun vor, während ich den Geschirrspüler einräume. Als ich mich wieder umwende, schaue ich in begeisterte Gesichter.

»Oh ja! Die will ich sehen, Mama. Können wir Rowdy mitnehmen?«, antwortet Nele mit hochroten Wangen.

»Natürlich nehmen wir Rowdy mit, er ist das Autofahren ja gewohnt«, antworte ich augenzwinkernd. »Dann mal los, Kinder, Jacken anziehen und ab auf den Käsemarkt.«

Die Fahrt nach Alkmaar dauert gerade mal vierzig Minuten. Unser Auto muss ich allerdings außerhalb abstellen, weil die Innenstadt wegen des Käsemarktes komplett abgeriegelt ist. Doch schließlich schlendern wir entspannt und bei schönstem Sonnenschein durch die winterlichen Straßen mit dem Käsemarkt. Rowdy halte ich an der kurzen Leine, damit er niemandem im Wege ist. Es ist zwar voll, aber nicht zu voll. In den Straßen stehen überall Stände mit allerlei verschiedenen Käseangeboten. Überall sehen wir traditionell in Weiß gekleidete Männer mit grünen Hüten, die schweren Käseleiber durch die Gegend tragen. Und der Duft von frischem, leckerem Käse weht durch die Luft. Meine drei Kinder lassen die Blicke schweifen. Ein Stand zieht sie scheinbar besonders an.

»Hier, guck mal, Mama. Das ist ein riesiger, runder Käse. Den muss ich fotografieren und das Foto meinen Freundinnen schicken«, ruft Lotta mir aufgeregt zu und bleibt stehen.

»Hm, Mama, da bekommt man ja Appetit. Von diesem hier hätte ich gerne ein Stück«, ruft Mattis, marschiert ebenfalls zu dem Stand und zeigt auf einen mittelalten Gouda.

»Ich auch, bitte.« Nele stellt sich neben Mattis und grinst über beide Ohren.

Ich gehe zu meinen Kindern.

»Ich nehme auch so ein Stück, aber erst mache ich noch ein Foto von euch. Mama, stell dich bitte mal zwischen die beiden«, kommandiert Lotta und schiebt mich lachend vor den Käsestand.

Ich platziere mich zwischen meine Kinder und Rowdy setzt sich vor uns auf das Pflaster.

»Jetzt mal alle Cheeeeeesss ...«, ruft Lotta.

Danach kaufe ich Käse für die ganze Familie, ich hantiere mit meiner Tasche und meinem Portemonnaie und der Leine. »Viermal mittelalter Gouda. Als tu plieft«, sage ich freundlich zu dem netten Käseverkäufer, der noch jedem ein Stück holländisches Weißbrot dazu gibt.

»Als tu was?«, fragt Lotta und schaut mich mit großen Augen an.

»Das heißt ›vielen Dank‹ auf Niederländisch«, erkläre ich und beiße beherzt in mein Käsebrot.

Wir schlendern weiter und essen. »Hm, lecker. Das ist doch was anderes als der abgepackte Käse bei uns im Supermarkt«, verkündet Mattis mit vollem Mund .

»Ja, sehr lecker, Mama. Vielleicht will Rowdy auch ein Stückchen?« Nele schaut mich grinsend an.

Ich nicke, dann stutze ich. Rowdy? Ich sehe an mir herunter und um meinen Arm hängt keine Leine mehr. Wo ist der Hund? Ich bleibe stehen und sehe meine Kinder an, die nun auch stehen bleiben. »Wer hatte ihn als Letztes an der Leine?«, frage ich aufgeregt in die Runde.

Die Gesichter meiner Kinder werden blass, wahlweise rot. Ich begreife: Wir haben den Hund verloren.

»Wir müssen ihn suchen«, ruft Lotta aufgeregt, die als Erste ihre Stimme wiederfindet.

Meine Güte, wie konnte das passieren? Wir waren alle so beschäftigt mit dem leckeren Käse, das keiner mehr auf Rowdy geachtet hat. Ich kann es nicht fassen und lasse den Blick über die Straße schweifen – überall Menschen, aber kein Rowdy. »Wir teilen uns am besten auf. Nele und ich gehen links und

Mattis und Lotta gehen rechts entlang. Wer ihn gefunden hat, ruft an«, kommandiere ich und schon rennen Lotta und Mattis los.

Verdammt! Wie konnten wir ihn nur aus den Augen verlieren? Eilig nehme ich Nele an die Hand und laufe mit ihr an den Käseständen entlang.

»Mama, was ist, wenn wir Rowdy nie mehr wiederfinden? Wir können doch nicht ohne ihn nach Hause fahren«, schluchzt derweil Nele an an meiner Hand.

Ich bleibe stehen und nehme meine Jüngste kurz liebevoll in den Arm und versuche sie zu beruhigen: »Ach, Nele, wir werden ihn sicher finden. Er kann ja nicht weit sein«, sage ich und höre selbst, dass ich wenig überzeugend klinge. Schnell richte ich mich wieder auf und schaue mich nach allen Seiten um. Kein Rowdy in Sicht. Langsam gehen wir weiter und mir wird mulmig bei dem Gedanken, dass wir vergebens suchen und er schon längst über alle Berge ist. Berge? Na gut, wir sind in Holland … Und wenn er bis ans Meer gelaufen und in den hohen kalten Wellen ertrunken ist? Mir wird heiß vor Aufregung. Oh Gott, bitte lass ihn schnell wieder auftauchen! Ich schicke ein Stoßgebet gen Himmel.

Ein Handyklingen holt mich aus meinen trüben Gedanken. Hastig zerre ich mein Handy aus meiner Manteltasche. Lotta ist dran. »Hallo, Mama, wo seid ihr? Wir haben ihn«, höre ich sie sagen.

Ich atme erleichtert aus. »Ein Glück. Wir kommen, wo seid ihr denn?«

»Da, wo wir den leckeren Gouda gegessen haben, gegenüber und dann rechts Richtung Fasanenstraat. Eigentlich könnt ihr den Weg nicht verfehlen. Bis gleich«, antwortet Lotta immer noch aufgewühlt.

Nele schaut mich mit aufgerissenen Augen an und fragt aufgeregt: »Mama, hat Lotta unseren Rowdy gefunden?«

»Ja, mein Schatz. Lass uns schnell zu ihnen gehen«, antworte ich und wische mir eine Freudenträne aus den Augenwinkeln. Das ist ja noch einmal gutgegangen, denke ich auf dem Weg zu Lotta, Mattis und Rowdy.

Keine zehn Minuten später sehen wir die drei an einem der vielen Käsestände. »Huhu, hier sind wir, Mama«, ruft Mattis uns schon von Weitem zu.

Nele rennt los und fällt Rowdy überglücklich um den Hals. »Ich bin so froh, dass du wieder da bist«, ruft sie.

Ich trete zu meinen Kindern. Jetzt erst bemerke ich den schlaksigen jungen Mann, der freundlich grinsend neben Lotta steht. Sie sieht mich an und erklärt: »Mama, das ist Jan. Er hat Rowdy festgehalten, weil er gesehen hat, dass er ein Halsband mit Schild trägt.«

Verlegen schaut Jan Lotta an und sagt in gebrochenem Deutsch: »Geen Problem. Ik find het mooi, dat Rowdy gevonden ist. Ik heb ihn met Kaas angelock.«

Nele, die Rowdy noch immer herzt und knuddelt, schaut von unten zu ihm hoch und sagt dann zu ihrer großen Schwester: »Lotta, was sagt er? Ich habe ihn nicht verstanden.«

Jetzt müssen wir alle herzhaft lachen und Lotta übersetzt grinsend: »Jan hat ihn mit Käsestückchen angelockt und dann festgehalten. Also, wenn ihr mich fragt, können wir froh sein, dass wir einen so schrecklich verfressenen Hund haben.«

Was für ein Tag! Schon der zweite Urlaubstag hatte es richtig in sich, denke ich, als wir alle am Abend müde, aber erleichtert wieder in Westerland ankommen. Dem netten jungen Holländer haben wir es zu verdanken, dass wir Rowdy wiedergefunden haben. Lotta setzt sich noch zu mir in die Küche, nachdem ich Mattis und Nele in ihre Betten gebracht und sie keine fünf Minuten später fest eingeschlafen sind. »Mama, es war trotz allem ein sehr schöner Tag heute. Wir haben den leckersten Käse der Welt gegessen und dank Jan unseren Rowdy wieder.« Meine Große lächelt mich verlegen an, rutscht vom Stuhl, setzt sich auf den Boden und streichelt unseren Hund, der es sich auf dem Teppich vor dem kuscheligen Kamin gemütlich gemacht hat.

Ich sehe zu ihr herab. »Ah, Jan. Das ist ein echt netter junger Mann. Findest du doch auch, Lotta, oder?«, frage ich lächelnd und mit einem Augenzwinkern. Dann schenke ich uns noch etwas heißen Orangentee in unsere Becher. »Hast du ihm deine Handynummer gegeben? Oder willst du nicht mit mir darüber reden?«, frage ich weiter.

Lotta verdreht genervt die Augen. »Oh, Mama, du immer mit deinen Fragen.« Sie seufzt tief. »Aber damit du Ruhe gibst, ja, ich habe seine Nummer und«, sie zögert, »er wollte morgen eventuell vorbeikommen, wenn es recht ist.«

Tja, da hat mich mein mütterlicher Instinkt wieder einmal in die richtige Richtung geführt, denke ich und lächele Lotta wissend an. »Natürlich kann er gerne kommen. Wir wollten doch morgen Schlittschuhlaufen, als waschechter Holländer kann er uns bestimmt beibringen, wie man das richtig macht.«

Jetzt entspannt sich ihr Gesicht und sie grinst mich frech an. Flink steht sie auf und bevor sie in ihr Zimmer verschwindet, sagt sie: »Okay, ich sage ihm, er soll seine Schlittschuhe mitbringen und dass er unserer gesamten Familie Unterricht im Ijsschaatsen geben soll.«

Ich sehe ihr verwirrt hinterher.

In der Tür bleibt sie noch einmal stehen und sieht mich an. »Ach ja, Mama, nur zur Info, Ijsschaatsen ist Holländisch und bedeutet Schlittschuhlaufen.«

Ein herrlich sonniger Morgen treibt mich aus dem Bett. Leise schleiche ich über die knarrenden Holzdielen des Häuschens, um die Kinder nicht aufzuwecken. Rowdy liegt noch zusammengerollt auf dem Teppich vor dem Kamin, als ich in der Küche die Kaffeemaschine einschalte und durch das Fenster auf die weiße Landschaft blicke. Es hatte letzte Nacht ordentlich geschneit und die Wiesen und Bäume hinter unserem Haus sehen aus wie mit Puderzucker bestreut. Herrlich, denke ich verträumt, dann kommt mir das Gespräch mit Nele wieder in den Sinn. Was wäre, wenn wir tatsächlich unsere Koffer in Deutschland packen und uns hier am Meer ein kleines Häuschen kaufen? Warum eigentlich nicht? Ina hat den Sprung auch gewagt und zieht im Frühjahr nach Italien. Aber: Hallo, Marie, du hast drei Kinder und ein Haus in Deutschland, so einfach geht das nicht. Außerdem hat Ina einen Mann an ihrer Seite und du bist allein, ruft mein innerer Kritiker. Ach, träumen darf man ja wohl noch, denke ich und schlürfe den letzten Rest aus der Keramiktasse, die mit bunten, holländischen Motiven bemalt ist. Langsam steigt die Sonne höher über den Deich und die Möwen ziehen kreischend ihre Bahn. Der heiße Kaffee weckt meine Lebensgeister. Eilig lege ich Rowdy die Leine an und stapfe mit ihm durch die winterliche Landschaft. Auch er hat sichtlich Spaß an der weißen Pracht und schüttelt sein warmes Winterfell ausgiebig in der Sonne. Nach einer Stunde komme ich gutgelaunt zurück und freue mich auf den vor uns liegenden Tag.

»Alle einsteigen«, rufe ich meinen Kindern zu, die alle warm eingepackt vor meinem Auto stehen. Ich bleibe neben der Fahrertür stehen und öffne den Wagen. Beim Einsteigen sehe ich kurz zu Lotta, die wieder neben mir Platz nimmt. »Ach, Lotta, wo ist denn Jan? Wollte er uns nicht Schlittschuhlaufen beibringen?«, frage ich grinsend und starte den Motor des Wagens.

Sie schnallt sich an, dann sieht sie zu mir. »Er kommt direkt ans Amstelmeer. Dort ist auch ein Schlittschuhverleih, oder wollt ihr auf Socken übers Eis schlittern?«, antwortet sie schmunzelnd.

»Okay, dann hoffen wir mal auf einen schönen Tag und dass wir alle viel Spaß haben«, sage ich nur und fahre über die enge Straße in Richtung Meer.

Die Fahrt geht zügig, die Sonne scheint und überall glitzert der Schnee. »Schade, dass Rowdy nicht dabei ist«, murrt Mattis irgendwann auf dem Rücksitz und beobachtet die Schafe auf dem Deich, die es sich in der Sonne gut gehen lassen.

Diesmal hatte ich Rowdy bewusst zu Hause gelassen. »Nee, lass mal. Heute kann ich nicht auch noch auf den Hund aufpassen. Ich bin froh, wenn ich euch alle im Blick habe«, antworte ich mit einem Augenzwinkern in den Rückspiegel.

Nach fünfzehn Minuten Fahrt erreichen wir den kleinen Strand, an dem schon einige Schlittschuhläufer auf dem glitzernden Eis ihre Runden drehen. Ich suche mir einen Parkplatz am Rand, damit das Auto nicht so zugeparkt wird.

»Guck mal, Mama, da vorne ist der Schlittschuhverleih«, ruft Nele und ihre Augen strahlen mit der Sonne um die Wette.

»Super, da steht auch Jan«, ergänzt Lotta begeistert und kann es kaum erwarten, aus dem Auto zu steigen.

»Langsam, langsam, wir gehen alle zusammen«, bändige ich meine Mädchen, drehe mich nach hinten, angle nach Neles Handschuhen im Korb hinter dem Fahrersitz und ziehe sie ihr über.

Mattis ist schon raus. »Brr, ganz schön kalt«, brummt er und zieht sich die Mütze tiefer ins Gesicht. Dann stapft er gleich los, durch den Schnee in Richtung Schlittschuhverleih.

Die Mädchen und ich folgen ihm eilig. Nach zwanzig Minuten hat jeder seine Schlittschuhe an den Füßen und wir wackeln im Entengang zum zugefrorenen Amstelmeer. Dort erwartet uns tatsächlich Jan, genau da, wo die Eisfläche beginnt.

»Hallo, Jan, schön dich zu sehen«, sage ich lächelnd und halte Nele fest an der Hand.

»Goedemiddag, een mooie dag gewenst«, antwortet er auf Niederländisch und schenkt Nele ein breites Grinsen.

»Was hast du gesagt, Jan?«, will Nele wissen und schaut wissbegierig zu ihm auf.

Etwas verlegen übersetzt er: »Ach, das heißt einfach, dass ich euch einen schönen Tag wünsche.«

Lotta starrt ihn mit roten Wangen aufgeregt an und sagt: »Tja, ich denke, wir können von dir noch viel lernen. Vielleicht zeigst du uns erst mal ein paar einfache Schritte.«

Schnell setzt er die Kufen auf das spiegelglatte Eis und dreht vor unseren Augen eine gekonnte Pirouette.

»Wow, das möchte ich auch lernen«, ruft Mattis begeistert und traut sich vorsichtig auf die Eisfläche. Doch kaum hat er den ersten Schritt nach vorne gesetzt, liegt er auch schon auf der Nase.

Lotta lacht laut auf. »Mattis, du musst wirklich noch viel lernen«, sagt sie und hilft ihrem Bruder auf die Beine.

»Dann mach du es doch besser«, gibt er genervt zurück und klopft sich den Schnee von der Hose.

Und genau das tut Lotta. Langsam setzt sie ein Bein vor das andere und nach einigen Versuchen gleitet sie sicher über das Eis. Sogar eine kleine Pirouette versucht sie und lächelt Jan verlegen zu. Als sie kurz vor ihm zum Stehen kommt, hält er sie schützend an ihrer Jacke fest »Hoi, Lotta, goed gedaan«, sagt er und lächelt zärtlich zurück.

Nele und ich stehen noch am Rand. »Ich will es auch mal probieren, Mama«, ruft Nele nun und zieht mich eilig an der Hand auf das glitzernde Eis.

Es geht so schnell, dass ich nicht reagieren kann. »Hilfe, Nele, nicht so schnell«, kann ich noch rufen, da liegen wir beide auch schon auf der Eisfläche.

»Hey, das war aber keine gute Eiskunsteinlage. Da müsst ihr aber noch etwas üben«, lacht Mattis und reicht mir seine

Hand, um mir auf die Beine zu helfen. Leider verliert er im selben Moment das Gleichgewicht und wir drei liegen lachend auf dem klirrend kalten Eis.

Lotta kommt angekurvt. »Ich glaube, ihr drei verbringt euren Nachmittag heute liegend auf der Eisfläche. Oder was meinst du, Jan?« Er ist ihr gefolgt und sie strahlt den hochgewachsenen Holländer neben sich an.

»Geen Problem, man muss es einfach lernen«, gibt er verschmitzt zurück.

Ich denke an damals, dann sage ich: »Ja, das glaube ich auch. Da haben wir noch viel zu tun.« Vorsichtig stehe ich wieder auf und verharre dann wackelig auf den Kufen.

»Mama, wenn du nichts dagegen hast, würde ich gerne mit Jan etwas weiter rauslaufen. Ich habe ja einen sehr guten Schlittschuhlehrer an meiner Seite«, bittet Lotta mich jetzt.

Ich mustere sie. Habe ich da gerade ein verliebtes Blitzen in den Augen meiner Tochter gesehen? Hallo, Marie, Lotta ist sechzehn, gönne ihr den Spaß, ermahne ich mich. »Okay«, gebe ich mein Verständnis, »aber bitte sei spätestens in einer Stunde wieder zurück, sonst sind wir drei hier höchstwahrscheinlich festgefroren.«

Meine Tochter schaut mich glücklich an und drückt mir einen Schmatzer auf die Wange.

»Bedankt, tot ziens«, ruft Jan uns noch zu und ergreift Lottas Hand, als sie Seite an Seite über das verschneite Eis in Richtung Deich laufen.

Ich stehe da mit meinen beiden anderen Kindern, die sich ebenfalls wieder aufgerichtet haben. Ein wirklich netter Junge, dieser Jan, denke ich. Tja, die holländischen Männer haben schon einen ganz bestimmten Charme. Und dann muss ich an Gerrit denken, von dem ich schon seit zwei Jahren nichts mehr gehört habe. Ob er noch in Italien als Surflehrer arbeitet?

»Mama, komm, lass es uns noch einmal probieren. Mir

macht es Spaß und Jan hat gesagt, wir müssen üben«, höre ich Mattis sagen, womit er mich aus meinen Gedanken reißt.

Ich reiße mich los von Jan und Lotta, die schon ein ganzes Stück entfernt zwischen anderen Menschen über das Eis gleiten, und auch dem Gedanken an Gerrit. Ich sehe meinen Sohn an. »Na dann los, ihr zwei«, rufe ich und ziehe meine beiden Kids lachend hinter mir her über das Eis.

Langsam geht die Sonne unter. Wir sitzen seit zehn Minuten in einem gemütlichen kleinen Strandcafé am Meer, nahe dem Schlittschuhverleih. Es ist voll, überall sitzen Gäste und wärmen sich auf. Die Bedienung läuft von Tisch zu Tisch. Meine Kinder und ich haben jeder einen riesigen Becher Schokomel met Slaagroom, was unserer heißen Schokolade ähnelt, vor uns auf dem Tisch stehen. Mattis nimmt einen großen Schluck und schaut zur untergehenden Sonne über dem Meer. »Hm, lecker, und so schön warm. Meine Hände sind fast abgefroren in der Kälte draußen. Aber es hat viel Spaß gemacht. Können wir morgen vielleicht noch einmal aufs Eis?«

»Morgen ist Silvester, da muss ich noch ein paar Vorbereitungen treffen, sonst haben wir am Abend nichts zu essen, Mattis. Aber bestimmt können wir die nächsten Tage noch einmal aufs Eis, wenn es euch so gut gefallen hat«, antworte ich und schaue nervös auf mein Handy. Mittlerweile ist es schon über zwei Stunden her, dass Lotta und Jan weg sind. Wo bleiben sie nur so lange? Langsam werde ich unruhig. Ich schaue noch ein paarmal aufs Handy, dann wähle ich ihre Nummer und trinke den letzten Schluck aus meiner Tasse. Aber ich bekomme keine Verbindung, kein Signal. Merkwürdig, denke ich und versuche ruhig zu bleiben.

»Mama, wann kommt Lotta zurück?« Meine Jüngste schaut mich fragend an.

»Sie wird wohl gleich hier sein, mein Schatz. Wir warten

noch etwas«, antworte ich und bin bemüht, mir meine Unruhe nicht anmerken zu lassen.

»Rowdy wartet sicher auch schon auf uns, Mama«, gibt Mattis zu bedenken.

Stimmt, denke ich genervt, der Hund muss auch raus. Wenn wir jetzt nicht fahren, habe ich gleich das Chaos zu Hause. Was soll ich nur tun? Noch einmal wähle ich, aber bekomme wieder keine Verbindung.

Wir sitzen da und warten. Mittlerweile ist die Sonne komplett hinter dem Deich verschwunden und der Schnee fällt in dicken Flocken vor dem Fenster des kleinen Strandcafés. Immer mehr Leute brechen auf, bald sind wir fast allein. »Kinder, wir fahren nach Hause. Vielleicht hat Jan Lotta schon nach Hause gebracht«, sage ich schließlich mit zittriger Stimme und versuche aber noch immer ruhig zu bleiben. Dem Strandcafébesitzer gebe ich meine Handynummer. Falls Lotta doch noch hier auftaucht, soll er sich bei mir melden. Mehr kann ich jetzt leider nicht tun.

Voller Angst und Ungewissheit kommen wir keine zwanzig Minuten später zu Hause an. Das kleine Häuschen liegt dunkel im Schnee. Keine Lotta, kein Jan.

Rowdy kommt uns laut bellend entgegen, als ich hektisch die Haustür öffne. Schnell nehme ich die Leine vom Haken im Flur. »Ja, ja, Rowdy, wir gehen raus«, sage ich angespannt und füge an meine Kinder gewandt hinzu: »Bin gleich wieder zurück.«

Mit Sorge im Nacken stapfe ich durch den Schnee. Mittlerweile ist es stockdunkel und eiskalt. Rowdy läuft hin und her, aber meine Gedanken sind nur bei Lotta. Wenn sie nicht bald nach Hause kommen, ist etwas passiert. Warum habe ich sie mit ihm fahren lassen? Ich kenne den Jungen ja gar nicht. Vielleicht hat er sie irgendwo abgesetzt. Oder Schlimmeres. Meine Wangen glühen vor Kälte und Aufregung. Oh Gott, bitte bringe Lotta wieder gesund nach Hause, flehe ich betend. In der Dunkelheit sehe ich Rowdy durch den Schnee toben. Nach einer Weile kehre ich um, ich halte es nicht mehr aus. Eilig marschiere ich wieder in Richtung Ferienhaus und rufe Rowdy zu mir. Hell erleuchtet liegt es im Dunkeln da. Kaum bin ich angekommen, stürze ich ins Wohnzimmer, wo Mattis und Nele mich schon erwarten. Rowdy folgt mir und schnüffelt besorgt an meiner Hand – er scheint zu merken, dass etwas nicht stimmt. Achtlos werfe ich meine Jacke über die Lehne eines Sessels und sehe meine Kinder auf dem Sofa fragend an.

»Mama, Lotta ist immer noch nicht da«, schluchzt meine jüngste Tochter und fällt mir in die Arme.

»Wo können sie denn so spät noch sein?« Auch Mattis, der sonst immer den coolen großen Bruder mimt, hat Tränen in den Augen.

Plötzlich höre ich mein Handy klingeln. Ich sehe mich hektisch um und löse mich aus Neles Umarmung. Verdammt, wo habe ich es nur hingelegt?

Aber Mattis ist schon aufgesprungen, rennt in den Flur und kommt mit meinem Handy zurück. »Mama, hier«, ruft er und reicht es mir. Ich muss es in der Diele vergessen haben.

Nele und Mattis stehen vor mir und sehen mich mit großen Augen an. Ich nehme hastig das Gespräch an. »Hallo, hier ist Marie Kramer«, melde ich mich mit bebender Stimme.

»Hier ist Jan ten Dijk. Lotta ist im Stadsziekenhuis in Amsterdam. Intensivstation, Zimmer fünf, Etage zwei. Sie ist eingebrochen in het Zee.«

Ich erstarre. Lotta ist im Krankenhaus? Ins eiskalte Wasser eingebrochen? Ich zittere und ich kann kaum noch einen klaren Gedanken fassen. Wie in Trance antworte ich leise: »Lebt sie?«

Am anderen Ende der Leitung höre ich ein lautes Schluchzen:

»Ja, aber es ist meine Schuld. Ich, ich konnte ihr nicht mehr halten.«

»Ich komme«, höre ich mich noch sagen, dann ist die Verbindung unterbrochen.

»Ich muss nach Amsterdam, Lotta liegt im Krankenhaus«, sage ich erschüttert und kämpfe mit den Tränen.

Mattis und Nele schauen mich entgeistert an. »Oh Mama, was ist denn passiert?«, ruft meine Tochter erschrocken aus.

»Lotta ist im Eis eingebrochen. Mehr weiß ich nicht, und dass sie auf der Intensivstation in Amsterdam liegt.« Ich wende mich an meinen Sohn: »Mattis, könnt hier allein bleiben, bis ich wieder zurück bin? Es ist gleich achtzehn Uhr. Ich brauche ungefähr eine halbe Stunde bis Amsterdam.«

Mein Sohn stellt sich schützend neben seine Schwester und antwortet erstaunlich ruhig: »Mama, kein Problem. Ich pass schon auf Nele auf, und Rowdy ist ja auch noch bei uns. Fahr vorsichtig.«

Jetzt kann ich die Tränen nicht mehr zurückhalten und drücke beide fest an mich. »Oh, Kinder, ich hab euch so lieb.«

»Wir dich auch Mama, aber Lotta braucht dich jetzt«, antwortet Mattis ernst.

Wir lösen uns wieder voneinander und Mattis schiebt mich zur Tür.

»Fahr vorsichtig, Mama, und sag Lotta, dass wir sie schrecklich lieb haben und sie vermissen«, ruft Nele mir noch weinend hinterher.

Ich verlasse das Haus. Jetzt muss ich die Kinder auch noch allein lassen, aber es bleibt mir ja nichts anderes übrig, denke ich schuldbewusst, während ich zum Auto laufe.

Wenig später krieche ich über die Landstraße. Es ist die Hölle. Angestrengt konzentriere ich mich auf die Straßen des kleinen Ortes, die tief verschneit vor mir liegen und ich bin heilfroh, dass ich mir noch neue Winterreifen zugelegt habe.

»Marie, jetzt bleib bitte ruhig, wenn dir auch noch etwas passiert, ist alles vorbei«, versuche ich mich selbst zu beruhigen. Endlich sehe ich das Schild mit dem Hinweis auf die Autobahn und fünf Minuten später nehme ich die Autobahnauffahrt, die wenigstens vom Schnee freigeräumt ist, ebenso die Autobahn selbst.

Nach einer guten halben Stunde, die mir wie eine Ewigkeit vorkommt, erreiche ich Amsterdam. Dem Navi nach sind es noch fünf Minuten bis zum Stadtkrankenhaus. Und tatsächlich, fünf Minuten später parke ich in der Tiefgarage des Krankenhauses. Mein Herz schlägt mir bis zum Hals, als ich wenig später aufgelöst durch die Drehtür der Klinik eile. »Intensivstation, Zimmer fünf, Etage zwei«, murmele ich vor mich hin und renne die Treppen zum zweiten Stock hoch. Hier ist er wieder, dieser eigenartige Krankenhausgeruch. Der scheint in allen Ländern gleich zu sein, denke ich panisch. Sofort kommen mir die Bilder von Daniel wieder in den Sinn, als er auf der Intensivstation lag. Seit dieser Zeit habe ich Herzrasen, wenn ich auch nur das Wort ›Krankenhaus‹ höre. Mir wird übel, ich halte inne und muss mich am Treppengeländer festhalten. Marie, jetzt bleib bitte ruhig. Lotta braucht dich jetzt, ermahne ich mich stumm und hole noch einmal tief Luft. Dann gehe ich weiter und öffne schließlich die Tür zur Intensivstation.

Die Krankenschwestern eilen alle geschäftig auf dem Gang hin und her und keiner scheint Notiz von mir zu nehmen. Ich stehe da und weiß nicht wohin. Wo ist meine Tochter, würde ich am liebsten laut rausschreien, aber ich bin wie versteinert und mein Mund ist wie ausgetrocknet.

»Frau Kramer?«, höre ich da plötzlich eine Stimme hinter mir.

Erschrocken drehe ich mich um und sehe in die verweinten Augen von Jan, der zitternd auf mich zukommt.

»Es tut mir so leid«, sagt er leise und wischt sich mit seinem zerknautschen Flanellhemd über die Augen.

»Wo liegt sie?«, frage ich schroff zurück, ohne ihn anzusehen.

Er deutet mit der Hand auf die gegenüberliegende Tür und sagt: »Als ik nog was tun kann. Ik bin hier.«

»Danke, aber ich glaube, du wirst hier nicht mehr gebraucht«, antworte ich ihm mit eiskaltem Blick und gehe eilig zum Intensivzimmer.

»Hallo, wie ben je?«, spricht mich nun eine Krankenschwester mit strengem Blick an, als ich die Tür öffnen will.

Oh, nein auch das noch. Ich verstehe kaum Niederländisch, schießt es mir durch den Kopf. Aufgeregt drehe ich mich zu Jan um, der immer noch wie angewurzelt an der Wand lehnt.

Er bemerkt meinen Blick, kommt zu uns und springt schnell ein. »Ze is de Moeder van Lotta Kramer«, sagt er zu der Krankenschwester, die daraufhin etwas freundlicher dreinblickt. »Habe Sie Ihren Passport dabei?«, fragt Jan mich nervös.

»Ja, natürlich. Entschuldigung. Ich habe ganz vergessen, mich anzumelden«, antworte ich und blicke flehend in Richtung Krankenschwester. Hoffentlich lassen sie mich jetzt endlich zu meinem Kind, denke ich panisch und meine Wangen glühen vor Aufregung und Anspannung. Dann wühle ich in meiner Handtasche – ich bin mir sicher, ich hatte das Ding eingesteckt.

»Geben Sie mij Ihren Passport, bitte«, sagt Jan und schaut mich dabei mit traurigen Augen an.

Ich nicke – und da habe ich ihn auch schon. Er war natürlich ganz unten in der Tasche. Eilig reiche ich ihn Jan mit zitternden Händen.

»Dank je wel«, sagt er leise und übergibt der Krankenschwester meinen Ausweis, die sich mit ihm nun auf Niederländisch verständigt.

Ich stehe daneben und verstehe fast nichts. Verdammt, in einem fremden Land, der Sprache nicht mächtig, komme ich mir auf einmal schrecklich verloren und hilflos vor. In meinen

Augen sammeln sich Tränen und ich bete leise zu Gott, dass man mich endlich zu meiner Tochter lässt. Nach gefühlt einer halben Stunde gibt die Krankenschwester mir endlich meinen Ausweis zurück und schenkt mir noch ein mitfühlendes Lächeln, als sie sagt: »Alles goede voor je Dochter.«

Ich nicke ihr dankbar zu. Dann ziehe ich die Schutzkleidung über, die mir gereicht wird. Jan steht noch immer im Flur und schaut entmutigt zu Boden. »Danke«, sage ich leise in seine Richtung und öffne die Tür.

Mein Blick huscht durch das Zimmer zum Bett am anderen Ende. Es trifft mich hart. Ich schließe sachte die Tür hinter mir und gehe wie betäubt zu ihr. »Meine Lotta, mein Kind«, flüstere ich und sehe meine Tochter an Schläuchen und Maschinen angeschlossen vor mir liegen. Was ist bloß mit ihr? »Lieber Gott, bitte lass sie wieder gesund werden«, bete ich schluchzend. Die blauen und roten Anzeigen flackern abwechselnd auf, als sich ihre Augenlider zuckend bewegen. Ich stehe hilflos neben dem Bett und sehe einfach nur auf sie herab. »Ich bin hier, mein Schatz. Jetzt wird alles gut«, hauche ich ihr zu und versuche mich irgendwie in den Griff zu bekommen. Als Daniel damals auf der Intensivstation lag, sagte er mir anschließend, dass er vieles von dem, was um ihn herum passiert ist, wahrgenommen hätte. Ich möchte Lotta so gut ich kann unterstützen, auch wenn ich jetzt über mich hinauswachsen muss. Verzweifelt greife ich nach ihrer Hand und streichele sie ganz vorsichtig. »Du schaffst das, du bist stark, mein Kind. Ich liebe dich über alles«, flüstere ich ihr zu.

Da geht die Tür auf. Ich drehe mich nicht um. »Mevrouw Kramer, Sie müssen leider gehen, bitte«, höre ich die Krankenschwester leise hinter mir sagen. Erschrocken blicke ich mich um. Nein, ich will noch nicht gehen. Ich will bei meiner Tochter bleiben, würde ich ihr gerne ins Gesicht schreien. Aber ich weiß, dass ich jetzt stark sein muss für Lotta und meine beiden anderen Kinder. Mattis und Nele – kommt es mir wieder in den Sinn, die beiden sitzen mutterseelenallein in unserem Ferienhaus und das alles am letzten Tag des Jahres. Ein letztes Schlaf-gut-mein-Kind bringe ich noch über meine bebenden Lippen, dann muss ich das Zimmer verlassen.

Kaum auf dem Flur beginne ich zu weinen. Schluchzend werfe ich mich in die Arme von Jan, der gewartet hat.

»Mevrouw Kramer, es ging alles so schnell. Ich wollte sie halten, aber das Eis war zu dünn«, sagt er in gebrochenem Deutsch und die Tränen rinnen ihm über die Wangen.

Ich löse mich wieder von ihm und reiße mich zusammen. Schnell wische ich die Tränen notdürftig fort. »Ich glaube dir, Jan. Du hast das bestimmt nicht gewollt. Danke, dass du für mich übersetzt hast, sonst hätte ich Lotta wahrscheinlich heute nicht sehen können«, antworte ich ehrlich berührt. Ich sehe, der arme Junge zittert am ganzen Körper und ich begreife, er macht sich schwere Vorwürfe. Gleichzeitig nimmt mir mein eigener Schmerz fast die Luft zum Atmen.

Wir setzen uns auf zwei Stühle, die seitlich im Gang stehen, damit wir den Schwestern nicht im Weg sind. Dann erzählt Jan, was passiert ist. Lotta und Jan hatten viel Spaß beim Schlittschuhlaufen. Alles lief bestens und das Eis ist normalerweise um diese Jahreszeit dick genug. Er erzählt, dass er in den letzten Jahren mit seinen Freunden an dieser Stelle des Amstelmeeres immer Schlittschuh gelaufen ist und nie irgendetwas passiert sei. Er kann sich nicht erklären, wie das Unglück passieren konnte. An einer Stelle war das Eis wohl zu dünn und Lotta ist eingebrochen. »Ik heb versucht, sie alleen rauszuziehen, aber dat is mij leider niet gelungen«, berichtet er unter Tränen. Mittlerweile war es schon später Nachmittag und es waren nicht mehr so viele Leute auf dem Eis. Da er sich keinen Rat mehr wusste, lief er allein zurück und holte Hilfe. Ein hilfsbereiter Mann, der in der Nähe wohnt, hat ihm dann geholfen, Lotta vorsichtig aus dem Eiswasser zu ziehen. Der fremde Mann verständigte auch sofort einen Krankenwagen und so wurde sie mit starker Unterkühlung, Schock und gebrochenem Bein ins Krankenhaus eingeliefert.

»Du hast dein Bestes getan, Jan. Jetzt können wir nur hoffen, dass Lotta sich schnell erholt«, sage ich sanft, obwohl sich mein Magen zusammenkrampft und ich die Tränen kaum zurückhalten kann. »Fahr bitte vorsichtig nach Hause. Ich muss jetzt zurück zu Nele und Mattis«, füge ich leise hinzu und erhebe mich.

Er nickt und steht ebenfalls auf.

Ich muss jetzt wirklich zurück, winke ihm noch kurz zu, wende mich ab und verlasse die Intensivstation verlasse. Wie konnte das nur passieren, frage ich mich wieder und wieder, als ich auf der Autobahn zurück nach Westerland fahre. Da ich kein Niederländisch verstehe, werde ich morgen noch einmal Jans Übersetzungshilfe in Anspruch nehmen müssen. Immer noch zitternd fahre ich nach einer halben Stunde langsam auf den Parkplatz des kleinen Ferienhauses, das immer noch hell erleuchtet im Schnee liegt. Ich stelle das Auto ab und sitze noch einen Moment im Dunkeln da. Eine anstrengende Fahrt liegt hinter mir, zum Ende fing es wieder zu schneien an. Der Schnee fällt zunehmend dichter und ein eisiger Wind treibt die Flocken vor sich her. Ich zwinge mich auszusteigen und laufe zur Eingangstür. Drinnen höre ich Rowdy bellen. »Hallo, ich bin wieder da«, rufe ich schon im Hausflur.

Sofort kommen Nele und Mattis angerannt. »Hey, Mama, gut, dass du wieder hier bist. Wie geht es Lotta?«, fragt mein Sohn als Erster. Die beiden sind vor mir stehen geblieben und ich sehe, wie er Nele an der Hand hält. Im nächsten Moment wirft sich die Kleine weinend in meine Arme. Ich drücke sie kurz an mich und schiebe sie dann wieder von mir. Ich reiße mich zusammen. Ruhig sehe ich meine Kinder an und erkläre:

»Lotta liegt auf der Intensivstation und hat eine schwere Unterkühlung.« Ich fahre Nele über den Kopf.

»Das ist auch kein Wunder bei dem Eiswasser«, gibt Mattis pragmatisch zurück.

»Mama, kommt Lotta bald wieder zu uns?«, fragt Nele mit Tränen in den Augen.

»Ich hoffe es, Nele. Lotta ist stark. Sie schafft das schon«, sage ich tröstend und versuche weiter meine Angst vor den Kindern zu verbergen. »Es spät geworden. Ich denke, wir gehen jetzt ins Bett. Morgen fahren wir alle zusammen zu ihr.«

Nele schmiegt sich an mich und sagt: »Mama, ich bete für Lotta. Und wenn sie wieder gesund wird, schenke ich ihr meine Heidi.«

»Sie wird wieder gesund, ganz bestimmt«, entgegne ich mit einem liebevollen Lächeln.

Irgendwann ist es zwölf Uhr dreißig. Endlich Ruhe. Die Kinder liegen seit einer halben Stunde im Bett und ich sitze mit einer heißen Tasse Tee auf der Couch im Wohnzimmer vor unserem Kamin und schaue in die lodernden Flammen. Draußen liegt der Schnee dick auf den Bäumen und Sträuchern. Es sieht alles wunderschön und friedlich aus. Aber jäh wandern meine Gedanken zurück ins Krankenhaus. Lotta liegt auf der Intensivstation in Amsterdam. Der Schmerz überfällt mich erneut und treibt mir die Tränen ins Gesicht. »Lotta, mein Kind, ich liebe dich«, schluchze ich hemmungslos in die Kissen der Couch. Jetzt fällt mir erst ein, dass ich weder meiner Mutter noch Ina Bescheid gesagt habe, was für ein Unglück passiert ist. Aber jetzt ist es mitten in der Nacht. »Morgen früh muss ich sie sofort anrufen«, murmele ich noch leise vor mich hin und bin keine Minute später vor Müdigkeit und Erschöpfung eingeschlafen.

Kapitel 5

Ich stehe in der Küche neben der Kaffeemaschine, die ich gerade zum zweiten Mal angestellt habe. Es hat aufgehört zu schneien, aber der Tag ist grau wie meine Stimmung. Die Kinder spielen mit Rowdy im Garten. Ich habe das Handy in der Hand, um die schlechten Nachrichten zu beichten. Meine Freundin geht gleich nach dem ersten Klingeln ran. »Guten Morgen, Ina.«

»Hey, Marie, schön von dir zu hören. Ich dachte schon, ihr seid in Holland eingeschneit«, antwortet sie lachend. »Ich hoffe, es geht euch gut.«

Ich zögere kurz, dann erzähle ich mit schwerem Herzen: »Es ist ein Unfall passiert. Gestern auf dem Eis. Lotta liegt auf der Intensivstation in Amsterdam.« Tränen steigen mir schon wieder in die Augen.

»Was? Was hast du gerade gesagt, Marie? Das ist nicht dein Ernst. Oh mein Gott! Warum bin ich jetzt in Italien?«, höre ich Ina fassungslos sagen.

»Wir waren gestern alle zusammen auf dem Eis und Lotta hat sich mit einem jungen Holländer, den wir am Tag zuvor auf dem Käsemarkt in Alkmaar kennengelernt haben, verabredet. Sie ist mit ihm etwas weiter auf das Amstelmeer hinausgelaufen und da ist es dann passiert«, schluchze ich in mein Handy.

»Oh nein, Marie. Soll ich kommen?«, antwortet sie aufgelöst und ich höre ihre Stimme zittern.

»Ina, du kannst jetzt leider auch nichts tun. Ich fahre mit Nele und Mattis gleich zu ihr. Wenn ich mehr weiß, melde ich mich sofort wieder bei dir«, gebe ich aufgewühlt zurück.

»Ich bete für sie, alles wird gut, Marie. Ich denke an euch«, am anderen Ende der Leitung höre ich Ina leise schluchzen.

Nach diesem Gespräch muss ich mich erst einmal beruhigen.

Mein Herz schlägt mir bis zum Hals, denn ich habe gespürt, wie sehr Ina sich jetzt gewünscht hat, bei mir zu sein – meine beste Freundin! Was haben wir nicht schon alles gemeinsam durchgestanden. Nun ist sie Tausende Kilometer von mir entfernt. Wieder sammeln sich Tränen in meinen Augen und ich wische schnell mit meinem Handrücken über mein Gesicht. Eilig wähle ich dann die Handnummer meiner Mutter.

»Hallo Kind, schön, dass du dich im alten Jahr noch meldest. Wie gefällt es euch in Holland?«, höre ich meine gutgelaunte Mutter fragen.

Ich atme tief ein und wieder aus. »Mama, ich, es ist …«, beginne ich stotternd. »Lotta ist im Krankenhaus«, bringe ich dann mit zittriger Stimme hervor.

Für einen Moment herrscht Stille, dann höre ich einen Aufschrei: »Lotta? Um Himmels willen. Was ist passiert? Wir kommen!«

»Mama, bleib bitte ruhig. Ich weiß, dass es ein Schock für euch ist. Aber es wird alles gut«, rede ich beruhigend auf sie ein.

»Wie konnte das passieren? Hatte sie einen Unfall?«, entgegnet meine Mutter aufgelöst.

»Wir waren Schlittschuhlaufen auf dem zugefrorenen Amstelmeer und dort ist es passiert. Das Eis brach ein«, antworte ich nicht ganz wahrheitsgemäß. Dass Lotta allein mit einem holländischen jungen Mann unterwegs war, will ich ihr jetzt nicht auch noch erzählen.

»Ach du meine Güte! Marie, sollen wir nicht kommen, zur Unterstützung? Wir könnten uns um Nele und Mattis kümmern. Lotta braucht dich jetzt.«

»Danke, Mama, aber wir fahren in der nächsten halben Stunde gemeinsam zu ihr ins Krankenhaus nach Amsterdam. Ich muss erst hören, was die Ärzte heute sagen. Ich war gestern Abend nach dem Unfall noch bei ihr. Ich melde mich sofort bei euch, wenn ich mehr weiß«, antworte ich und versuche so ruhig wie möglich zu klingen, um meine Mutter nicht noch mehr in Panik zu versetzen.

»Kind, bitte sag mir danach sofort Bescheid. Wir sind für euch da. Ich liebe euch«, höre ich sie am anderen Ende schluchzen.

»Wir dich auch«, kann ich gerade noch sagen, bevor ich sie wegdrücke, damit sie meinen einsetzenden Weinkrampf nicht mitbekommt. »Lieber Gott, bitte lass alles wieder gut werden«, bete ich und schaue nach draußen in den verschneiten Garten, wo Rowdy unter der Aufsicht von Mattis und Nele vergeblich versucht Schneeflocken zu fangen.

Der Kaffee ist durch. Ich schenke mir eine Tasse ein und setze mich an den Küchentisch. Heute ist Silvester, kommt es mir auf einmal schmerzhaft in den Sinn. Es hätte alles so schön sein können. »Verdammt, warum habe ich sie auch allein auf das Meer laufen lassen?«, stoße ich verzweifelt aus und Tränen strömen mir erneut über mein Gesicht. Verzweifelt klammere ich mich an meiner Tasse fest.

Die Fahrt nach Amsterdam ist für meine Kinder und mich schrecklich. Aber schließlich rolle ich langsam durch die Einfahrt der Tiefgarage des Krankenhauses in Amsterdam. Den ganzen Weg über waren Nele und Mattis auffallend schweigsam. Meine armen Kinder sind völlig durcheinander von den Ereignissen der letzten zwei Tage. Besonders Mattis starrte die ganze Fahrt ohne ein Wort aus dem Fenster.

»Wir sind da«, sage ich nervös und stelle den Motor ab.

»Mama, ich habe Heidi nur für Lotta mitgenommen.« Meine Jüngste holt aus ihrer Tasche ihren Lieblingsteddy heraus und drückt ihn mir vom Rücksitz aus liebevoll in die Hand.

»Danke, das ist aber lieb von dir. Da wird sich Lotta bestimmt freuen«, gebe ich zärtlich lächelnd zurück und unterdrücke die Tränen, die sich wieder Bahn brechen wollen.

Wir steigen aus, ich nehme beide an die Hand. Vor der Eingangstür ins Krankenhaus kommt uns Jan entgegen »Hallo, Jan, willst du auch zu Lotta?«, fragt ihn Nele aufgeregt.

Er bleibt vor uns stehen und nickt. »Ja, ik möchte ihr besuchen«, antwortet er und schaut schüchtern zu mir rüber.

»Hallo Jan«, sage ich und reiche ihm die Hand. »Ich glaube, ich werde dein Übersetzungstalent heute noch einmal in Anspruch nehmen müssen. Wenn es okay für dich ist?«

»Naturlijk, Frau Kramer. Ik helfe, wo ik kann«, antwortet er befangen und schaut verlegen zu Boden.

Nach gefühlt einer Stunde stehen wir endlich vor dem Intensivzimmer meiner Tochter. Nele und Mattis müssen draußen bleiben. Enttäuscht schaute mich meine Tochter an, als die Krankenschwester Jan erklärte, dass Kinder unter vierzehn Jahren nicht auf die Intensivzimmer dürfen. Eigentlich hatte ich schon damit gerechnet und finde es auch besser so, denn ich möchte nicht, dass Nele einen Schock bekommt, wenn sie ihre Schwester an Schläuchen und Geräten angeschlossen sieht. Aber die beiden wollten unbedingt ihre Schwester besuchen und ließen sich nicht abbringen. Ich manövriere sie nun ins Besucherzimmer und weise sie an zu warten. Jan bietet an, bei ihnen zu bleiben, was ich dankbar annehme.

Bevor ich zu meiner Tochter ins Zimmer gehe, kann ich auch endlich mit einem Arzt sprechen und dank Jans Übersetzung verstehe ich, was er mir auf Niederländisch und mit Fachbegriffen zu erklären versucht. Lotta hatte einen schockartigen Zustand und eine starke Unterkühlung, die mittlerweile auf ein fast normales Niveau gebracht werden konnte. Ihr rechter Unterschenkel ist gebrochen. Der Arzt meint, dass sie großes Glück hatte, weil sie relativ schnell aus dem Eiswasser gezogen wurde. Zehn Minuten später und es wäre zu sehr schweren irreparablen Unterkühlungen gekommen.

Kurz darauf stehe ich wieder vor dem Intensivzimmer, in

dem meine Tochter liegt. Noch einmal hole ich tief Luft, bevor ich die Tür öffne. »Oh mein Kind«, flüstere ich matt und gehe mit leisen Schritten zum Bett. Jetzt erst bemerke ich, dass nur noch ein Gerät eingeschaltet ist und mir Lotta mit halbgeöffneten Augen müde zulächelt.

»Mama«, haucht sie leise, »es tut mir leid, dass …«

»Lotta, nein, alles ist gut. Du musst dich jetzt ausruhen und dann hole ich dich schnell wieder nach Hause«, unterbreche ich sie sanft und streiche zärtlich über ihre Hand. »Ich bin so froh, dass nicht noch mehr passiert ist. Du hattest einen besonderen Schutzengel und ich glaube, dass wir beide ihn kennen«, entgegne ich liebevoll und hauche zärtlich einen Kuss auf ihre blasse Stirn.

»Mama, geht es Lotta wieder besser?«, fragt Nele aufgeregt, als ich fünfzehn Minuten später bei meinen Kindern und Jan im Besucherraum sitze.

»Ja, morgen wird sie auf die normale Station verlegt und dann könnt ihr sie besuchen. Ich hoffe, dass sie bald das Krankenhaus verlassen kann«, antworte ich und drücke Nele fest an mich. »Natürlich muss sie noch einige Zeit einen Gips tragen«, füge ich hinzu.

»Oh, das ist doch cool. Den kann ich ihr dann bunt anmalen«, befindet Mattis und zwinkert Jan zu.

Ich sehe zu dem jungen Holländer. »Danke noch einmal, Jan. Du warst mir eine große Hilfe«, sage ich ehrlich berührt und lächele ihm freundlich zu.

Er winkt verlegen ab. »Geen Problem, ik wollte nur helfen«, antwortet er schüchtern und in seinen hellblauen Augen sammeln sich Tränen.

»Alles wird gut, Jan, wir sehen uns morgen wieder«, antworte ich tröstend und nicke ihm aufmunternd zu. Dann erhebe ich mich. Wir müssen zurück, der Hund ist ja auch noch da und für heute reicht es für meine Kinder. Gemeinsam verlassen wir das Krankenhaus und wenig später rollen wir wieder über die niederländischen, winterlichen Straßen in Richtung Ferienhaus. Die Schneedecke unter den Reifen ist mittlerweile fest und griffig, so dass wir nach einer ruhigen dreißigminütigen Fahrt gut ankommen.

Als wir aussteigen, hören wir Rowdy schon laut bellen. Eilig spurten Nele und Mattis ins Haus und rennen kurze Zeit später mit unserem aufgeregten Appenzeller zur schneebedeckte Wiese.

Ich stehe in der Haustür und sehe zu meinen Kindern und dem Hund. Ich bin mir sicher, das war knapp. Keine zehn Minuten später und er hätte sein Geschäft im Flur oder noch schlimmer auf dem neuen Teppich vor dem Kamin verrichtet. Manchmal liegt das Glück auch in kleinen Dingen, denke ich dankbar und winke Nele und Mattis zu, die mit Rowdy durch die weiße Pracht toben und sich übermütig im Schnee wälzen.

»Guck mal, Mama, wir machen Schneeengel«, ruft Nele lachend.

»Ja, mein Schatz, die sind für Lotta«, rufe ich berührt zurück und schaue zum Himmel hinauf, wo sich gerade die Sonne durch die Wolken schiebt. »Danke Daniel«, murmele ich leise und wische mir eine Träne aus dem Gesicht.

Der weitere Tag verläuft ruhig. Wir gehen noch einmal mit Rowdy spazieren und ich lese den Kindern etwas vor. Dann kümmere ich mich um das Abendessen. Um Mitternacht zünden wir ein paar Raketen und schwenken Wunderkerzen. Danach sind meine Kinder müde und ich bringe sie ins Bett. Dann bin ich wieder allein mit mir und lege mich aufs Sofa vor dem Kamin im Wohnzimmer.

Dieses Silvester werde ich niemals vergessen. Erschöpft schenke ich mir noch den letzten Rest des alkoholfreien Sektes in mein Glas. Mittlerweile ist es ein Uhr nachts. Gerade habe ich noch mit Ina und meiner Mutter telefoniert und ihnen von unserem aufregenden Tag erzählt. Meine Mutter wollte unbedingt kommen, aber ich habe ihr gesagt, dass sie sich keine Sorgen machen solle und Lotta auf dem Weg der Besserung sei. Auch Ina hat sich große Sorgen gemacht und am Telefon bitterlich geweint, weil sie in dieser schwierigen Lage nicht bei mir sein kann.

»Mensch, Marie, jetzt haben wir fast jedes Silvester zusammen verbracht und dann bin ich einmal weg und es passiert gleich ein Unglück. Ich muss doch besser auf euch aufpassen«, hatte sie niedergeschlagen gesagt.

»Ina, du bist doch auch jetzt für mich da. Und ich hoffe, wir sehen uns bald wieder«, habe ich tröstend geantwortet.

Normalerweise ist es Ina, die mir Mut zu spricht. Meine beste Freundin hat die Gabe, mich aufmuntern zu können, wann immer es mir schlecht geht. Dass ich sie jetzt trösten muss, ist etwas Neues für mich. Aber nach dem Gespräch mit ihr fühle ich mich trotz allem schon besser und freue mich sogar ein wenig auf den Abend mit Mattis und Nele.

Gemeinsam hatten wir das Beste aus dem außergewöhnlichen Silvesterabend gemacht. Ich hatte Käse, Paprika, Kartoffeln, Baguette, Eier und etwas Putenfleisch gekauft für ein Raclette. Es war schon ein merkwürdiges Gefühl, dass Lotta nicht dabei war. Und der Schmerz darüber, nahm mir fast völlig den Appetit.

»Mama, du musst auch etwas essen«, hatte meine Jüngste irgendwann gesagt und mir ein Stück Käse vor die Nase gehalten.

»Danke, Nele, du hast recht. Wir müssen jetzt nach vorne schauen. Das neue Jahr wird sicher besser, als das alte geendet hat«, hatte ich traurig geantwortet und sie in den Arme genommen.

Dann hatte Mattis uns noch schnell etwas von dem alkoholfreien Sekt in die Gläser geschenkt und gerufen: »Prosit Neujahr, Mama. Und ein Prosit auf Lotta.«

Gemeinsam hielten wir uns an den Händen und ich empfand gerade jetzt deutlich die große Verbundenheit in unserer Familie. So traurig dieser Silvesterabend auch war, er hat mir gezeigt, auf was es wirklich ankommt im Leben: meine Familie und Freunde, die mit mir durch dick und dünn gehen.

Am ersten Januar wache ich erstaunlich ausgeschlafen auf. Ich fühle mich besser, ziehe mich an und wecke meine Kinder. »Guten Morgen, ihr Lieben«, rufe ich Nele und Mattis zu, die verschlafen aus ihren Betten kriechen.

»Moin Mama«, antwortet mein Sohn und schlurft noch müde von der Silvesternacht ins Badezimmer.

»Ich gehe eine Runde mit Rowdy nach draußen, bin gleich wieder da«, sage ich lächelnd, gehe in den Flur und nehme meine Winterjacke und Mütze vom Haken. Kurz darauf schlägt mir ein kalter Wind entgegen, als ich die Tür öffne und in den Schnee stapfe. Rowdy läuft voraus, schnüffelt an jedem Busch und tollt durch die Schneewehen. Langsam kommt die Sonne zwischen den Bäumen hervor und die klirrende Kälte wird milder. Der Weg zum Deich liegt schneebedeckt vor mir und die Stille des Morgens lässt mich etwas zur Ruhe kommen. Meine Gedanken drehen sich noch immer um den verhängnisvollen Unfall. Warum nur habe ich Lotta allein auf das gefrorene Eis gelassen, frage ich mich wieder und wieder und meine Ohnmacht verwandelt sich in Wut und Enttäuschung. »Marie, du bist eine verantwortungslose Mutter«, stoße ich laut aus und Tränen laufen mir heiß über meine kalten Wangen. Fast hätte ich auch Lotta verloren, wie vor acht Jahren Daniel. Die Erinnerung an meinen verstorbenen Mann lassen die Trauer mit aller Macht zurückkommen und ich spüre wieder den unerträglichen Schmerz über meine große verlorene Liebe. Plötzlich renne ich los, als ob ich der schmerzlichen Erinnerung davonlaufen könnte. Rowdy scheint es für ein Spiel zu halten und sprintet bellend neben mir her. Ich renne und renne, bis ich völlig außer Atem oben auf dem Deich ankomme und über das weite Meer blicken kann. Ich stehe da und atme tief ein und aus. Rowdy lehnt sich an mein Bein. Der Himmel ist jetzt fast wolkenfrei und die Sonne scheint wärmend auf meine Wangen. »Lotta braucht dich jetzt, Marie. Sie wird wieder gesund. Glaube bitte fest daran«, höre ich Daniel leise in meinen Gedanken flüstern.

»Ich verspreche es dir«, antworte ich flüsternd und ein kleines Lächeln huscht vorsichtig über mein Gesicht.

Als ich nach Hause komme, empfängt mich der vertraute Familien-Wahnsinn. »Mama, Mattis hat sich nicht die Zähne geputzt.« Nele kommt mir aufgeregt in der Diele entgegen.

»Hey, das stimmt überhaupt nicht, Mama. Ich weiß nicht, wie sie darauf kommt. Die kleine Kröte petzt im neuen Jahr schon genauso wie alten Jahr«, entrüstet sich mein Sohn, der ihr gefolgt ist.

Ich hänge meine Jacke auf und sehe zu den beiden, die sich vor mir aufgebaut haben. »Hallo, ihr zwei, bitte keinen Streit«, verlange ich.

»Ich habe seine Zahnbürste angefasst und sie war noch total trocken, Mama«, erklärt Nele jetzt forsch.

»Oh, Sherlock Holmes ist unterwegs. Na, dann ist ja alles in Butter«, antwortet Mattis und verdreht die Augen.

»Kinder, ich glaube, wir haben ein größeres Problem als ungeputzte Zähne. Das heißt natürlich nicht, dass Mattis sich die Zähne nicht putzen muss«, ermahne ich, gehe in die Küche und fülle Rowdys Napf mit frischem Wasser.

Meine Kinder folgen mir murrend. Ich wende mich ihnen wieder zu. »Also, ihr zwei, ich hoffe, ihr vertragt euch wieder, denn ich werde gleich allein zu Lotta fahren«, sage ich streng und reiche Nele ein Tuch, damit sie dem Hund die Pfoten trocknen kann. Rowdy drängelt sich mit uns in der Küche und schiebt sich zwischen unseren Beinen hindurch.

»Warum dürfen wir nicht mit, Mama?«, fragt Nele, nimmt das Tuch und trocknet mit wichtiger Miene erst Rowdys hintere Pfoten, dann die vorderen.

»Weil ich unseren Hund ungern noch einmal allein lassen möchte. Gestern wäre es fast schiefgegangen«, erkläre ich ruhig.

Lotta zieht eine Flunsch und wirft das Tuch über die Lehne eines Stuhles.

»Okay, ich pass schon auf Rowdy und die kleine Kröte auf«, sagt Mattis grinsend.

»Hey, ich bin nicht klein und schon gar keine Kröte«, kontert Nele und baut sich vor ihrem älteren Bruder auf.

Ich seufze tief. »Jetzt ist Schluss mit eurer Streiterei. Ich bin bald wieder zurück und erwarte, dass ihr euch in der Zwischenzeit vertragt«, sage ich und schaue Mattis streng an.

Mein Sohn zwinkert mir zu. »Alles klar, Mama. Versprochen«, antwortet er und reicht Nele demonstrativ die Hand. »Tschuldigung, große Schwester«, sagt er grinsend.

Jetzt muss auch Nele lachen und boxt ihm freundschaftlich in die Seite. »Entschuldigung angenommen, großer Bruder«, gibt sie lachend zurück.

»Super, das wäre dann ja endlich geklärt. Ich melde mich, wenn ich angekommen bin«, sage ich erleichtert und drücke beide liebevoll, bevor ich mich auf den Weg mache.

Die Straßen sind endlich schneefrei. Immer noch vorsichtig fahre ich auf die Autobahn in Richtung Amsterdam und ziehe die Sonnenblende nach unten. Meine Sonnenbrille könnte ich jetzt gut gebrauchen. Leider liegt sie zu Hause auf dem Wohnzimmertisch. Pech gehabt, Marie, da musst du jetzt durch, denke ich zerknirscht. Seit meiner Jugend habe ich Migräne mit Aura. Ein schöner Name für eine blöde Sache. Wenn ich in ein besonders grelles Licht schaue, ein Blitzlicht beim fotografieren oder wie jetzt ins weißgelbe Licht der Sonne, kann es sein, dass mich diese Migräne heimsucht. Ich sehe dann vor meinen Augen Tausende von kleinen Blitzen. Und wenn der Spuk nach einer halben Stunde vorbei ist, habe ich höllische Kopfschmerzen. Deshalb fahre ich auch bei wenig Sonne normalerweise immer mit Sonnenbrille. Leider habe ich sie jetzt nicht dabei. »Lieber Gott, bitte lass den Kelch heute an mir vorübergehen«, bete ich leise und blinzele in die immer wärmere Sonne.

Aber mein Stoßgebet scheint erhört worden zu sein und ich komme nach einer knappen halben Stunde ohne Aura in Amsterdam an. Jan steht schon vor dem Eingang des Krankenhauses und wartet auf mich. Wir hatten uns für dreizehn Uhr verabredet, da ich ihm noch einige Fragen stellen wollte. Seine blauen Augen strahlen, als er mich kommen sieht. »Hallo, Mevrou Kramer. Goede Fahrt gehabt?«, begrüßt er mich.

»Ja, danke, Jan. Alles gut. Wie war dein Silvesterabend?«, frage ich zurück.

Sofort verfinstert sich sein Blick und er antwortet traurig: »Niet goed.«

Ich ahne, wie es dem jungen Mann erging. Spontan sage ich mitfühlend: »Oh ja, das kann ich mir denken. Tut mir leid, Jan. Es war für uns alle kein schöner Jahresabschluss, aber ich hoffe, dass Lotta sich heute schon besser fühlt.«

Er seufzt tief. »Ja, dat will ik hoffen«, gibt er mit einem zaghaften Lächeln zurück.

Dann betreten wir gemeinsam das Gebäude. Lotta liegt jetzt auf einem normalen Zimmer und als wir den hellen, freundlichen Raum betreten, lächelt sie uns fröhlich zu. »Hallo Mama, hallo Jan. Frohes neues Jahr«, sagt sie noch etwas schwach, aber ihre Augen leuchten.

Gott sei Dank. Mir fällt ein Stein vom Herzen. Meiner Tochter geht es besser, denke ich überglücklich und Freudentränen schießen mir in die Augen. Sofort nehme ich sie zärtlich in die Arme und drücke sie vorsichtig an mich. »Lotta, mein Kind! Wie geht es dir? Ganz liebe Grüße von Mattis und Nele. Sie warten schon sehnsüchtig darauf, dass du wieder nach Hause kommst«, sage ich berührt und wische mir die Tränen aus den Augen.

Meine Tochter sieht noch etwas blass aus, aber ihre Augen haben wieder dieses Funkeln und den schelmischen Ausdruck, den ich so an ihr mag. »Mir geht es schon wieder ziemlich gut. Der Arzt ist mit mir zufrieden, hat mir aber auch die ganze Dramatik meiner Rettungsaktion erzählt. Es war wohl ziemlich knapp, oder Jan?« Sie sieht zu dem jungen Holländer, der etwas verloren an der Tür steht.

»Ähm, ja. Et war niet goed. Aber mit Hilfe von dem nette Mann haben wir es geschafft«, sagt er nervös und sieht verlegen zu Lotta, die ihm aufmunternd zulächelt. »Sorry, Lotta, et tut mir echt so leid.«

»Ist schon in Ordnung, Jan. Du konntest ja nichts dafür. Das Eis war einfach an dieser Stelle zu dünn und hat mich nicht mehr getragen. Wahrscheinlich muss ich noch ein paar Kilo abnehmen«, sagt sie scherzhaft.

Typisch Lotta, denke ich lächelnd, meine Tochter gewinnt jeder noch so schwierigen Situation etwas Positives ab. »Nee, lass mal. Du brauchst bestimmt nicht abzunehmen, Liebes. Jetzt musst du erst einmal wieder richtig auf die Beine kommen«, sage ich ernst.

Lotta sieht mich an. »Ha, ha, Mama. Erst einmal muss ich auf einem Bein stehen. Mit dem Gips werde ich mich wohl noch sechs Wochen herumschlagen müssen«, antwortet sie und fügt grinsend hinzu: »Hey Jan, du bist der Erste, der sich darauf verewigen darf. Natürlich nur, wenn du möchtest.«

Jetzt lacht auch der junge Holländer, seine blauen Augen strahlen und er traut sich, zu uns zu kommen. »Okay, dank je wel für das Angebot.«

Ich bin so erleichtert, dass es Lotta allem Anschein nach besser geht. Sie hatte wirklich sehr großes Glück, das bestätigt mir auch noch einmal der Arzt, mit dem ich anschließend sprechen kann. Außer dem gebrochenen Bein hat sie keine Verletzungen, die noch heilen müssen, und die Unterkühlungen waren zum Glück auch nicht so schlimm wie anfangs befürchtet. Allerdings kam die Hilfe gerade noch rechtzeitig. Nur wenig später und die Sache wäre dramatischer ausgegangen. Noch immer überläuft mich ein Schauer bei dem Gedanken, dass meine Tochter fast im eiskalten Meerwasser gestorben wäre.

»Mama, ich darf morgen nach Hause«, höre ich da Lotta glücklich sagen. Eilig verscheuche ich die negativen Gedanken und lächele sie dankbar an. »Oh, wie wunderbar, Lotta. Da werden sich deine Geschwister riesig freuen. Schade, dass wir morgen schon wieder nach Hause müssen. Leider konnten wir die Zeit hier nicht wirklich genießen. Aber ich verspreche dir, wir kommen wieder«, antworte ich und drücke ihr einen Kuss auf die Wange.

»Das wäre schön, ik würde mij sehr freuen«, sagt Jan daraufhin und seine blauen Augen strahlen mit der Sonne um die Wette.

»Abgemacht, Jan. Ich habe ja deine Handynummer, wir bleiben auf jeden Fall in Kontakt. Schließlich hast du mich aus dem kalten Wasser gezogen«, verspricht nun meine Tochter und lächelt den jungen Holländer zärtlich an.

»Nee, nee, ik war dat niet allein«, gibt er verlegen zurück.

Das ist mein Stichwort. »Ach ja, ich wollte dich noch fragen, wer der nette Mann war, der geholfen hat, Lotta aus dem Wasser zu ziehen, und der den Krankenwagen gerufen hat«, wende ich mich eilig an Jan. Ohne diesen Fremden würde Lotta vielleicht nicht mehr leben.

Jan schaut mich irritiert an und meint nervös: »Sorry. Heb ik ihnen das nog niet gesagt? Hier hab ik die Adress von ihm.« Umständlich zieht er einen zerknüllten Zettel aus seiner Jeansjacke und reicht ihn mir aufgeregt.

»Kein Problem, Jan. Ich werde mich auf jeden Fall bei dem Mann bedanken«, antworte ich lächelnd und stecke den Zettel eilig in meine Tasche. »So, ihr beiden, ich lasse euch noch ein paar Minuten allein. Ich hole mir am Kiosk noch einen Kaffee. Bis gleich«, sage ich grinsend und zwinkere Lotta zu, als ich das Zimmer verlasse.

Dieser Jan ist ein sehr netter junger Mann und ich habe schon gemerkt, dass Lotta ihn in ihr Herz geschlossen hat. Schade, dass ich das junge Glück schon wieder auseinanderreißen muss und wir morgen nach Hause fahren. Diesen Urlaub hatte ich mir wahrlich anders vorgestellt – lange ausschlafen, gemütlich frühstücken, mit Rowdy im Schnee tollen, am Deich und am Meer die Möwen beobachten. Doch das Leben macht seine eigenen Pläne, geht es mir durch den Kopf, als ich gedankenverloren meinen Kaffee am Kiosk des Krankenhauses entgegennehme. Ich schlendere damit nach draußen. Meine Güte, Marie, jetzt denk doch nicht schon wieder so negativ. Sei dankbar, dass Lotta den Unfall gut überstanden hat, rüge ich mich selbst und denke an Ina, die genau das zu mir sagen würde. Oh Ina, ich muss sie unbedingt heute Abend anrufen. Und meine Mutter macht sich sicher auch schon Sorgen, weil ich mich heute noch nicht gemeldet habe. Draußen gehen Besucher und Patienten durch den Park des Krankenhauses spazieren und genießen die warmen Sonnenstrahlen und den Schnee. Ich reihe mich ein und ziehe gedankenverloren den Zettel aus meiner Handtasche und falte ihn auseinander. Was ich da lese, treibt mir allerdings augenblicklich die Schweißperlen auf die Stirn:

Gerrit van Stappen, Schulstraat 28, Westerland. »Gerrit«, stoße ich aus und die Krankenschwester, die gerade an mir vorbeigeht, schaut mich irritiert an. Sofort kommen mir wieder die Bilder in den Sinn – Gerrit und ich küssend an der Hotelbar, Gerrit und ich eng umschlungen am Strand. Gerrit und ich. Nein, nein, das kann doch alles nicht wahr sein. Ich bin stehen geblieben und starre auf den Zettel. Marie, wach auf, das ist ein Traum, geht es mir durch den Kopf. Meine Hände zittern und ich lese noch einmal den Namen. Seit über zwei Jahren habe ich nichts mehr von ihm gehört und jetzt, ausgerechnet, ist er es, der meiner Tochter das Leben rettet.

Ich gehe langsam weiter. Mein Herz rast, aber die frische Luft tut gut und ich setze mich auf eine der noch freien Bänke. Ich versuche mich zu beruhigen »Ruhig bleiben, Marie«, murmele ich vor mich hin und nehme noch einen tiefen Atemzug. Meine Erinnerungen an Gerrit ziehen an meinem geistigen Auge vorbei. Warum bringt das Schicksal uns auf diese Weise wieder zusammen? Warum nur?

Die Sonne verschwindet nun langsam wieder hinter den Wolken, der Park leert sich sofort und ich ziehe den Kragen meiner Jacke fröstelnd höher. Noch einmal schaue ich auf den zerknüllten Zettel, in der Hoffnung, dass vielleicht wie mit Geisterhand ein anderer Name darauf zu lesen ist. »Gerrit van Stappen« lese ich zitternd noch einmal. Dann stecke ich den kleinen Zettel in meine Handtasche zurück, bevor ich aufgewühlt und verwirrt zum Eingang des Krankenhauses zurückeile.

»Hey Mama, hat der Kaffee nicht geschmeckt? Irgendwie siehst du blass aus«, empfängt mich meine Tochter gut gelaunt, als ich kurze Zeit später in ihr Zimmer zurückkomme. Jan ist noch da und sitzt jetzt am Fußende auf dem Bett meiner Tochter.

»Nein, alles gut, ich war noch im Park, um frische Luft zu

schnappen. Es ist ziemlich kalt, wenn die Sonne weg ist. Wahrscheinlich lässt mich die Kälte etwas blass aussehen«, antworte ich schnell. »Es ist ja erst Januar«, füge ich dann abwinkend hinzu. Jetzt lass dir nur nichts anmerken, Marie, denke ich dabei nervös und drücke Lotta einen zärtlichen Kuss auf die Stirn. »Und ihr? Habt ihr euch noch gut unterhalten?«, frage ich schnell, um das Thema zu wechseln.

»Danke der Nachfrage, Mama, alles bestens. Jan und ich wollen uns spätestens in den Osterferien wiedersehen. Vielleicht klappt es ja schon eher«, verkündet Lotta nun fröhlich und schielt dabei schelmisch zu Jan hinüber, der sie verliebt ansieht.

»Ja, dat wäre sehr mooi«, antwortet er in seinem deutsch-holländischen Dialekt.

»›Mooi‹ heißt übrigens ›schön‹ oder ›gut‹, Mama. Die Holländer verwenden das Wort eigentlich immer. Genauso wie ›lecker‹. Lecker eten, lecker Meisje, lecker Weer«, klärt sie mich auf und legt ihr Gipsbein auf die Bettdecke. »Puh, ganz schön umständlich mit dem ollen Gips. Auf die nächsten Wochen freue ich mich schon riesig«, seufzt sie und zieht die Augenbrauen hoch.

»Na, das werden wir wohl noch hinbekommen, Lotta. Es gibt Schlimmeres. Ich bin froh, dass ich dich morgen früh wieder mit nach Hause nehmen kann«, antworte ich erleichtert, dass sie nicht weiter auf meine Gefühlslage eingegangen ist und mein kleines Ablenkungsmanöver gewirkt hat.

»Okay, dann geh ik jetzt.« Jan nimmt seinen Rucksack und schaut noch einmal verlegen zu Lotta, die ihm einen verliebten Blick zuwirft.

Oh Gott, ich muss unbedingt noch auf die Toilette, bevor ich gleich fahre«, antworte ich eilig und grinse meiner Tochter schelmisch zu. »Alles Gute, Jan, und ich hoffe, wir sehen uns bald wieder«, sage ich noch lächelnd, bevor ich auf dem Flur verschwinde.

Zehn Minuten später wage ich mich wieder ins Zimmer. Lotta ist allein und ich trete an ihr Bett. »Danke, Mama«, sagt sie.

»Für was?«, frage ich mit einem gespielt ahnungslosem Gesicht.

»Hey, du weißt schon für was«, sagte sie, grinst sie mich glücklich an und nimmt mich zärtlich in die Arme. »Hach, Mama, ich bin echt verliebt und habe tausend Schmetterlinge im Bauch.« Sie lässt mich wieder los und sieht mich groß an. »Jan ist ganz besonders. So einen coolen Jungen habe ich bei uns zu Hause noch nie getroffen. Mit ihm kann ich unglaublich viel Spaß haben, aber er steht auch hundertprozentig hinter mir, wenn es mal nicht gut läuft«, fährt sie nachdenklich fort und schaut dann auf ihr Gipsbein, das Jan schon mit seinem Namen und einem roten Herz verziert hat.

»Ja, er ist wirklich ein toller Junge. Ich weiß noch, wie er im Flur stand, als du auf der Intensivstation lagst, und ihm die Tränen übers Gesicht liefen. Jeder andere hätte sich in so einer schwierigen Situation wahrscheinlich aus dem Staub gemacht. Er hat ganz sicher ehrliche Gefühle für dich«, antworte ich liebevoll und spüre, dass hier in Holland gerade eine neue Liebe beginnt.

Kapitel 6

Abends im Ferienhaus bin ich erledigt. Das waren wirklich anstrengende Ferientage, geht es mir durch den Kopf, nachdem ich Mattis und Nele ins Bett gebracht und auch mit ihnen noch einmal über die Situation gesprochen habe. Leider waren es auch für sie nicht die Ferien, die sie sich gewünscht hatten. »Ach, Mama, sei nicht traurig, dann fahren wir einfach nächsten Sommer noch einmal hierher. Hat den Vorteil, dass wir keine Schlittschuhe mehr brauchen«, hatte Mattis verkündet und mich angegrinst. Und Nele hatte lachend genickt.

Ich sitze ein letztes Mal auf dem Sofa am Kamin und genieße die Wärme des Feuers. Ich habe doch wunderbare Kinder, denke ich gerührt, und wische mir eine Träne aus dem Auge. Und in diesem Moment fällt er mir wieder der Zettel ein. Der verhängnisvolle Zettel! Wo hatte ich ihn nur hingesteckt? Ich springe auf und stürze in die Diele, wo meine Handtasche auf einer Kommode steht. Aufgeregt durchsuche ich sie. Ganz unten, zwischen Taschentüchern, Geldbörse und meinem Handy liegt das zerknüllte Stück Papier. Nervös hole ich es heraus und streiche mit zittrigen Fingern darüber. ›Gerrit van Stappen‹ lese ich zum wiederholten Male. »Er ist es«, murmele ich leise vor mich hin. In meinem Hals spüre ich einen dicken Kloß. Oh, lieber Gott, was soll ich jetzt nur tun? Eilig ziehe ich mein Handy aus der Tasche meiner Strickjacke, gehe langsam ins Wohnzimmer zurück, werfe mich aufs Sofa und wähle Inas Nummer. Während es klingelt, kommt Rowdy zu mir und rollt sich direkt vor meinen Füßen ein, als wolle er mich nicht aus den Augen lassen. Da höre ich auch schon meine Freundin am anderen Ende ausrufen: »Hey, Marie, endlich meldest du dich. Wie geht es euch und wie geht es Lotta?«

»Hallo Ina. Mit Lotta ist alles gut. Morgen kann ich sie abholen. Außer einem Gipsbein und einer neuen Liebe hat sie nichts davongetragen«, antworte ich.

Kurz höre ich ein Glucksen und dann die aufgeregte Frage: »Was sagst du da? Lotta ist verliebt? Sag nur in einen Holländer?«

»Ja, du hast richtig gehört. Der junge Mann, der mit ihr auf dem Eis unterwegs war. Er heißt übrigens Jan. Lotta ist total verknallt und er auch in sie. Zu süß, die beiden«, berichte ich schmunzelnd und sehe meine Tochter glücklich strahlend vor mir.

»Da hat das Ganze ja doch noch einen guten Ausgang genommen. Ich freue mich so für sie und hoffe, dass die junge Liebe Bestand hat. Du siehst es ja bei mir. Die Entfernung spielt keine Rolle, wenn man verliebt ist«, sagt sie nun. »Und, wie geht es dir, Marie? Du bist doch sicher überglücklich und erleichtert.«

Ich zögere kurz und starre auf den Zettel in meinen Händen. »Ja, ja. Natürlich bin ich das«, antworte ich stockend.

»Hallo, Marie, das klingt aber irgendwie nicht so glücklich. Ich kann es an deiner Stimme hören. Raus mit der Sprache, was ist los?«, drängt meine Freundin nun sofort.

Ihr kann ich einfach nichts vorspielen, denke ich und merke, wie mir die Aufregung ins Gesicht steigt. »Ina, Gerrit ist hier«, presse ich heraus und spüre wieder den Kloß in meinem Hals.

Es ist kurz still. Dann fragt sie aufgeregt und überrascht zurück: »Was hast du gesagt? DER Gerrit? Von ihm hast du doch schon über zwei Jahre nichts mehr gehört, oder?«

»Ja, genau, der Gerrit aus unserem Italienurlaub vor zwei Jahren. Ich kann es auch nicht glauben, aber er ist hier in Westerland und das Schlimmste kommt noch, Ina. Er hat Lotta das Leben gerettet.«

Es ist wieder still am anderen Ende. Dann hakt Ina nach. »Was sagst du da? Er war der fremde Mann, der Lotta aus dem Eiswasser gezogen hat?«

»Genau. Jan hat mir heute im Krankenhaus den Zettel gegeben hat, auf dem sein Name steht. Ina, ich bin total durch den Wind. Erst die Aufregung mit Lotta und jetzt das.« Meine Stimme versagt und Tränen schießen mir in die Augen.

»Verdammte Scheiße. Sorry, Marie. Aber das ist echt eine beschissene Situation für dich. Es tut mir so leid, dass ich jetzt nicht bei dir sein kann. Hast du dich schon bei ihm gemeldet?«

Schluchzend schnäuze ich in mein Taschentuch. »Nein, aber egal was zwischen uns passiert ist. Er hat meinem Kind das Leben gerettet. Ich muss mich bei ihm bedanken.«

»Ja, das verstehe ich, Marie. Weiß er denn überhaupt, dass Lotta deine Tochter ist?« Inas Stimme klingt immer noch völlig aufgelöst.

»Das weiß ich nicht. Jan hat nicht darüber gesprochen, er hat mir nur den Zettel mit Gerrits Namen gegeben«, antworte ich und lege mir die Decke über meine fröstelnden Beine. »Bevor ich morgen Vormittag Lotta in Amsterdam abhole, fahre ich bei ihm vorbei. Mir zittern jetzt schon die Knie, wenn ich nur daran denke, Ina. Aber ich weiß, dass es notwendig ist. Denke bitte morgen früh an mich. Ich melde mich sofort bei dir, wenn ich mit ihm gesprochen habe.«.

»Alles wird gut, Marie. Ich denke natürlich an dich und jetzt beruhige dich. Du hast schon schwierigere Dinge geschafft, da wirst du doch wohl mit dem ›holländischen Käsehäppchen‹ fertig werden«, höre ich sie aufmunternd sagen.

Holländisches Käsehäppchen – typisch Ina, denke ich und muss lächeln. Sie schafft es immer wieder, einer noch so schwierigen Situation mit Humor zu begegnen. Um diese Eigenschaft beneide ich sie wirklich. »Okay. Ich bemühe mich und gebe mein Bestes. Ich drück dich ganz fest und sag Lino schöne Grüße«, antworte ich schon wesentlich entspannter.

»Ciao Marie, ich drück dich zurück und schlaf gut. Bis morgen, meine allerbeste Freundin.«

Nachdem wir das Telefonat beendet haben, sitze ich für einen Moment einfach nur da und starre in die Luft. Gott sei Dank habe ich meine Mutter vor dem Gespräch mit Ina angerufen und sie und Frederik informiert, dass ich Lotta morgen abholen werde. Ich sehe zur Uhr – jetzt wäre es zu spät. Gedankenverloren schaue ich nun in das lodernde Kaminfeuer. Gerrit! Was soll ich ihm morgen sagen und wie soll ich ihm gegenübertreten? Vielleicht ist auch seine Frau da, geht es mir durch den Kopf und mein Herzschlag beschleunigt sich rasant bei diesem Gedanken. Die gemeinsamen Stunden mit ihm in der Toskana vor über zwei Jahren habe ich bis heute nicht vergessen. Die Schmetterlinge und das Kribbeln im Bauch, die leidenschaftlichen Küsse am Strand, all das hatte ich allerdings exzellent verdrängt. Verdammt! Warum muss er jetzt wieder in mein Leben treten? Genau wie Christian. Ihn hatte ich ebenfalls erfolgreich aus meinem Leben verbannt und begegne ihm plötzlich nichtsahnend im Wald. Was ist nur los mit meinem Leben? Meine Vergangenheit scheint mich wieder einzuholen, denke ich verwirrt. »Tja, Marie, ich glaube, du hast was zu klären«, murmele ich leise und streiche dabei über Rowdys dichtes Winterfell.

In der Nacht schrecke ich mehrmals auf und in meinen Träumen sehe ich abwechselnd Christian und Gerrit vor mir stehen. Warum fällt es mir nur so schwer, mich auf einen neuen Mann einzulassen? Seit Daniels Tod vor über sechs Jahren habe ich es nicht geschafft. Immer wenn ich kurz davor war, mich wieder neu zu verlieben, habe ich die Reißleine gezogen. Die Angst, noch einmal einen Mann zu verlieren, den ich über alles liebe, ist so übermächtig, dass ich es erst gar nicht versuche. Ina meint, wenn das so weiterginge, würde ich am Ende meiner Tage mutterseelenallein in meinem Reihenhaus sitzen, weil ich die wunderschönen Gelegenheiten, die mir vom Leben geschenkt wurden, nicht genutzt hätte. Ach Ina! Du hast ja so recht, denke ich betrübt und spüre Tränen in mir aufsteigen. Durch die Gardinen blinzelt schon etwas Tageslicht in mein Schlafzimmer und ich kuschele mich noch einmal in meine warme Decke. Sieben Uhr fünfzehn, lese ich auf meinem Handy, das auf dem Nachtisch neben meinem Bett liegt. Lange kann ich sowieso nicht mehr liegen bleiben. Ich darf heute Lotta abholen, geht es mir erleichtert durch den Kopf. Mit einem Lächeln setze ich mich wieder auf und luge durch die Gardinen. Der Garten des Ferienhäuschens liegt wie verwunschen in der Dämmerung des anbrechenden Tages da. Das hier ist wirklich ein herrliches Stückchen Erde. Schade, dass wir nicht genug Zeit hatten, es besser zu erkunden, denke ich bedrückt und ziehe langsam die Gardinen zur Seite. Von Weitem sehe ich den Deich im Nebel, durch den sich vorsichtig die Sonne schiebt.

Keine halbe Stunde später sitze ich frisch geduscht mit einer großen Tasse Kaffee in der gemütlichen Küche. Die Kinder schlafen noch und so habe ich noch etwas Zeit, mit Rowdy eine kleine Runde zu drehen. Draußen schlägt mir die von der Nacht noch kalte Luft entgegen und ich ziehe meine Mütze tiefer ins Gesicht. Noch ein letztes Mal gehe ich Richtung Deich. Oben angekommen schaue ich weit bis zum Horizont und sehe die Sonne über dem Meer aufsteigen. Herrlich, denke ich und spüre die frische Meeresbrise im Gesicht. »Westerland, wir kommen wieder«, sage ich leise in den leichten Morgennebel, bevor ich mich auf den Rückweg mache.

Mama, ich freu mich so, dass Lotta wieder nach Hause kommt«, ruft Nele laut aus und rennt mir entgegen, als ich keine zehn Minuten später wieder zur Haustür hereinkomme. »Hey, guten Morgen, meine Kleine. Nicht so stürmisch«, gebe ich lachend zurück und füge erleichtert hinzu: »Ich bin auch sehr glücklich, dass wir sie gleich gemeinsam abholen. Habt ihr schon eure Sachen gepackt?«, frage ich, gehe in die Küche und gebe noch etwas Wasser in Rowdys Futternapf.

Nele folgt mir und ich höre, wie Mattis in die Küche stürmt. »Ja, alles startklar, Mama. Ich habe sogar an Neles Teddy gedacht«, verkündet mein Sohn und grinst mich dabei schelmisch an.

»Das ist aber nett von dir, Mattis«, sage ich erstaunt und sehe den Teddy aus Neles Rucksack lugen.

»Das ist gar nicht nett von ihm, Mama. Mattis hatte ihn draußen an den Gartenzaun gehängt«, schimpft meine Jüngste und blickt Mattis drohend an.

»Na und? Ich wollte nur, dass er etwas frische Luft bekommt, bevor wir fahren. Schließlich haben wir ja eine lange Fahrt vor uns.« Grinsend nimmt er seine Reisetasche und sieht aus wie das reinste Unschuldslamm.

Ich sehe ihn kopfschüttelnd an. »Mattis, musst du deine Schwester immer ärgern?«, sage ich streng und nehme dann Nele liebevoll in den Arm. »Du weißt doch dass Heidi ihr ein und alles ist.«

Mattis seufzt tief. »Ich hab es echt nicht böse gemeint, Mama. Sie kann doch froh sein, dass ich ihren Teddy schon nach draußen gebracht habe. Sonst hätten wir ihn vielleicht noch vergessen«, antwortet er.

Tja, so ganz unrecht hat er da nicht und die Erinnerung an unseren Hollandurlaub vor acht Jahren kommt mir wieder in den Sinn. Damals waren wir in Zeeland, das liegt im südlichsten Teil der Niederlande, in der Nähe der belgischen Grenze. Dort haben wir jedes Jahr mit den Kindern die Sommerferien verbracht. Als wir schon fast wieder zu Hause waren, fing Nele an zu weinen und suchte ihre Heidi. Und wir mussten feststellen: Wir hatten sie tatsächlich vergessen. Zurückfahren konnten wir nicht mehr, da am nächsten Tag die Schule wieder anfing. Was also tun? Als wir zu Hause ankamen, riefen wir sofort in der Ferienunterkunft an und fragten, ob ein brauner Teddy gefunden worden sei. Gott sei Dank hatten sie Heidi gefunden und an der Rezeption abgegeben. Die netten Vermieter schickten sie uns kostenfrei per Post. Allerdings dauerte das drei Tage. In dieser Zeit schlief Nele keine Nacht durch und weinte sich in den Schlaf. Die leuchtenden Kinderaugen, als sie ihren Teddy wiederhatte, werde ich nie vergessen.

»ICH hätte ihn ganz bestimmt nicht vergessen«, gibt Nele trotzig zurück, holt mich so aus den Erinnerungen und zieht ihrem Bruder eine lange Nase.

»Nun ist ja alles wieder in Ordnung, Nele. Streitet euch bitte nicht mehr, okay?«, versuche ich zu vermitteln. Dann füge ich hinzu: »Bevor wir losfahren, muss ich noch etwas erledigen. Ihr kümmert euch um Rowdy, er sollte noch einmal Gassi gehen«. Damit verschwinde ich aus der Küche und greife mir im Flur meinen Wintermantel. Bei dem Gedanken an das bevorstehende Gespräch mit Gerrit wird mir sofort flau im Magen. »Bin gleich wieder da«, rufe ich noch eilig und schon in der Haustür, die ich schnell hinter mir zuziehe.

Als ich im Auto sitze, lese ich noch einmal die Anschrift. Gerrit van Stappen, Westerland, und gebe sie in mein Navi ein. Der kleine Ort hat nur wenige Straßen, aber diesen Straßennamen habe ich hier noch nicht gelesen. Langsam fahre ich durch das kleine Dorf. Die meist reetgedeckten Häuser sehen alle so niedlich aus und die kleinen Vorgärten sind jahreszeitlich dekoriert. Hier sehe ich keine kitschigen aufblasbaren Plastikweihnachtsmänner, wie sie oft in unserer Stadt zu aufgestellt werden. Überall sind geschmackvolle Weihnachtsarrangements an den Häusern angebracht. In den Fenstern stehen tolle Vasen mit grünen Zweigen, an denen kleine Lichterketten baumeln. Alles ist farblich abgestimmt. Wunderschön! Die Holländer haben ein ganz besonderes Händchen für die Gestaltung ihrer

Häuser, denke ich voller Bewunderung, als ich die Straße entlangfahre.

Und dann bin ich da. Hier muss es sein. Fast wäre ich in Gedanken versunken vorbeigefahren. Das Haus steht etwas zurückgesetzt, das ich es von der Straße aus fast übersehen hätte. Langsam fahre ich die breite, mit Kieselsteinen ausgelegte Auffahrt in Richtung Haus weiter. Mein Herz pocht immer stärker, als ich aussteige und zur Haustür eile. Kein Licht ist von draußen zu sehen. Mit hochrotem Kopf lese ich den Namen an der Türklingel: Gerrit van Stappen. Oh je, was soll ich denn jetzt sagen? Für einen Moment überlege ich, wieder in mein Auto zu steigen und so schnell wie möglich nach Hause zu fahren. Doch mein schlechtes Gewissen und der ehrliche Wunsch, mich zu bedanken, lassen mich zaghaft auf die Klingel drücken. Nichts. Noch einmal versuche ich es und schaue vorsichtig durch die gläserne Haustür, die mit grünen Tannengirlanden und bunten Strohsternen geschmückt ist. Innen im Flur sehe ich schemenhaft einen gemütlichen Sessel mit dicken Kissen. Daneben steht ein großer brauner Weidenkorb. Ob er vielleicht auch einen Hund hat, frage ich mich. Noch ein letztes Mal drücke ich die Klingel und klopfe zaghaft an die Haustür. Nichts. Verdammt. Jetzt habe ich mich endlich überwunden, ihm von Angesicht zu Angesicht meinen ehrlichen Dank aussprechen, und jetzt ist er nicht da. Enttäuscht und gleichzeitig erleichtert gehe ich zurück zu meinem Wagen. Eilig öffne ich die Tür und hole einen Stift und ein Blatt Papier aus meinem Handschuhfach. Ich habe immer etwas zu schreiben dabei, für alle Fälle. Da ich oft unterwegs einkaufe und mir die Sachen nicht alle merken kann. Jetzt kommt mir diese Angewohnheit zugute. Nervös schaue ich mich noch einmal um. Keine Menschenseele zu sehen. Tja, dann musst du ihm wenigstens eine Nachricht hinterlassen, Marie!, denke ich und schreibe mit zittrigen Händen auf das weiße Blatt Papier: »Hallo, Gerrit, ich wollte mich persönlich bei dir bedanken, dass du meine Tochter aus dem Eiswasser gerettet hast. Leider konnte ich dich nicht antreffen. Da wir heute wieder nach Deutschland zurückfahren, möchte ich dir auf diesem Wege, noch einmal von ganzem Herzen DANKE sagen. Meine Tochter ist mit einem gebrochenen Bein und ein paar Prellungen davongekommen. Ich hoffe du erinnerst dich noch an mich. Ganz herzliche Grüße, Marie Kramer«

Mein Herz klopft mir bis zum Hals, als ich das zusammengefaltete Stück Papier in den Türschlitz stecke und eilig, ohne mich noch einmal umzudrehen, davonfahre.

»Lotta«, ruft meine Jüngste und läuft ihrer Schwester über den Krankenhausflur entgegen.

»Hey, hey, Nele, nicht so stürmisch«, lacht Lotta und drückt Nele zärtlich an sich. »Ich muss noch lernen, mit den Krücken zu laufen. So gut geht das noch nicht. Aber das schaff ich schon noch.« Damit humpelt sie langsam auf mich zu.

Ich bin so froh, dass meine Tochter wieder auf den Beinen ist. »Hallo, mein Kind, endlich darf ich dich mit nach Hause nehmen«, sage ich bewegt und drücke ihr einen liebevollen Kuss auf die Wange.

Mattis springt neben mir auf und ab und mustert seine große Schwester. »Hi Lotta, alles klar?«, fragt er jetzt cool und zwinkert seiner Schwester aufmunternd zu.

Sie zwinkert zurück, dann sagt sie seufzend zu mir: »Ich bin auch froh, dass ich hier rauskomme. Obwohl ich sagen muss, die Ärzte und Krankenschwester waren alle supernett zu mir und haben sogar versucht, mit mir auf Deutsch zu sprechen. Allerdings war Jan meistens meine Rettung und ein super guter Übersetzer.« Sie sieht mich schelmisch an.

Da stehen wir nun wieder vereint auf dem Krankenhausflur. Ich hole noch schnell Lottas Tasche. Als ich wieder bei meinen

Kindern bin, sage ich in die Runde: »Es ist zwar alles gut ausgegangen, aber leider haben wir nicht viel von Nordholland gesehen. Deshalb habe ich beschlossen, dass wir nächstes Jahr für eine Woche noch einmal das wunderschöne Ferienhäuschen mieten.« Sofort blicken mich drei erfreute und erstaunte Augenpaare an.

»Echt, Mama? Das ist ja krass«, ruft Mattis so laut, dass die Krankenschwester, die gerade vorbeikommt, irritiert aufschaut.

»Leise, wir sind noch im Krankenhaus«, ermahne ich mit einem Finger vor den Lippen.

»Genau, deshalb wird es Zeit, dass wir uns schnellstens hier verabschieden«, sagt daraufhin Lotta, humpelt zum Aufzug und drückt den Aufzugsknopf. »Nichts wie raus hier.«

Keine zehn Minuten später sitzen wir alle – auch Rowdy – im Auto Richtung Heimat.

Die Autobahn ist stark befahren und die Lastkraftwagen reihen sich in einer riesigen Schlange hintereinander. Ach du meine Güte, sind alle Bewohner der Niederlande heute mit ihren Autos unterwegs, frage ich mich genervt und überhole einen vor mir stark abbremsenden Wohnwagen.

»Das gibt es doch nicht, Mama, die Holländer sind selbst im Winter mit ihren Caravans unterwegs«, ruft Lotta lachend aus, während ich überhole. Und Nele winkt einer Familie zu, die auch einen Appenzeller Sennenhund im hinteren Teil ihres Wagens haben.

»Ja, ich habe auch das Gefühl, sie wohnen ständig darin«, gebe ich schmunzelnd zurück.

»Ganz so schlimm ist es wohl nicht. Jan und seine Familie leben schon in einem festen Haus, aber einen Wohnwagen haben sie natürlich auch noch«, belehrt mich meine Älteste.

»Ich möchte auch so einen Wohnwagen, Mama«, erklärt nun Mattis vom Rücksitz aus, »die sind doch supercool.«

Ich blinke und fahre wieder nach rechts. »Na, ja, aber ich glaube, wenn wir alle vier und Rowdy über Silvester in so einem Caravan gesessen hätten, wäre uns mit Sicherheit ziemlich eng geworden«, gebe ich zu bedenken.

Daraufhin schaltet sich Lotta wieder ein: »Okay, Mama, aber im Sommer ist das doch eine tolle Sache. Direkt am Meer auf einem Campingplatz – das stelle ich mir herrlich vor. Also, Jan hat gesagt, das macht mega Spaß.«

Ich werfe ihr einen schnellen Blick zu. Lottas Wangen glühen vor Begeisterung und ich weiß nicht, ob es nur an der Aussicht auf einen Campingplatz am Meer liegt. Meine Tochter hat sich allem Anschein nach heftig in diesen jungen Holländer verliebt. Liebevoll schaue ich sie gleich noch einmal an. »Ich werde es mir überlegen. Auf jeden Fall kommen wir Ostern wieder zurück. Das habe ich euch versprochen«, sage ich lächelnd.

Hinter der deutschen Grenze lockert der Verkehr ein wenig auf, dafür wird das Wetter schlechter und schwankt irgendwo zwischen Schnee und Regen. Ich bin froh, als ich endlich vor unserem Häuschen parke. Zwei Stunden später sind dann auch endlich alle Taschen ausgepackt, die Kinder geduscht und Mattis und Nele haben sich in ihren Zimmern unter ihre warmen Bettdecken gekuschelt. Ich sitze an Neles Bett und ziehe ihre Bettdecke noch ein bisschen höher.

»Schade, dass wir nicht mehr in Holland sind, Mama«, murmelt Nele gähnend und ist keine zwei Sekunden später eingeschlafen.

Ich stehe auf und schleiche aus ihrem Zimmer und nachdem ich noch einmal bei Mattis und Lotta vorbeigeschaut und auch ihnen eine gute Nacht gewünscht habe, gehe ich eilig die Treppen herunter in die Küche. Jetzt erst einmal einen leckeren Kaffee, denke ich, und stelle meine Kaffeemaschine an. Das war das Einzige, was ich wirklich vermisst habe in unserem Ferienhäuschen. Leider gab es dort nur eine Kapselmaschine, die mir Angesichts des Müllproblems auf unserem Planeten jedes Mal, wenn ich mir einen Kaffee machen wollte, ein schlechtes Gewissen bereitet hat. Außerdem riecht man den Duft der gemahlenen Kaffeebohnen durchs ganze Haus. Deshalb kommt mir eine Kapselmaschine nicht in die Küche. Vielleicht sollte ich dem Eigentümer des Ferienhauses eine kleine Nachricht schreiben und ihn mal vorsichtig darauf hinweisen, geht es mir durch den Kopf, als ich mir einen leckeren Kaffee in meinen Porzellanbecher fülle. Ich lehne am Küchentresen und sehe raus. Draußen fängt es an zu schneien und ich bin erleichtert, dass wir zu Hause angekommen sind. Rowdy liegt zufrieden zusammengekuschelt unter dem Küchentisch und scheint froh zu sein, dass die aufregenden Tage nun hinter uns liegen.

Mein Blick wandert zur Küchenuhr. Oh Gott, es ist schon zweiundzwanzig Uhr! Meine Mutter wird sich schon Sorgen machen, denke ich nervös, greife nach meinem Handy, das neben der Kaffeemaschine liegt, und wähle eilig die eingespeicherte Nummer. »Hallo, Mama, wir sind gut zu Hause angekommen«, sage ich und muss ein Gähnen unterdrücken. Die letzten Tage waren quälend und kräftezehrend zugleich. Jetzt erst spüre ich eine bleierne Müdigkeit in den Knochen.

»Oh Marie, schön, dass du dich endlich meldest. Wir haben uns schon Sorgen gemacht«, höre ich meine Mutter aufgeregt sagen.

»Sorry, Mama, aber früher ging es nicht. Wir hatten eine anstrengende Autofahrt«, antworte ich entschuldigend.

»Ist schon in Ordnung, Marie. Ich hoffe nur dass es euch allen gut geht. Wir wollten euch für morgen zum Essen bei uns auf dem Gestüt einladen.« Sie zögert kurz. »Wenn es dir recht ist«, fügt sie dann hinzu.

»Oh, danke Mama, das ist nett von euch. Ich kann ja erst am

Montag einkaufen und hätte uns morgen eine Pizza bestellt«, stimme ich erleichtert zu.

»Alles gut, mein Kind. Du hast schwere Tage hinter dir, ruhe dich erst einmal aus. Wir sehen uns dann morgen so gegen dreizehn Uhr. Wir freuen uns auf euch.«

»Okay, bis morgen, Mama«, sage ich beruhigt und höre meine Mutter das Gespräch beenden. Eigentlich wollte ich morgen meine Wäsche machen und dann einfach mal faulenzen. Aber die Aussicht auf ein leckeres Essen lässt mich zufrieden lächeln. Leider habe ich die Back- und Kochkünste meiner Mutter nicht geerbt. Aber meine Kinder haben sich, zugegebenermaßen, noch nie über meine Gerichte beschwert. Allerdings muss ich mir eingestehen, dass Spagetti Bolognese, Lasagne und Nudelauflauf auch keine besonders außergewöhnlichen Kochkünste erfordern. Ich erinnere mich noch gut, als wir Daniels Chef nebst Gattin zum Abendessen eingeladen hatten. Vor solchen Abenden graute es mir schon tagelang vorher. Erstens wegen der trägen und langweiligen Konversation mit den beiden und natürlich wegen des Essens, das ich, als »gute Hausfrau« mit einem perfekten Lächeln zaubern durfte. Ich stand also in der Küche mit hochrotem Kopf und versuchte krampfhaft, die vor mir liegenden Rinderrouladen mit Kohl einzuwinkeln. Die widerspenstigen Dinger ließen sich einfach nicht zusammenrollen. Mit dem Faden sollte ich sie laut meiner Mutter nun noch fest zusammenbinden. Das Ende vom Lied war, dass ich, völlig verschwitzt vor Aufregung, vergaß, die Kartoffeln rechtzeitig abzuschütten, sodass sie total auseinanderfielen. Und die Rouladen folgten ihrem Beispiel. Man sagt ja immer, das Auge isst mit. Die Gesichter unserer beiden Gäste werde ich nie vergessen. Pikiert schauten sie erst die Teller und dann mich an. Daniel versuchte zu retten, was zu retten war, und sagte mit schiefem Lächeln: »Ich hole noch eine Flasche kräftigen Rotwein. Der schmeckt besonders gut zu Rinderrouladen.«

Mittlerweile kann ich darüber schmunzeln. Damals allerdings wäre ich am liebsten im Erdboden versunken. Ganz abgesehen davon, dass meine hellblaue Bluse über und über mit dunkelbrauner Soße verziert war. Bis heute gehören Pfanne und Kochtopf nicht zu meinen besten Freunden. Zu Ina habe ich schon oft scherzhaft gesagt: »Also, auf meinen Grabstein könnt ihr ruhig schreiben: Hier liegt die, die das kochen nie gelernt hat.« Verdammt – Ina. Ich habe meine beste Freundin vergessen. Eilig zücke ich erneut mein Handy und wähle ihre Nummer. Sie geht sofort ran. »Hallo, Marie, wie ist die Lage? Schön, dass du noch anrufst. Wenn es auch etwas spät geworden ist«, höre ich sie sagen.

»Sorry, ich weiß Ina. Es war heute ein echt anstrengender und aufregender Tag, nicht nur die Fahrt und dass ich Lotta abholen konnte«, antworte ich müde und aufgeregt zugleich.

»Hey, das glaube ich. Wie geht es Lotta und dir? Erholen konntest du dich ja nicht in Holland.«

»Da hast du recht. Erholsame Urlaubstage sehen anders aus. Aber ich bin froh und überglücklich, dass Lotta alles gut überstanden hat. Nur das Gipsbein wird ihr noch ein paar Wochen zu schaffen machen«, seufze ich ernst.

»Ach, Marie, da mach dir mal keine Sorgen. Lotta mit ihren siebzehn Jahren kann bald wieder hüpfen. Bei unseren alten Knochen wäre das schon ein größeres Problem«, beruhigt mich Ina schnell.

»Ich würde wahrscheinlich einen Rollator brauchen, um wieder auf die Beine zu kommen«, erwidere ich und muss grinsen bei dem Gedanken.

»Übrigens, morgen fliege ich zurück, Marie. Ich freue mich schon riesig, dich und die Kinder wiederzusehen«, verkündet Ina nun unerwartet.

Mein Herz macht einen Sprung. »Hey, das ist ja mal eine tolle Nachricht. Ich freue mich auch, dich bald wieder in die

Arme schließen zu können«, entgegne ich aufgeregt und füge eilig hinzu: »Wie wäre es am Montagvormittag mit frischen Brötchen und unserem Marmeladenfrühstück?«

»Super Idee, Marie. Ich bin um neun Uhr bei dir«, stimmt Ina sofort zu.

Eigentlich wollte ich ihr noch von Gerrit erzählen, aber meine Augen fallen fast zu vor Müdigkeit. Gähnend antworte ich: »Sorry, Ina, ich bin hundemüde und muss ins Bett. Ich freue mich auf Montag, dann erzähle ich dir mehr. Euch einen guten Flug und liebe Grüße an Lino.«

Wir legen auf. Tja, die Geschichte mit Gerrit muss nun bis Montag warten, denke ich erschöpft. Ich gehe noch einmal kurz ins Wohnzimmer und kuschele mich dort in eine Wolldecke, um meine Gedanken zu sortieren. Kaum liege ich, falle ich in einen bleiernen Schlaf.

»Guten Morgen, Mama.«

Ich öffne verschlafen die Augen. Meine Jüngste sitzt lächelnd neben mir auf der Couch.

Ich sehe mich überrascht um. »Oh, Nele, ich scheine ja tatsächlich gestern Abend hier eingeschlafen zu sein«, sage ich noch immer etwas dösig und streiche ihr liebevoll über die Wange.

»Ja, sieht ganz danach aus«, bestätigt sie grinsend. »Ein Glück ist heute Sonntag, Mama. Lotta und Mattis haben schon Frühstück vorbereitet«, ergänzt sie dann, springt auf und schlendert in Richtung Küche.

»Hm, lecker, ich komme sofort. Bin nur noch kurz im Bad«, rufe ich ihr hinterher.

Keine zehn Minuten und eine erfrischende Dusche später sitzen wir alle um den gemütlichen Küchentisch. »Heute sind wir bei Oma und Frederik zum Mittagessen eingeladen. So gegen dreizehn Uhr sollen wir da sein«, berichte ich meinen Kindern und nehme mir noch eines der leckeren Brötchen, die Mattis frisch bei unserem Bäcker um die Ecke geholt hat.

»Oh ja! Endlich kann ich wieder zu den Pferden«, ruft Nele sofort begeistert.

»Ich wollte eigentlich mit meinem Gipsbein zu Hause bleiben, Mama«, erklärt meine Älteste wenig begeistert. »Außerdem will Jan heute Nachmittag anrufen. Sag Oma und Frederik ganz liebe Grüße von mir.«

Ich sehe sie an. »Ich denke, Oma hat dafür Verständnis. Sie wollte sowieso die nächsten Tage bei uns vorbeischauen«, antworte ich nachsichtig, während ich mir noch eine Tasse dampfenden Kaffee einschenke.

Wir frühstücken noch entspannt eine halbe Stunde, dann schiebe ich Kaffeetasse und Teller von mir. »Ich gehe gleich noch eine kleine Runde mit Rowdy. Macht euch in der Zwischenzeit schon mal abfahrbereit«, sage ich zu Nele und Mattis.

Rowdy hat seinen Namen gehört und kommt in die Küche zum Tisch. Ich streichele ihn und gebe ihm ein kleines Stück Brötchen mit Butter. Dankbar wedelt er mit seinem Schwanz und schmiegt sich an mein Bein.

»Rowdy ist wirklich ein Allesfresser, Mama«, ruft Lotta lachend. »Jan hat ihn in Holland auf dem Käsemarkt auch nur einfangen können, weil er ihm mittelalten Gouda zugeworfen hat.« Sie greift ihm ins Fell und knuddelt ihn liebevoll.

»Unser Rowdy ist der reinste Müllschlucker«, verkündet Mattis mit einem breiten Grinsen, steht auf und beginnt die Teller vom Tisch zu räumen.

Lotta beobachtet ihn belustigt. »Oh, Mattis, was ist denn mit dir los?«, fragt sie und schaut ihn mit großen Augen an. »Seit wann übernimmst du die Küchenarbeit?«

Er hält inne und wendet sich ihr herausfordernd zu. »Seit meine große Schwester gehbehindert ist und ich als kleiner

Bruder gerne meinen Teil zum friedlichen Familienalltag bei-
steuern will«, antwortet er mit einem schiefen Grinsen.

»Ach du meine Güte, Mattis wird erwachsen, Mama«, antwortet Lotta und kneift ihm mit einem schnellen Griff in die
Seite.

»Mattis und erwachsen? Davon habe ich noch nix mitge-
kriegt. Heute Morgen hat er mir wieder meine Zahnbürste mit
Seife beschmiert«, beschwert sich Nele lautstark.

»Stimmt das, Mattis?«, frage ich meinen Sohn mit hochgezogenen Augenbrauen.

Mattis stellt die Teller in den Geschirrspüler, zuckt mit den
Achseln und erklärt: »Okay, ich habe einfach die Seife mit der
Zahnpasta verwechselt. Kann doch mal vorkommen, oder?«
Als er fertig ist, wendet er sich schnell um und ruft: »Bin jetzt
oben. Bis später.«

Und ehe ich etwas antworten kann, ist er die Treppe hoch
verschwunden. »Maaattiis«, rufe ich ihm noch hinterher, da
höre ich schon laute Musik aus seinem Zimmer wummern.

Als ich kurze Zeit später mit Rowdy durch den verschneiten Winterwald laufe, muss ich über seine ständigen Streiche
schon wieder schmunzeln. Oft veralbert er seine kleine Schwester. Nele ist noch zu jung, um ihn zu durchschauen. Aber ich
weiß, er macht es nicht aus Boshaftigkeit oder Missgunst, dafür kenne ich meinen Sohn zu gut. Er liebt es einfach, andere
und besonders Nele zu necken. Natürlich fällt sie darauf rein
und umso spaßiger findet es Mattis. Ich erinnere mich, als Nele
fünf Jahre alt war und die beiden zusammen auf dem Spielplatz
waren, kam sie nach knapp einer halben Stunde aufgelöst und
weinend nach Hause gerannt. Als ich sie fragte, was passiert
sei, erzählte sie, dass Mattis gesagt hätte, über den Spielplatz
würde ein großes Zelt gespannt und die Kinder, die darunter
wären, müssten dort die Nacht verbringen – ohne Eltern. Das
ging natürlich eindeutig zu weit und ich nahm mir meinen

Sohnemann ernsthaft vor. Er gelobte Besserung und entschuldigte sich mit einem rosa Lolli bei seiner Schwester.

Die kleinen Neckereien sind aber bis zum heutigen Tag geblieben und ich befürchte, dass Mattis erst damit aufhört, wenn Nele alt genug ist, um ihm die Stirn zu bieten.

Ich laufe noch ein ganzes Stück, es tut gut, im stillen verschneiten Wald zu sein. Die Sonne kommt immer wieder durch die Wolken und der Schnee glitzert wunderbar. Rowdy tobt sich aus, während ich meinen Gedanken nachhänge. Irgendwann gucke ich aufs Handy – oh, schon gleich zwölf Uhr! Ich hatte versprochen, um dreizehn Uhr zum Essen da zu sein. Eilig rufe ich Rowdy und laufe mit ihm zurück. Die Sonne verkriecht sich wieder hinter den Wolken und ich spüre die kalte Winterluft auf dem Gesicht, was mich einmal mehr wach werden lässt.

Als wir zu Hause ankommen, stehen Mattis und Nele schon fertig angezogen im Flur. »Hey, ihr zwei, ihr habt es aber eilig. Oder seid ihr schon wieder hungrig?«, frage ich lachend und hänge Rowdys Leine an den Haken.

»Ich freue mich so, endlich wieder die Pferde zu streicheln«, erklärt Nele und schiebt mich zur Tür.

»Halt, halt«, bremse ich sie. »Ich muss noch nach Lotta sehen und meinen Autoschlüssel brauche ich auch, oder wollt ihr zur Oma laufen?«, gebe ich lachend zurück.

Schnell gehe ich ins Wohnzimmer, wo Lotta auf der Couch liegt. »Hi Mama, viel Spaß und schöne Grüße an Oma und Frederik. Ich werde es mir jetzt mit Rowdy gemütlich machen und Jan anrufen«, erklärt sie.

»Na, dann wünsche ich dir einen schönen Sonntag und liebe Grüße an Jan«, antworte ich lächelnd und drücke ihr einen schnellen Kuss auf die Stirn. Rowdy ist mir gefolgt, schnüffelt jetzt an Neles Gips und legt sich dann vors Sofa.

Ich eile davon und keine halbe Stunde später sitzen wir bei

meiner Mutter am geschmackvoll gedeckten Esstisch. Die Servietten mit dem hellblauen Sternenmuster passen perfekt zu ihrem weißen Porzellanservice. Eine stilvolle Vase steht auf der Kommode, die mit grünen Tannenzweigen und kleinen Lichtern verziert ist. Alles passt perfekt zusammen, denke ich lächelnd und sofort fällt mir das Tafelservice ein, das ich zu meiner Hochzeit mit Daniel von ihr geschenkt bekommen habe. Irgendwie fand ich es immer etwas zu überladen auf unserem einfachen Esstisch. Deswegen ist es selten zum Einsatz gekommen und fristet in meinem alten Mooreicheschrank ein einsames Dasein. Ich liebe die Einfachheit in allen Dingen. Meine Mutter mag es, wenn alles etwas prunkvoller ist und perfekt zusammenpasst, das hat uns schon so manche Meinungsverschiedenheit eingebracht. Doch muss ich zugeben, seit sie mit Frederik zusammenlebt, hat sie einen schlichteren Lebensstil entwickelt. Dafür bin ich dem neuen Mann ihrer Seite sehr dankbar.

Wir sitzen alle um den Tisch und meine Mutter sieht mich mit einem Seufzen an und ein köstlicher Duft von Essen zieht aus der Küche zu uns herüber. »Schön, dass ihr endlich wieder hier seid. Ich hoffe, Lotta geht es trotz des Gipsbeins gut. Natürlich hätten wir uns sehr gefreut, sie zu sehen. Aber dass sie sich lieber auf der Couch ausruht, können wir selbstverständlich verstehen«, sagt sie und lächelt uns liebevoll an, während Frederik aufsteht, um das Essen zu holen.

»Was gibt es denn zu essen, Oma? Ich habe einen Mordshunger«, fragt Mattis.

Ich werfe ihm einen tadelnden Blick zu. »Also, so ausgehungert kannst du eigentlich nicht sein, Mattis. Wir haben doch reichlich gefrühstückt heute Morgen.«

Aber meine Mutter winkt ab. »Ach, lass mal, Marie. Jungs in dem Alter haben immer Hunger. Ich habe den Eindruck, Mattis ist schon wieder gewachsen?« Damit steht sie auf und streicht ihm liebevoll über den Kopf.

»Oma, guck mal, ich bin auch gewachsen«, wirft Nele aufgeregt ein und springt auf.

Gerade bringt Frederik eine Schüssel mit leckerem Kartoffelgratin und stellt sie auf den Tisch. Sie baut sich neben ihm auf und reckt sich.

Meine Mutter nickt mit ernster Miene. »Oh natürlich, mein Kind, du bist auch schon ein großes Mädchen«, sagt sie und zwinkert ihr zu.

Frederik holt noch schnell die anderen Schüsseln. Dann setzt er sich und sieht alle auffordernd an. »Und jetzt guten Appetit.« Damit zeigt er auf die Schüsseln, aus denen es lecker duftet.

Wir bedienen uns alle, ich helfe erst Nele, dann nehme ich mir auch etwas und gönne mir schließlich eine extra Portion Soße über dem Rinderbraten. »Hm, das sieht ja wieder lecker aus, Mama«, sage ich und sehe zu meiner Mutter, die zufrieden inmitten ihrer Familie sitzt.

»Oma kocht einfach am besten. Sorry Mama«, verkündet Mattis und häuft sich einen weiteren Löffel Kartoffelgratin auf den Teller.

»Danke, mein Sohn, nett von dir«, antworte ich mit einem gequälten Lächeln und füge dann beschwichtigend hinzu: »Du hast ja recht. Deine Mutter hat leider die Freude am Kochen nicht von deiner Oma geerbt.«

Eilig ergreift Nele zärtlich meine Hand und sagt ganz ernst und tröstend: »Ich finde, du kochst toll, Mama. Spagetti Bolognese schmeckt bei dir am besten.«

Jetzt muss ich lachen und verschlucke mich fast an meinem Stück Rinderbraten, der meiner Mutter wirklich hervorragend gelungen ist. »Das freut mich zu hören, mein Schatz«, antworte ich rasch und trinke eilig einen Schluck Wasser.

Nach fast einer Stunde sitzen wir alle satt und rundum zufrieden im gemütlichen Wohnzimmer des Gutshauses. Frederik sieht in die Runde und beginnt: »Nun, ihr Lieben, da wir jetzt alle zusammen sind, außer Lotta leider, möchte ich euch mitteilen, wann wir den Gutshof verkaufen. Wir haben den Notarvertrag unterschrieben.« Zärtlich schaut er zu meiner Mutter, die gerade aufsteht, um eine Flasche Sekt, Orangensaft und Gläser zu holen.

Sie nickt und stellt alles auf den Tisch. »Ja, es ist so weit. Wir gehen diesen Schritt mit einem lachenden und einem weinenden Auge. Aber da wir es uns gut überlegt haben, sind wir mit unserer Entscheidung sehr glücklich«, ergänzt sie und setzt sich neben Frederik aufs Sofa.

»Deshalb ein Hoch auf Gut von Putlitz und unsere neue Zukunft«, ruft dieser jetzt aus, nimmt die Sektflasche und lässt den Korken knallen.

»Oh, das ist ja eine schöne Neuigkeit im neuen Jahr. Herzlichen Glückwunsch! Das ging ja schnell mit dem Verkauf. Darf ich fragen, an wen ihr das Gestüt verkauft habt?«, frage ich aufgeregt, als ich das gefüllte Glas entgegennehme.

Frederik prostet mir zu. »Ja, wir haben es uns mit der Wahl unseres Nachfolgers nicht leicht gemacht. Aber ich denke, dass wir eine sehr gute Wahl getroffen haben und unser Gestüt in erfahrene Hände übergeben«, antwortet er zufrieden. »Ihr werdet den neuen Besitzer heute noch kennenlernen, denn er kommt gleich vorbei, um einige Unterlagen abzuholen.«

»Oma, ich bin schon traurig, dass ich nicht mehr zu den Pferden kann, wenn hier ein anderer wohnt«, gibt Nele betrübt zu bedenken und in ihren Augen schimmern Tränen.

»Ach, mein Schatz, mach dir darüber keine Gedanken. Der Nachfolger ist sehr nett und hat uns versprochen, dass du jederzeit kommen kannst, wenn du magst«, antwortet meine Mutter sanft und nimmt ihre Enkeltochter liebevoll in die Arme.

»Du wirst ihn ja gleich kennenlernen und kannst ihn dann selbst fragen«, ergänzt Frederik einfühlsam.

»Wir können auch gerne nach Hause fahren, Mama, wenn

ihr noch etwas Wichtiges mit ihm zu bereden habt«, sage ich und trinke den letzten Schluck Orangensaft aus meinem Glas.

»Nein, nein, das kommt gar nicht in Frage. Es ist uns wichtig, dass ihr mit unserer Wahl auch zufrieden seid«, antwortet meine Mutter bestimmt.

Da springt meine Tochter auch schon auf. »Ja, bitte, Mama. Ich möchte gerne noch einmal zu den Pferden«, ruft sie aufgeregt.

»Okay, wir bleiben noch«, gebe ich zögernd nach.

Nele dreht sich auf dem Absatz um, springt durch das Wohnzimmer und stürmt in den Hausflur.

»Nele, zieh eine Jacke an«, rufe ihr nach.

»Hab ich schon«, ruft sie zurück. Nur Momente später fällt die Haustür ins Schloss.

Ich lehne mich zurück und sehe in die Runde. Mattis trinkt seinen Orangensaft und zuckt mit den Schultern. Jetzt wird mir doch etwas mulmig bei dem Gedanken, gleich dem neuen Besitzer des Gutshofes gegenüberzutreten. Natürlich ist es alleine die Entscheidung von Frederik und meiner Mutter, das Gestüt zu verkaufen und auf Weltreise zu gehen. Trotzdem wird mein Herz schwer, wenn ich daran denke. Es herrscht Stille. Aus den Augenwinkeln sehe ich, wie mein Sohn vom Sofa rutscht.

»Ich geh dann auch mal raus«, sagt er und sieht mich fragend an.

»Ja, natürlich, geh nur«, stimme ich abwesend zu.

Nachdem er fort ist, wendet sich meine Mutter an mich: »Möchtest du noch einen Cappuccino zum Abschluss?«, fragt sie und schaut mich dabei strahlend an.

»Oh danke, Mama, ich bin erst einmal satt. Das Essen war so lecker. Vielleicht später«, antworte ich und schaue durch die große Terrassentür zur Pferdekoppel. Nele steht mit Mattis am Holzzaun und winkt mir fröhlich zu. Meine Jüngste hat wirklich ein großes Herz für Tiere jeglicher Art. Ich kann mich noch gut an eine Begebenheit vor einigen Jahren erinnern, da brachte Nele in einer Holzkiste eine ganze Igelfamilie mit nach Hause, die sie von der Hauptstraße gerettet hatte. Die Geschichte stand sogar in der Zeitung, weil sie alle Autos mitten auf der Straße angehalten hatte, um die Igelfamilie sicher in ihre Kiste packen zu können. Frederiks Pferdegestüt war für sie wie ihr zweites zu Hause.

»Ich glaube, es hat geklingelt«, sagt da plötzlich meine Mutter aufgeregt und sieht ihren Mann an. »Frederik, gehst du zur Tür?«

Der springt schon auf und macht sie auf den Weg in den Hausflur.

Ich höre, wie Frederik die Haustür öffnet. »Hallo, kommen Sie doch bitte herein. Sie können auch noch gerne eine Tasse Kaffee mit uns trinken«, sagt er dann.

»Vielen Dank für das Angebot, aber leider habe ich heute keine Zeit. Aber ein anderes Mal gerne«, antwortet nun eine mir gute bekannte Stimme.

Ich erstarre. »Oh Gott! Das ist doch … Christian! Boden öffne dich, auf das ich versinken kann. Ich sehe ganz langsam zur Wohnzimmertür. Zu spät. Frederik tritt strahlend mit Christian an seiner Seite ein. Sie bleiben vor den Sofas stehen. »Darf ich vorstellen? Christian Waldschmitt«, sagt er freudig in meine Richtung.

Ich starre Christian an. »Hallo und guten Tag«, stottere ich. Steif strecke ich ihm meine Hand entgegen. »Marie, Marie Kramer«, ergänze ich murmelnd.

Meine Mutter sieht mich lächelnd an und sagt erleichtert: »Herr Waldschmitt, das ist meine Tochter. Und wo sie sich jetzt schon kennenlernen, können Sie ihr auch gerne versichern, dass meine Enkelin weiter zu Ihnen kommen darf, oder?«

Ich starre weiter Christian an, der mich mustert, ohne eine

Miene zu verziehen. Mein Kopf fühlt sich an, als ob er jeden Moment auseinanderplatzen würde vor Anspannung und Peinlichkeit. Hoffentlich lässt sich Christian nicht anmerken, dass wir uns kennen, denke ich panisch. Dann öffne ich den Mund, ich muss jetzt wohl irgendetwas sagen, und versuche so ruhig wie möglich zu klingen. »Ja, Herr Waldschmitt, meine Mutter hat mir erzählt, dass Nele weiterhin zu den Pferden kommen darf. Das wäre natürlich großartig, aber nur, wenn es Ihnen nichts ausmacht.«

Jetzt huscht ein Lächeln über Christians Gesicht und er schaut aus dem Fenster zu Nele, die immer noch an der Pferdekoppel steht. »Natürlich habe ich nichts dagegen. Sie kann so oft kommen, wie sie möchte, wenn sie es erlauben, Frau Kramer«, antwortet er und wendet sich dann wieder an mich. Unsicher strahlt er mich an.

Marie, jetzt ganz ruhig bleiben, geht es mir durch den Kopf und ich antworte mit zittriger Stimme: »Vielen Dank, Herr Waldschmitt. Nele wird sich sicher freuen.« In meinem Kopf schwirren tausend Gedanken gleichzeitig durcheinander. Warum muss ich ihm gerade hier wieder begegnen? Das kann doch alles nicht wahr sein!

Zum Glück ziehen sich Christian und Frederik danach kurz an einen Tisch zurück, um ein paar letzte Einzelheiten zu besprechen. Es dauert nicht lange, dann bricht Christian nach einer flüchtigen Verabschiedung mit den Unterlagen wieder auf. Allerdings nicht, ohne mich noch einmal durchdringend anzusehen. Und an Frederik gewandt sagt er: »Ich melde mich wieder bei Ihnen. Bis dahin noch eine gute Zeit.«

Meine Mutter steht auf und reicht ihm die Hand. »Noch einen schönen Sonntag für Sie. Wir freuen uns, von Ihnen zu hören, Herr Waldschmitt«, sagt sie. Dann begleiten sie und Frederik Christian zur Tür. Draußen höre ich noch einmal seine warme Stimme, bevor er das Haus verlässt.

Ich atme aus und starre durch die Terrassentür nach draußen, wo Nele und Mattis sich mit Schneebällen bewerfen. Was war das denn jetzt? Ein Schauer läuft mir über den Rücken, da sehe ich, wie er mit dem Auto vom Hof fährt. Noch immer ist mir abwechselnd heiß und kalt, als meine Mutter und Frederik glücklich lächelnd zu mir zurückkommen und sich wieder aufs Sofa fallen lassen.

Meine Mutter beugt sich vor und sieht mich begeistert an. »Ist er nicht sympathisch, Marie? Ich habe dir ja versprochen, dass wir einen würdigen Nachfolger für das Gestüt gefunden haben. Dieser Herr Waldschmitt ist kompetent und versteht was von Pferden, ja von Tieren ganz allgemein. Stell dir vor, er ist ausgebildeter Revierförster. Da haben wir doch wirklich genau den Richtigen gefunden. Wir sind beide sehr glücklich darüber, dass er zugesagt hat.« Meine Mutter kommt aus dem Schwärmen gar nicht mehr heraus und strahlt Frederik an.

Der nickt zustimmend und sieht mich nun nicht minder begeistert an. »Du musst wissen, Marie, wir hatten noch zwei andere Mitbewerber, aber Herr Waldschmitt war uns beiden am sympathischsten. Und sein beruflicher Background passt natürlich hervorragend zu unserem Gestüt.«

Es tritt eine kurze Stille ein und ich brauche einen Moment, bis ich begreife, dass ich etwas sagen sollte. »Ja, natürlich. Schön für euch. Ich denke auch, das könnte passen«, antworte ich und versuche ein schiefes Lächeln.

Meine Mutter mustert mich. »Das klingt aber nicht gerade begeistert. Ich dachte, dass dich unsere Wahl mehr beeindruckt«, sagt sie und es wirkt etwas verschnupft.

Ich seufze innerlich und verfluche mich selbst. »Oh nein, Mama, so war das nicht gemeint. Sorry, ich freue mich wirklich von ganzem Herzen für euch. Es ist nur …« Ich suche nach den richtigen Worten. »Ein etwas gewöhnungsbedürftiger Gedanke, dass hier bald ein anderer aus- und eingeht«, fahre ich schließlich traurig fort. Damit habe ich nicht einmal gelogen. Und in diesem Moment wird mir auch richtig bewusst, dass dies vielleicht das letzte gemeinsame Essen auf Gut von Putlitz war.

Was für ein Tag! Gerade habe ich die Kinder ins Bett gebracht. Jetzt sitze ich auf dem Sofa im Wohnzimmer und überlege, ob ich Lotta noch von dem neuen Gutsbesitzer erzähle, da klingelt mein Handy. Eilig schaue ich auf das Display und erkenne die Nummer von Ina. Ich gehe ran. »Hallöchen, Marie, ich bin wieder gut zu Hause angekommen. Der Flug war super. Wie sieht es morgen Vormittag mit unserem Marmeladenfrühstück aus?«, höre ich meine Freundin gutgelaunt fragen.

»Hey, Ina, schön, dass du gut gelandet bist im kalten Deutschland. Ich freue mich auf morgen früh. Es gibt einiges zu erzählen«, antworte ich aufgeregt und schenke mir ein Glas Orangensaft ein.

»Oh, das hört sich ja spannend an. Heute bin ich aber leider nicht mehr aufnahmefähig und liege bestimmt früh in den Federn«, antwortet Ina und ich höre sie laut gähnen.

»Na, dann schlaf gut, wir sehen uns morgen, meine Liebe«, sage ich und bin insgeheim froh, dass ich über der Sache mit Christian noch eine Nacht schlafen kann, bevor ich meiner besten Freundin mein Herz ausschütte.

In der Nacht schlafe ich unruhig und wache am frühen Morgen schweißgebadet auf. Verdammt! Warum muss ausgerechnet Christian der Käufer sein, frage ich mich sofort und zum wiederholten Mal. Ich starre müde an die Decke meines Schlafzimmers. Er ist sicher genau der Richtige zur Führung des Reitgestütes, aber dass ich dadurch mit ihm indirekt wieder verbunden bin, lässt mich aufstöhnen. Mein Kopf fühlt sich an wie nach einer durchzechten Partynacht und ich schlurfe langsam ins Badezimmer. Nach einer kurzen, aber erfrischenden Dusche stehe ich kurze Zeit später in der Küche und belege die Schulbrote der Kinder. Jetzt geht der normale Alltagswahnsinn wieder los, denke ich und packe die Frühstücksdosen in die Schultaschen. Wirklich schade, dass der Silvesterurlaub in Holland so enden musste. Aber sei's drum, Lotta geht es wieder gut und dafür sollte ich dankbar. Kurz habe ich die Bilder von Lotta auf der Intensivstation wieder vor meinen Augen. Ein Schauer läuft mir über den Rücken bei der Vorstellung, was ihr alles hätte passieren können. Dann kommt mir Gerrit wieder in den Sinn – ohne ihn wäre Lotta höchstwahrscheinlich nicht mehr am Leben. Himmel, wie hatte ich ihn die letzten Tage nur so erfolgreich aus meinem Gedanken verdrängen können?

»Guten Morgen, Mama«, höre ich da meine Älteste fröhlich hinter mir.

Ich drehe mich um und stelle die Brotdosen auf den Tisch. »Oh, Lotta, ich hatte dich gar nicht bemerkt. Wie geht es deinem Bein? Willst du wirklich zur Schule?«, frage ich sie noch immer ein bisschen in Gedanken versunken und drücke ihr einen zärtlichen Kuss auf die Wange.

»Warum denn nicht? Ich bin doch nicht todsterbenskrank, Mama. Wenn du mich fährst, dürfte der Rest kein Problem sein«, sagt sie und wirkt recht unternehmenslustig, wie sie da auf ihre Krücken gestützt vor mir steht.

»Natürlich fahre ich dich. Ich frage mich nur, ob du schon solange sitzen kannst. Die Schulstühle sind ja bekanntlich nicht die bequemsten«, gebe ich zu bedenken.

»Wir wollen auch mitfahren«, ruft Mattis nun von oben und saust schwungvoll das Treppengeländer herunter. »

Ich spähe über Lottas Schulter in den Flur. »Mattis, wenn du mich schon am frühen Morgen ärgern willst, hast du das jetzt geschafft«, sage ich streng und sehe, wie sich mein Ältester im Flur seine Schultasche über die Schulter wirft.

»Ich möchte auch mitfahren, Mama.« Eilig rennt Nele die Treppenstufen herunter.

Ich seufze tief. »Na, dann sind wir ja komplett. Ab ins Auto ihr drei«, rufe ich nun lachend in die Runde und schiebe wenig später alle zusammen aus dem Haus.

Keine halbe Stunde später bin ich wieder zu Hause. Für einen Moment stehe ich in der Küche und weiß nicht, was ich als Nächstes tun soll. Ich lege mein Handy auf den Tisch und schaue auf die Uhr. Es ist fast schon neun Uhr? Um zehn Uhr wollte Ina zum Marmeladenfrühstück kommen. Schnell nehme ich Rowdy an die Leine und laufe zum Waldweg hinter unserem Haus.

Es ist immer noch bitterkalt, obwohl die Sonne durch die Bäume lugt. Diese morgendlichen Spaziergänge liebe ich, auch wenn er heute etwas kürzer ausfällt, wegen Ina. Herrlich, diese Ruhe, kein Handy, kein Kindergeschrei, einfach nur ich und die Natur. Durch das Laufen werden meine Lebensgeister geweckt und die frische Luft tut ihr Übriges, dass ich mich fit und erholt fühle, als ich kurze Zeit später wieder zurück bin. Rowdy schüttelt sich im Flur und wirkt ein bisschen enttäuscht. Er hatte wohl mehr erwartet. Schnell verzieht er sich ins Wohnzimmer.

Ich stürme in die Küche. Jetzt aber schnell den Frühstückstisch decken. Ich freue mich riesig, meine beste Freundin endlich wiederzusehen – und ihr alles erzählen zu können, was die letzten drei Wochen passiert ist. Sie wird es nicht glauben, geht es mir durch den Kopf, als ich die Frühstücksteller, das Besteck und Servietten aus dem Schrank hole und alles liebevoll auf dem Esstisch dekoriere.

Ding-Dong, Ding-Dong – ich höre die Türklingel. Ich halte inne. Pünktlich wie ein Uhrwerk, das ist Ina. Voller Vorfreude laufe ich zur Tür, um keine fünf Sekunden später meine Freundin samt Alva in die Arme zu schließen. »Hallo, Ina, ich freue mich riesig, euch endlich wiederzusehen«, rufe ich glücklich aus.

»Hey Marie, wurde auch echt Zeit, dass wir unser Marmeladenfrühstück wiederholen. Das Letzte war im vorigen Jahr«, entgegnet Ina, lacht übermütig und drückt mir ihre kleine Tochter in die Arme, die ihre weichen Händchen zärtlich um meinen Hals schlingt.

Ich schmelze augenblicklich dahin. »Oh, meine Süße! Ich habe dich so vermisst«, sage ich liebevoll und hauche ihr einen zarten Kuss auf die Stirn.

»Jetzt aber ab in die Küche. Die Brötchen sind noch ofenwarm.« Ina zieht schnell Jacke, Schal und Mütze aus und schiebt mich mit Alva auf dem Arm durch die Tür in die Küche.

Ich schnappe mir die Brötchentüte. »Hm, lecker, das sind echt die besten Brötchen der ganzen Stadt. Ich hole noch schnell die Marmeladen aus dem Kühlschrank. Dann kann es losgehen«, sage ich und setze Alva in ihren Kinderstuhl an den Tisch.

Unsere Marmeladenfrühstücke sind immer wieder etwas Besonderes, denke ich, während ich die Butter und die Gläser mit den selbstgemachten Marmeladen von Oma Liesel auf den Tisch stelle. Seit Jahren zelebrieren wir nun schon alle zwei bis drei Wochen diese Frühstücksvariante. Die Marmeladen werden von Inas Oma selbstgemacht. Die Rezepte hat sie uns schon gegeben, aber bis heute kocht Oma Liesel sie für uns ein und freut sich über die hohe Nachfrage. Jetzt noch zwei Cappuccino mit leckerem Milchschaum und dann kann das Vergnügen beginnen.

Ina hat sich schon gesetzt und musterte die Marmeladengläschen. »Ich sterbe für diese Marmeladen«, stöhnt sie grinsend und schneidet sich ihr erstes Brötchen auf.

»Ja, das sind die besten. Selbst in Holland hatten wir nicht solche Sorten. Die sind einfach einmalig«, stimme ich zu und stelle den dampfenden Cappuccino auf den Tisch. Diese Espressomaschine hat sich wirklich schon tausendfach bewährt. Ich weiß nicht, wie viele Jahre ich sie nun schon besitze, aber diesen täglichen Genuss möchte ich nicht missen, denke ich zufrieden und nehme den ersten Schluck aus meiner Tasse. »Ah, ein Tässchen am Morgen vertreibt Kummer und Sorgen«, sage ich lächelnd und breche Alva ein Stück von einem knusprigen Brötchen ab. »Hier mein Schatz, das ist für dich«, sage ich, während ich es der Kleinen reiche.

»Na, Marie. Da wären wir ja beim Thema. Ich bin schon sehr gespannt, was du zu berichten hast. Wie war es mit Gerrit in Holland? Leg los.« Meine Freundin sieht mich mit großen Augen erwartungsvoll an.

In meinem Bauch zieht es sich merklich zusammen und auf meiner Stirn bilden sich Sorgenfalten, als ich seinen Namen aus Inas Mund höre.

Ina mustert mich. »Hey, du siehst ja nicht gerade erfreut aus. Was ist denn Schlimmes passiert, dass du so blass wirst?«, fragt sie besorgt.

Ich seufze tief. »Ach, Ina, ich weiß überhaupt nicht, wo ich anfangen soll zu erzählen«, antworte ich bedrückt und nehme einen Schluck aus meiner Tasse.

»Am besten am Anfang«, antwortet meine Freundin und nickt mir aufmunternd zu.

Da hat sie natürlich recht, also nehme ich mir ein Herz und erzähle: »Tja, also, mit Gerrit habe ich nicht gesprochen, dafür aber mit Christian«, sage ich, was zugegebenermaßen nicht der strukturierteste Anfang ist.

Ina wirkt entsprechend verwirrt. »Was? Warum hast du nicht mit Gerrit gesprochen und warum mit Christian? Das musst du mir schon etwas genauer erklären.« Irritiert schaut sie mich an und nimmt sich noch ein Brötchen aus dem Korb.

Ich zucke entschuldigend mit den Achseln. »Ich habe ja gesagt, dass ich nicht weiß, wo ich anfangen soll. Also, ich habe mich endlich durchgerungen und bin zu Gerrit gefahren. Leider – oder Gott sei Dank – war er nicht da. Ich habe ihm einen Zettel hinterlassen, in dem ich mich bei ihm von ganzem Herzen bedanke. An seiner Haustür hätte ich fast eine Herzattacke bekommen, so aufgeregt war ich. Als keiner öffnete, war ich einerseits erleichtert, andererseits irgendwie enttäuscht. Ich hätte ihn schon gerne wiedergesehen. Ach, Ina, ich weiß nicht, wo mir der Kopf steht.« Ich halte inne, kann nicht weiterreden. Alva gluckst in ihrem Kindersitz zufrieden vor sich hin und Ina sieht mich fürsorglich an. Da kommen die aufgestauten Emotionen der letzten Tage in mir hoch und ich kann die Tränen nicht mehr zurückhalten.

Tröstend nimmt Ina mich in ihre Arme und sagt leise: »Hey, Marie, ich kann verstehen, dass du momentan durch den Wind bist. Erst die Aufregung mit Lotta, dann die Nachricht, dass Gerrit ihr Retter in der Not ist und dann die Überraschung mit deiner Mutter, dass sie und Frederik das Gestüt verkaufen und auf Weltreise gehen wollen. Und ich ziehe nach Italien. Alles etwas viel auf einmal.« Ina lässt mich wieder los und hält mitfühlend meine Hand. Mit der anderen tupft sie mir mit ihrer Serviette liebevoll die Tränen von der Wange.

Ich habe Mühe mich zusammenzureißen. Schluchzend erzähle ich weiter: »Ja und als wäre das nicht schon genug, spaziert Christian gestern Nachmittag in Frederiks Wohnzimmer und meine Mutter eröffnet mir gutgelaunt, dass er der neue Besitzer von Gut von Putlitz ist.« Damit stehe ich auf und schnappe mir die Küchenrolle, um mir laut die Nase zu putzen. Als ich mich wieder gesetzt habe und Ina ansehe, bin ich überrascht. Selten habe ich sie fassungslos gesehen. Sie starrt mich mit halbgeöffnetem Mund an. Ich starre zurück und nutze die Gelegenheit, mich noch einmal zu schnäuzen.

Bis sie ihre Sprache wiederfindet, dauert es eine gefühlte Ewigkeit. Dann bringt sie noch immer fassungslos hervor: »Habe ich jetzt irgendetwas falsch verstanden oder hast du gerade wirklich gesagt, dass Christian Waldschmitt das Gut von Frederik von Putlitz übernimmt?«

Ich nicke und schiebe die Tücher in eine Jeanstasche. »Genau. Du hast es erfasst«, bestätige ich.

Ina nimmt einen Schluck Kaffee und lehnt sich mit verschränkten Armen zurück. Dann sprudelt es wie ein Wasserfall aus ihr heraus: »Das kann doch nicht wahr sein. Mehr als zwei Jahre hast du weder von Gerrit noch von Christian etwas gehört oder gesehen und innerhalb von noch nicht einmal drei Woche schwirren beide wieder in dein Leben. Da sag mir noch einer, das Leben sei planbar«, kopfschüttelnd schaut sie mich an und fügt hinzu: »Schöne Scheiße!«

»Da hast du recht, Ina. Ich sagte doch, ich weiß nicht mehr, wo mir der Kopf steht. Das mit Gerrit war schon unangenehm genug, aber er lebt in Holland und die Chance, ihn niemals wiederzusehen, stehen nicht so schlecht. Anders sieht die Sache mit Christian aus. Stell dir vor, er hat Nele sogar angeboten, dass sie weiter bei ihm reiten darf. Wie soll ich denn dem Kind erklären, dass das keine gute Idee ist, weil ihre Mutter noch vor ein paar Wochen mit diesem netten Mann knutschend im Auto gesessen hat?«

Kaum habe ich das gesagt, taucht ein Grinsen auf Inas Gesicht auf und sie sagt: »Tja, Marie, das ist echt dumm für dich gelaufen. Vielleicht war es aber auch genau das, was du gebraucht hast. Du hast dir in Holland sicher keine Gedanken über eine eventuelle Zukunft mit Christian gemacht, oder?«

Empört gebe ich zurück: »Also Ina, bitte. Ich hatte andere Sorgen, als mir mit diesem Christian Waldschmitt eine Zukunft auszumalen.« Mir wird plötzlich ganz warm, ich rege mich ehrlich auf. Hat sie mir nicht zugehört? Eilig springe ich auf, gehe zur Kaffeemaschine und mache mir noch einen dampfend Cappuccino. »Möchtest du auch noch einen?«, frage ich Ina, ohne mich nach ihr umzudrehen.

»Ja, bitte, wenn du es noch hinkriegst, bevor du abhebst«, höre ich sie hinter mir sagen. Und dann höre ich sie lachen.

Ich ärgere mich – da passiert es. »Autsch, jetzt habe ich mir auch noch die Finger an dieser blöden Maschine verbrannt!«, fluche ich und komme Momente später mit zwei frischen Cappuccino-Tassen wieder an den Tisch.

Ina reißt sich zusammen, winkt ab und schüttelt den Kopf. »Sorry Marie, das war nicht so gemeint. Ich weiß ja, dass du in einer Zwickmühle steckst. Und dass Christian das Gestüt gekauft hat, macht es dir auch nicht leichter. Ich würde dir gerne einen Rat geben, aber ich glaube, hier muss ich als Hobbypsychologin leider passen«, sagt sie entschuldigend.

Damit kann ich leben und lasse es dabei bewenden. Ich starre auf meinen Teller. »Mensch, Ina, ich bin in einer total beschissenen Situation und weiß wieder einmal nicht, was ich tun soll. Das größte Problem ist, dass ich für beide noch Gefühle habe. Als ich Christian begegnet bin, habe ich dieses Kribbeln wieder gespürt. Die Gefühle für Gerrit sind in Holland aber auch wieder stärker geworden, obwohl ich ihn nicht gesehen habe. Nur der Gedanke an ihn hat mich schon ganz nervös werden lassen.« Ich sehe erst auf und dann Ina an. »Was soll ich nur tun?« Ich nehme schnell einen großen Schluck Cappuccino.

Ina holt tief Luft, dann sagt sie ernst: »Vielleicht solltest du dir einmal ernsthaft Gedanken, was du eigentlich willst?« Damit ergreift sie erneut liebevoll nach meiner Hand. »Und damit meine ich, was DU wirklich willst. Nicht was die Männer wollen oder deine Kinder oder deine Mutter.« Sie wollen natürlich alle das Beste für dich, Marie. Jeder auf seine Weise, aber am Ende musst du glücklich werden mit deinem Leben. Ich weiß, dass dich deine Kinder und deine Familie ausfüllen. Aber habe ich dir vor über zwei Jahren etwas gesagt? Kannst du dich noch daran erinnern?« Sie schaut mich eindringlich an und lächelt mir aufmunternd zu.

Ich erinnere mich. »Ja, ich weiß, was du meinst. Ich habe auch noch ein Leben jenseits von Kindern, Kochtopf und Kamillentee«, antworte ich betrübt und spüre erneut Tränen in meine Augen steigen.

»Ach, Mensch Marie, du steckst ja wirklich ganz schön im Liebesschlamassel. Ich wünschte, ich könnte dir helfen.« Liebevoll nimmt meine Freundin mich wieder in den Arm. Nach ein paar Momenten mit Wiegen und Trösten lässt sie mich wieder los und fügt hinzu. »Ich hätte da eine Idee. Wie wäre es, wenn du mal abschaltest, also so richtig abschaltest. Du fährst für ein Wochenende allein nach Holland, damit du dich dort mit Gerrit in Ruhe aussprechen kannst. Ich bleibe solange bei deinen Kids.«

Ungläubig schaue ich sie an und antworte steif: »Meinst du das ernst?«

Sie macht eine entrüstete Geste. »Nein, natürlich nicht, das war nur ein Scherz! Hey, Marie, natürlich meine ich das ernst.« Ina sieht mich auffordernd an und stupst mir dabei liebevoll in die Seite: »Also, abgemacht? Du fährst, und zwar allein.«

Kopfschüttelnd muss ich nun doch schmunzeln: »Oh Gott, mich muss man wohl in mein Glück stoßen«, gebe ich zu und drücke meine Freundin herzlich an mich. »Danke, Ina, du bist und bleibst die Beste.«

»Na, na, jetzt übertreib mal nicht. Das würdest du für mich genauso tun. Also, dann wäre das ja geklärt. Das nächste Wochenende gehört dir, Marie.« Ina strahlt mich zufrieden an, dann nimmt sie sich noch ein Brötchen.

In meinem Kopf rattert es derweilen schon wieder. »Das kommende Wochenende schon? Ich glaube, ich muss mich erst noch etwas darauf vorbereiten, Ina. Außerdem muss ich Gerrit erst einmal fragen, ob er überhaupt Zeit hat, sich mit mir zu treffen. Ich möchte ungern noch einmal vor seiner verschlossenen Tür stehen«, gebe ich unsicher zu bedenken. Tausend Gedanken rasen mir plötzlich durch den Kopf. »Und wenn er mittlerweile verheiratet ist und Kinder hat? Oder mich einfach aus seinem Leben gestrichen hat? Was soll ich dann in Holland, Ina? Das muss ich vorher abklären.«

Ina nickt gelassen und schmiert sich dick Marmelade aufs Brötchen. »Okay, da gebe ich dir ausnahmsweise mal recht. Dann weißt du ja, was du morgen früh zu tun hast. Rufe ihn an und sage ihm, dass du dich gerne mit ihm treffen würdest. Nicht nur wegen Lotta«, sagt sie und beißt beherzt in ihr Marmeladenbrötchen.

»Die Telefonnummer stand nicht auf dem Zettel, nur seine Adresse«, entgegne ich und schaue sie fragend an.

Ina hebt in stummer Verzweiflung die Hände und lässt sie wieder sinken. Mit vollem Mund ruft sie: »Ach du meine Güte, jetzt stell dich mal nicht so dumm. Du wirst doch wohl über das Internet seine Telefonnummer herausbekommen. Wir leben schließlich nicht mehr im Mittelalter. Oder willst du ihm mit der Postkutsche eine Nachricht zukommen lassen?« Sie kaut weiter und hebt fragend die Augenbrauen.

Ich komme mir schlagartig dumm und umständlich vor. Manchmal bin ich echt vernagelt. »Ach, Ina, du bist einfach unkomplizierter als ich. Okay, ich verspreche es dir. Ich werde versuchen, ihn zu erreichen«, gebe ich kleinlaut zurück.

Ina hebt mahnend einen Finger. »Nein, nicht versuchen, du musst ihn erreichen«, antwortet sie.

Jetzt winke ich ab. »Ja, ja, hab es verstanden. Ich werde ihn erreichen«, sage ich eilig. Dann kommen mir wieder Bedenken. »Aber wenn er nicht …«, versuche ich einzuwenden, aber Ina starrt mich streng an und ich merke, es ist ihr ernst.

»Keine Ausreden! Es wird Zeit, dass du jetzt endlich Licht

ins Dunkel deines Liebeslebens bringst. Think positiv, Marie.«

Gerade ist Ina gefahren und ich sitze in der stillen Küche mit meinem Hund, der mich fragend ansieht. Er weiß genau, dass er immer ein Brötchen bekommt, wenn wir mit unserem Frühstück fertig sind. Ich sehe ihn an und seufze tief. »Hier, Rowdy, lass es dir schmecken«, sage ich, beschmiere zwei Brötchenhälften mit Butter und lege sie in seinen Futternapf. Ich setze mich wieder und sehe zu, wie er frisst. »Du hast es gut, brauchst dich nicht zwischen zwei Hundedamen zu entscheiden.«

Jetzt erst wird mir klar, was ich da gerade ausgemacht habe: ein Wochenende allein nach Holland zu einem Mann, den ich zwei Jahre nicht mehr gesehen habe und der sich vielleicht überhaupt nicht mehr an mich erinnern kann. »Du bist verrückt, Marie Kramer«, murmele ich vor mich hin. Dann stehe ich auf und räume das Geschirr in die Spülmaschine. Die Kinder haben sicher nichts dagegen, wenn ich mal für zwei Tage weg bin, geht es mir durch den Kopf. Nur, was soll ich ihnen sagen, wohin ich fahre? Schließlich wissen sie ja nicht, dass Lottas Lebensretter und ich vor mehr als zwei Jahren total ineinander verliebt waren.

Kapitel 8

Als der Geschirrspüler läuft, sehe ich zur Küchenuhr. Es ist schon fast dreizehn Uhr, die Kinder warten bereits an der Schule. Auch das noch. Eilig stecke ich den Autoschlüssel ein und sitze keine drei Minuten später in meinem Auto. Die Gedanken an Gerrit schiebe ich jetzt erst einmal zur Seite und konzentriere mich auf die Straße. Wie können in so einer kleinen Stadt nur so viele Autos fahren, frage ich mich auch heute wieder. Sämtliche Busse, Lastkraftwagen und Traktoren des linken Rheinufers scheinen gerade unterwegs zu sein. Hektisch schaue ich immer wieder auf die Uhr. Verdammt, es ist jetzt schon dreizehn Uhr zehn und ich habe noch mehr als fünf Minuten Fahrtzeit vor mir. Oje, das schaffe ich nie rechtzeitig, wenn ich noch länger hinter diesem Traktor herfahre, denke ich. Blitzschnell setze ich den Blinker und gebe Vollgas, um noch vor der Kurve den lästigen Traktor hinter mir zu lassen. Hupend kommt ein Wagen auf mich zugefahren. Verdammt! Wo kommt der denn jetzt her, kann ich gerade noch denken. Hektisch bremse ich scharf ab und kann mich in allerletzter Sekunde wieder hinter dem Traktor einreihen.

Der Autofahrer hinter mir hupt laut und gestikuliert aufgebracht mit den Händen. Ich stöhne auf. Ich atme zitternd aus. Das wäre fast schiefgegangen. Jetzt erst realisiere ich, in was für eine Gefahr ich mich und andere durch meine leichtsinnige Fahrweise gebracht habe. Mit hochrotem Kopf fahre ich hinter dem Traktor her, der an der nächsten Feldeinfahrt abbiegt. Der Mann hinter mir im Wagen hupt noch einmal laut und fährt dann ohne mich eines Blickes zu würdigen vorbei.

Ich fahre langsam weiter. »Tolle Leistung, Marie«, murmele ich beschämt und die Tränen rinnen vor Aufregung und Wut über mein Gesicht.

Meine Knie zittern noch immer, als ich die Schule erreiche und meine Kinder winkend am Eingang des Gebäudes sehe. Jetzt nur ruhig bleiben und nichts anmerken lassen, denke ich mit hochrotem Kopf und versuche, mich so gut es geht zu beruhigen.

»Hallo, Mama, wir stehen schon fast zwanzig Minuten hier. Wo bleibst du denn so lange?«, ruft Mattis aufgebracht und wirft seine Schultasche in den Kofferraum.

Lotta hingegen humpelt an meine Seite und mustert mich. »Hey, Alles okay? Mach dir keine Vorwürfe, kann ja immer mal etwas später werden«, sagt sie verständnisvoll und drückt mir einen Kuss auf meine heiße Wange. »Du bist ja total warm und puterrot im Gesicht«, ergänzt sie dann erstaunt .

Ich atme aus und ringe mir ein Lächeln ab. »Ach, es war einfach wieder viel los auf dem Weg zur Schule«, antworte ich eilig, um von mir abzulenken.

»Ich bin froh, dass du hier bist, Mama«, ruft Nele fröhlich und umarmt mich, bevor sie sich zu Mattis auf den Rücksitz schiebt.

Lotta quält sich auf den Rücksitz und ich gehe ums Auto herum. Da sehe ich ihn aus den Augenwinkeln – Oh nein! Der Wagen und der Fahrer von vorhin. Nichts wie weg hier, denke ich noch, aber es ist zu spät. Ich bin zwar eingestiegen, aber ehe ich starten kann, sieht der fremde Mann grimmig zu mir herüber und ruft: »Ach, deshalb die Eile. Vielleicht sollten Sie das nächste Mal einfach früher losfahren.«

Blödmann würde ich am liebsten zurückrufen, aber leider hat er recht und um nicht noch mehr Aufsehen zu erregen, ignoriere ich ihn einfach.

Ich starte den Wagen und fahre los.

»Was sollte das denn jetzt von dem Typen? Aufgeblasener Fatzke«, schimpft Mattis von hinten und schaut dem anderen wegfahrenden Auto wütend hinterher.

Und Lotta ergänzt empört: »Hat einen dicken Wagen und meint wohl, sich deshalb alles herausnehmen zu können. Das ist der Vater von Marco aus meiner Klasse. Stinkreich und arrogant bis zum Gehtnichtmehr.«

Oje, auch das noch. Da hatte ich mir ja genau den Richtigen ausgesucht. Gut, dass ich mir wenigstens den ›Blödmann‹ verkneifen konnte. Ich fahre schweigend weiter und konzentriere mich auf die Straße. Wie nebenbei sage ich: »Marco? Den Namen habe ich noch nie gehört, Lotta.«

»Kannst du auch nicht, Mama. Der ist erst kurz vor unserer Klassenfete vor zwei Monaten zu uns in die Klasse gekommen. Ein ziemlich arroganter Angeber. Die Eltern sind geschieden. Seine Schwester wohnt bei seiner Mutter und er bei seinem Vater. Und der scheint ein ziemlicher Stinkstiefel zu sein! Meine Tochter zieht die Augenbrauen genervt nach oben.

»Na ja, gut zu wissen«, sage ich nur – und habe ein seltsames Gefühl, ohne sagen zu können warum.

Wenig später sind wir ohne weitere Vorfälle wieder zu Hause und ich fahre mein Auto in die Garage.

Meine Kinder steigen plappernd aus, ich muss noch einen Moment rangieren. »Ach, Mama, ehe ich es vergesse, nächste Woche ist Elternsprechtag«, ruft Lotta mir noch zu und verschwindet dann im Haus.

Auch das noch, da sehe ich diesen Stinkstiefel höchstwahrscheinlich wieder. Das hast du wirklich perfekt hingekriegt, Marie, rattert es durch meinen Kopf, als ich die Schultaschen aus dem Wagen hole.

Es geht nichts über eine leckere Tasse heißen Orangentee mit Honig. Langsam lasse ich den goldgelben Bienenhonig in meine Teetasse laufen und mache es mir auf meiner Couch im Wohnzimmer gemütlich. Endlich Ruhe! Mattis und Nele sind im Bett und Lotta telefoniert noch mit ihrem Jan. Meine

Älteste ist total verliebt in den netten Holländer und wie es aussieht, ändert daran auch die Entfernung zwischen den beiden nichts. Ich habe sie selten so viel lachen sehen. Und das trotz ihres Gipsbeines. Lotta hatte bis jetzt noch keinen festen Freund. Es gab nur ein paar Flirts in der Schule, zumindest soweit ich es weiß. Das ist für mich als Mutter ein neues Gefühl, obwohl ich natürlich weiß, dass andere junge Mädels in ihrem Alter schon mehr Erfahrungen mit Jungs gesammelt haben. Lotta war immer mehr der Kumpel-Typ und wird auch so wahrgenommen, wie sie mir häufig erzählt hat. Dass sich jetzt ein Mann für sie als Frau interessiert, ist eine völlig neue Erfahrung für sie. Und ich merke jetzt, dass sie kein Kind mehr ist. Wo sind die letzten Jahre nur geblieben, frage ich mich wehmütig und schaue zu den Fotos auf meiner antiken Holzkommode. Lotta im Sandkasten mit Daniel, Mattis am Strand mit Daniel, Nele im Arm von Daniel … Warum ist das alles vorbei? In meinen Augen sammeln sich schon wieder Tränen und ich schniefe in die Serviette neben meinem Teeglas. Daniel wäre stolz auf seine schöne Tochter. Und dass sie sich in einen jungen Holländer verliebt hat, würde ihm sicher gefallen. Er liebte Holland genauso wie ich und wir phantasierten oft, wie es wäre, wenn wir auswandern würden. Bei dem Gedanken daran muss ich wieder etwas lächeln. Holland – jetzt kommt mir Gerrit wieder in den Sinn. Verdammt, ich habe Ina ja versprochen, dass ich ihn anrufe. Nur bin ich mir jetzt überhaupt nicht mehr sicher, ob das eine so gute Idee ist. Mir wird allein bei dem Gedanken an ein Gespräch mit ihm schon flau im Magen. Wie komme ich aus dieser Nummer nur wieder heraus, frage ich mich krampfhaft und nippe nervös an meinem Orangentee. Was ist, wenn er sich nicht mit mir treffen will oder er Frau und Kinder zu Hause hat? Wieder und wieder spiele ich die Szene in meinen Gedanken durch. Ich klingle an seiner Haustür und seine Frau fragt mich freundlich, wer ich bin.

Ich seufze tief. Mensch, Marie, lass den Unsinn und bleib zu Hause, rede ich mir selber ins Gewissen. Und doch möchte ich ihn gerne noch einmal wiedersehn, um mit ihm zu reden. Das kann doch kein Zufall sein, dass er genau jetzt wieder in mein Leben tritt, und das auch noch als Lebensretter meiner Tochter! Hin- und hergerissen zwischen meinen Gefühlen setze ich mich nervös an mein Laptop, das auf dem Wohnzimmertisch liegt, und gebe mit zittrigen Fingern seinen Namen ein: Gerrit van Stappen, Westerland, Nordholland. Treffer! Aufgeregt lese ich seinen Namen, sein Festnetzanschluss steht hinter seiner Adresse. Tja, Marie, jetzt nimm deinen ganzen Mut zusammen, Ausreden gibt es keine mehr.

Unausgeschlafen höre ich mein Handy klingen. Die ganze Nacht habe ich kaum ein Auge zugemacht. Der Gedanke an Gerrit und das bevorstehende Gespräch mit ihm lassen mein Herz höherschlagen. Ich drehe mich auf die Seite und sehe zum Wecker Oh! Schon sieben Uhr. Eilig springe ich aus dem Bett unter die erfrischende Dusche und wecke danach meine Kinderschar. Auch heute muss ich sie wieder zur Schule fahren und will nicht erneut zu spät sein.

Alles geht heute gut und pünktlich vor Unterrichtsbeginn sind wir am Schulgelände. Schnell verabschiede ich mich noch mit einem flüchtigen Kuss von den dreien, wobei Mattis sich mittlerweile weigert, mir einen Kuss zu geben. »Mama, das ist doch total uncool. Wenn mich meine Freunde sehn, bin ich bei denen unten durch«, gibt er mir auch heute unsicher zu verstehen.

»Wie doof ist das denn, Mattis?« Nele drückt sich noch einmal fest in meinen Arm.

Ich lasse sie los und nicke Mattis zu. »Ist schon in Ordnung, Großer.« Dann sehe ich alle drei an und helfe Lotta noch kurz mit ihren Krücken. »Jetzt aber nix wie zum Unterricht.«

»Bis heute Nachmittag, Mama«, ruft meine Älteste fröhlich und humpelt langsam mit Nele zum Eingang, während Mattis schon losgestürmt ist. Noch einmal drehen sich meine Töchter winkend um, bevor sie im Schulgebäude verschwinden.

»Guten Morgen, heute wohl etwas früher dran?«, höre ich da eine mir bekannte Stimme. Erschrocken drehe ich mich um und sehe in zwei Augenpaare, die mich interessiert mustern. Oh Gott! Der Miesepeter! »Guten Morgen«, antworte ich überrascht, wende mich ruckartig um, gehe um meinen Wagen herum und öffne eilig die Fahrertür.

Der Miesepeter sieht mir nach. »Entschuldigen Sie, wenn ich gestern etwas patzig war«, sagt er freundlich, folgt mir und reicht mir dann seine Hand. »Darf ich mich vorstellen? Luca Beneto. Mein Sohn Marco ist in der gleichen Klasse wie Ihre Tochter.«

Irritiert schaue ich ihn an, ergreife seine Hand und antworte stockend: »Marie Kramer. Tja, dann, wir sehen uns sicher noch.«

Und nun erscheint auf seinem Gesicht ein strahlendes und wirklich umwerfendes Grinsen. »Das will ich hoffen«, sagt er und öffnet mit der Fernbedienung seinen Wagen, den er auf der anderen Seite der Straße geparkt hat. Noch einmal lächelt er mir freundlich zu, bevor er über die Straße geht und davonbraust.

Ich stehe immer noch neben meinem Auto und schaue ihm hinterher. Was war das denn jetzt? Luca Beneto – das klingt italienisch. Seine schwarzen welligen Haare, die dunklen Augen und seine, trotz des Winters leicht gebräunte Haut lassen ebenfalls auf einen Südländer schließen. Damit steige ich nun auch ein. Ach, Marie, warum machst du dir überhaupt Gedanken über diesen Angeber, denke ich von mir selbst genervt, als ich den Wagen starte.

Wieder zu Hause sitzt mein Hund schon im Flur. Ich seufze,

natürlich, der arme Kerl. »Okay, Rowdy, wir gehen sofort eine Runde. Danach muss ich aber dringend telefonieren«, erkläre ich ihm ich und lege ihm seine Leine an.

Draußen scheint die Sonne durch die Bäume und der Himmel erstrahlt im schönsten Winterblau. Es ist immer noch bitterkalt, aber der Wind der letzten Tage hat sich gelegt und so ist es richtig angenehm, durch den verschneiten Wald zu stapfen. Rowdy läuft glücklich voraus, dreht sich aber immer wieder um, um sicher zu stellen, dass ich noch da bin. Die letzten Wochen ist so viel passiert, das muss ich erst einmal verdauen, denke ich aufgewühlt. Die Begegnung mit Christian, die mich ziemlich durcheinandergebracht hat. Lottas schrecklicher Unfall in Verbindung mit Gerrits erneutem Auftritt in meinem Leben, die Neuigkeit, dass Mutter und Frederik das Gestüt verkaufen wollen und das auch noch zu meiner großen Überraschung ausgerechnet an Christian.

Ich lasse den Blick in den Himmel wandern. Was kommt denn noch alles? »Mein Bedarf an unangenehmen Verwirrungen ist fürs Erste gedeckt«, murmele ich in Gedanken vor mich hin, sodass mein Hund abrupt stehen bleibt und mich fragend anschaut. Ich lächle ihn an. »Ach Rowdy, du hast es gut, musst dich nicht mit irgendwelchen Hundedamen rumärgern, dich erklären oder entscheiden.«

Als hätte er meine Worte verstanden, bellt er dreimal kurz und kommt zu mir. Ich beuge mich zu ihm hinab und kraule ihn hinter dem Ohr. Hunde sind einfach die besseren Menschen.

Keine Stunde später sitze ich aufgeregt vor meinem Laptop und gebe noch einmal Gerrits Name in die Suchleiste ein. Ah, hier …, Gerrit van Stappen mit Adresse und Telefonnummer. Eilig hole ich mein Handy, setze mich aufs Sofa und wähle mit zittrigen Fingern seine Nummer ein. »Lieber Gott, bitte lass ihn nicht rangehen. Dann habe ich es wenigstens versucht«, schicke ich leise ein Stoßgebet gen Himmel.

Doch einen halben Moment später: »Gerrit van Stappen, hallo«, höre ich seine Stimme in der Leitung.

Ich starre ins Nichts. Mist! Der liebe Gott nimmt heute wohl keine Gebete mehr an. Ich hole tief Luft und räuspere mich. »Ja, also, auch hallo«, antworte ich stotternd. »Hier ist Marie, … Marie Kramer.«

Für eine Sekunde ist Funkstille und ich denke schon, die Verbindung ist unterbrochen. Mein Herz klopft mir bis zum Hals, als er schließlich antwortet. »Hey Marie, bist du es wirklich? Ich habe deine Nachricht gelesen und konnte es fast nicht glauben, was du da geschrieben hast. Dass die junge Frau, die ich aus dem Eiswasser gezogen habe, deine Tochter ist, hat mich die letzten Tage keine Nacht mehr schlafen lassen.«

Ich atme aus. Er klingt so normal und es ist, als wäre keine Zeit vergangen. »Ja, Gerrit, ich wollte dir einfach von ganzem Herzen danken. Als ich in Westerland war, habe ich dich leider nicht angetroffen, deshalb habe ich dir ein paar Zeilen hinterlassen. Ich möchte dich aber nicht in Schwierigkeiten bringen. Also, ich meine, wenn deine Frau …«

»Ich habe keine Frau«, unterbricht er mich.

Mein Herz fängt an zu pochen und die Schamesröte steigt mir ins Gesicht. Gott sei Dank kann er mich jetzt nicht sehen, schießt es mir durch den Kopf. Eilig antworte ich: »Entschuldigung, Gerrit. Ich wollte mich nur noch einmal bedanken und dir sagen, dass Lotta auf dem Weg der Besserung ist.«

Am anderen Ende der Leitung höre ich ihn aufatmen. »Oh, das ist ja eine schöne Nachricht. Ich hoffe, sie kommt bald wieder auf die Beine. Sag ihr liebe Grüße von mir.«

Ich liebe seinen unverkennbaren holländischen Akzent.

»Wie geht es dir, Marie?«, fragt er nun.

Ich erstarre. Was soll ich antworten? »Danke der Nachfrage. Soweit ganz gut«, antworte ich stockend.

»Soweit ganz gut klingt aber nicht unbedingt glücklich, Marie. Vielleicht habe ich mich aber auch getäuscht. Tja, dann wünsche ich dir und deiner Tochter alles Gute und vielleicht sehen wir uns ja irgendwann wieder«, entgegnet er mit gedämpfter Stimme.

Ich fühle mich immer noch wie gelähmt. Oh, nein, bitte leg jetzt nicht auf! Okay Marie, jetzt spring über deinen verdammten Schatten und sag etwas, ermahne ich mich selbst in Panik. Und tatsächlich: »Gerrit, wir müssen reden«, höre ich mich mit zittriger Stimme sagen.

»Du willst mit mir reden, Marie?« Gerrit klingt überrascht.

Ich nicke, was er natürlich nicht sieht. Dann stottere ich: »Ja, also, ich …, ich denke, wir sollten uns treffen. Vielleicht wäre es gut, wenn ich zu dir nach Westerland komme.« Sofort bereue ich es. Aber zu spät.

»Du willst zu mir kommen?« Gerrits Stimme klingt unsicher.

Eilig versuche ich zu erklären: »Ich meine, also, natürlich nur, wenn du es willst.« Ich rolle mit den Augen und würde mich am liebsten selbst ohrfeigen. Ach, meine Güte, Marie, wie peinlich kann es noch werden? Der Mann muss dich für komplett durchgeknallt halten. Mein Herz schlägt mir mittlerweile bis zum Hals.

Nach kurzer Stille sagt Gerrit: »Ja, ja, natürlich, Marie, du kannst kommen. Sorry, ich bin nur so überrascht. Ich hätte ja mit allem gerechnet, aber mit dieser Frage, nie im Leben. Wann willst du kommen?«, antwortet er zurück und ich ahne seine freudige Anspannung.

Jetzt oder nie, Marie, keine Ausreden mehr. Mit fester Stimme höre ich mich sagen: »Okay, passt es dir am Samstag so gegen zwölf Uhr dreißig?«

Eine kurze Atempause und gefühlt mehrere Herzinfarkte später antwortet er mit samtiger Stimme: »Ik verheug me, Marie.«

Ich renne durch meine Wohnung und räume auf. Dann renne ich durch meine Küche, die aber schon aufgeräumt ist. Schließlich lande ich wieder auf dem Sofa. »Ik verheug me, Marie«, hat er gesagt, was so viel heißt wie: »Ich freue mich, Marie.« Habe ich gerade vor zehn Minuten wirklich ein Date mit Gerrit in Holland ausgemacht? Ich sehe, wie Rowdy ins Zimmer kommt, mich kurz mustert, gähnt und dann seinen bekannten Platz zu meinen Füßen einnimmt. Ich kraule ihm das Rückenfell. Jetzt erst wird mir die ganze Tragweite meiner Aktion bewusst. Aber sei's drum, ich habe mich endlich überwunden. Mein Puls geht noch immer deutlich und meine Wangen glühen vor Aufregung. Eilig zücke ich mein Handy und rufe Ina an. »Ich habe es getan«, rufe ich aufgewühlt, kaum dass sie rangegangen ist.

»Was hast du getan?«, fragt Ina irritierte zurück.

Ich lasse mich gegen die Rücklehne fallen. »Gerrit! Ich habe Gerrit angerufen, und stell dir vor, wir treffen uns am Samstag bei ihm in Westerland. Ina, ich bin total durch den Wind«, sprudelt es aus mir heraus.

Ina lacht erleichtert auf. »Hey, super, endlich hast du verstanden, dass du deinem Glück nicht immer davonlaufen kannst«, sagt sie. »Ich freu mich wahnsinnig für dich. Du wirst sehen, ihr habt bestimmt ein traumhaftes Wochenende.«

»Oh Gott, Ina, ich bin so aufgeregt. Was soll ich anziehen und was soll ich sagen? Ich habe ihn über zwei Jahre nicht mehr gesehen. Vielleicht gefalle ich ihm nicht mehr?«, überlege ich laut.

Ich höre Ina glucksen. »Mensch, Marie, du bist ja total aufgedreht. So habe ich dich schon viele Jahre nicht mehr erlebt. Mach dir mal keine Gedanken um deine Klamotten, ich werde dir etwas Tolles von mir leihen.«

»In deine Sachen passe ich doch überhaupt nicht rein. Ich habe über die Weihnachtstage gefühlt zehn Kilo zugenommen. Und deine Jeans waren mir vor zwei Jahren schon zu eng.

Weißt du noch in der Disco in Italien? Da war ich auch schon froh, dass die Hose nicht aus allen Nähten geplatzt ist.«

»So schlimm war es meiner Meinung nach nun wirklich nicht. Ich kann mich aber daran erinnern, dass wir einen sehr schönen Abend hatten und du deinen netten Holländer kennengelernt hast, mit dem du dich am nächsten Wochenende triffst. Also hat dir meine enge Jeans Glück gebracht«, kontert Ina gelassen. Dann lacht sie los.

Ich muss jetzt auch herzhaft lachen und gebe japsend zurück: »Oh ja, das war ein toller Abend, der mir immer in Erinnerung bleiben wird. Nicht nur wegen der engen Jeans und des leckeren Proseccos.«

»Hey, Marie, was hältst du davon, wenn ich morgen Vormittag noch einmal bei dir vorbeikomme und eine kleine Auswahl an Klamotten mitbringe?«, schlägt Ina daraufhin vor.

Ich überlege kurz, dann entscheide ich: »Okay, super Idee, Ina. Du weißt ja, dass sich meine Auswahl an aufregenden Kleidungsstücken in Grenzen hält. Bis morgen Vormittag dann. Du bist die Beste.«

»Genau und deshalb komme ich auch vorbei«, entgegnet Ina. »Schließlich sollen deinem holländischen Käsehäppchen die Augen aus dem Kopf fallen, wenn er dich sieht.«

Ich muss schmunzeln. Holländisches Käsehäppchen – so hat Ina Gerrit immer genannt. Sofort ist die Erinnerung an unsere wunderbare, aber auch schmerzliche Zeit in der Toskana wieder zurück und mein Herz schlägt Purzelbäume bei dem Gedanken, ihn in ein paar Tagen wiederzusehen.

Es ist ein wunderbarer Wintervormittag, die Sonne strahlt, der Schnee glitzert. Ich habe alles erledigt, was zu tun war, die Kinder sind in der Schule, Rowdy schläft müde von einem langen Spaziergang im Wohnzimmer. Ina ist pünktlich auf die Minute. »Guten Morgen, meine Liebe. Hier kommt Inas fahrende Modeboutique.« Meine Freundin schleppt eine riesige Reisetasche in meine Küche.

Schnell und neugierig nehme ich sie ihr ab und stelle sie auf einen der Stühle. »Moin, moin, Ina, hast du deinen ganzen Kleiderschrank ausgeräumt?«, begrüße ich sie erstaunt, als ich die große Reisetasche sehe, die allen Anschein nach prall gefühlt mit Klamotten ist.

Ina steht vor mir, die Hände in die Hüften gestemmt.

Ich deute auf die Tasche. »Du hast von einer kleinen Auswahl gesprochen. Das sieht mir nach einer kompletten Modesession aus«, ergänze ich.

Ina grinst vergnügt und sagt verschwörerisch: »Glaube mir, das ist die kleine Auswahl. Wir müssen doch das Passende für dich finden.« Dann versucht sie den Reißverschluss zu öffnen – aber das Ding klemmt offensichtlich. »Ach du meine Güte, der bewegt sich keinen Millimeter. Vielleicht habe ich doch etwas zu viel hineingesteckt.« Mal vorsichtig, mal rabiat zerrt sie am Reißverschluss. Dann sieht sie auf. »Verdammt, jetzt haben wir den Salat«, murmelt sie ärgerlich und mustert die Tasche.

Gemeinsam zerren wir genervt an dem Reißverschluss herum, leider ohne Erfolg. »Hol eine Schere«, verlangt Ina irgendwann ungeduldig und versucht es ein letztes Mal allein.

»Was willst du denn mit einer Schere?« Fragend schaue ich meine Freundin an, die noch immer versucht die Reisetasche zu öffnen.

Sie sieht mich nicht an, sondern zerrt weiter am Reißverschluss herum. »Was will ich wohl mit einer Schere? Wahrscheinlich Rasenmähen, du Witzbold«, brummt sie.

Ich begreife – und schüttele den Kopf. Dann hole ich meine Küchenschere aus dem Schrank und reiche sie Ina, die schon puterrot im Gesicht ist.

»Jetzt reicht es mir«, ruft sie aufgebracht und schneidet mit einem Ratsch die Tasche von oben bis unten auf.

Ich schüttele erneut den Kopf. »Ina, du bist verrückt.« Da ergießt sich auch schon eine Flut aus Kleidern aus der fahrenden Modeboutique über meinen Küchenboden.

»Das ist doch nicht neu«, sagt sie, lacht mich an und sammelt alles vom Boden auf und legt es auf einen weiteren Stuhl. »Denkst du, ich fahre die Sachen umsonst durch die Gegend? Jetzt probierst du alles schön an«, erklärt sie, grinst und drückt mir eine Jeans, eine schwarze Bluse mit gewagtem Ausschnitt und einen engen taillierten Blazer in die Hand.

Ich sehe mir die Stücke an. »Du glaubst doch nicht im Ernst, dass ich da hineinpasse?«, frage ich kopfschüttelnd.

Aber Ina winkt ab. »Iss einfach etwas weniger, wenn du ihn besuchst. Außerdem wird die Jeans beim Tragen noch etwas weiter.«

Ich seufze. »Das hast du vor über zwei Jahren in unserem Urlaub in der Toskana auch gesagt, als du mir damals deine Jeans geliehen hast. Ich glaube nicht, dass sie mir heute noch passt. Ich habe bestimmt über Weihnachten fünf Kilo zugenommen«, stöhne ich gefrustet auf. Ich ziehe meine Jeans aus und versuche Inas anzuziehen, aber ich komme nicht weit. Also humpele ich mit der Hose vor den Spiegel. Ich versuche noch einmal die Hose hochzuziehen, aber an meinen Oberschenkeln ist Schluss. »Schau dir das nur mal an, Ina. Die bekomme ich nie zu, es sei denn, ich nehme den Erstickungstod in Kauf«, rufe ich aus.

Ina kommt mir zur Hilfe und zieht die Jeans mit brachialer Gewalt hoch. »Passt doch. Du musst nur etwas die Luft anhalten beim Zumachen«, sagt sie grinsend und reicht mir die schwarze Bluse. »Jetzt noch das heiße Teil und du siehst super aus. Gerrit wird dir nicht widerstehen können.«

Ich nehme die Bluse und ziehe sie an. »Wer sagt denn, dass ich ihn verführen will? Ich möchte einfach mit ihm reden und mich für seine Hilfe bedanken«, entgegne ich aufgebracht.

Ina mustert mich, dann runzelt sie die Stirn. »Ach so, warum hast du das denn nicht gleich gesagt? Dann hätte ich mir den ganzen Aufwand sparen können und meine Reisetasche wäre auch noch in Ordnung«, sagt sie jetzt, nimmt mir die Bluse aus der Hand und setzt sich auf den Küchenstuhl. Sie wirkt nun doch ein wenig genervt. »Mach, was du für richtig hältst. Ich habe es nur gut gemeint. Außerdem würde dir, meiner Meinung nach, ein Flirt mal wieder richtig guttun. Nach dem ganzen Stress der letzten Wochen.«

Ich starre sie an, noch immer in der engen Jeans, die mir kaum Luft zum Atmen lässt. Rums! Das hat gesessen. Natürlich freue ich mich, Gerrit wiederzusehen und mit ihm zu reden. Aber Ina hat recht, vielleicht sollte ich meine ganzen Bedenken mal über Bord werfen und einfach ein paar schöne Stunden mit ihm verbringen. Ich sehe sie entschuldigend an. »Hey, sorry Ina, ich habe es nicht so gemeint. Ich finde es toll, dass du deinen halben Kleiderschrank hierher gekarrt hast, damit ich endlich mal wieder richtig gut aussehe. Zugeben, meine Klamotten sind alles andere als modisch, geschweige denn sexy.« Liebevoll nehme ich sie in den Arm und füge dann noch hinzu: »Entschuldigung.«

Grinsend schiebt sie mich weg und sagt mit schiefgelegtem Kopf: »Okay, ich verzeihe dir. Aber nur, wenn du noch den Blazer anprobierst.«

Keine zwei Stunden und etliche Cappuccino später sitzen wir zufrieden auf meiner Couch und freuen uns über meine Kleiderauswahl. »Marie, du wirst sehen, du gewöhnst dich schnell an die Jeans. Und die blaue Daunenweste mit dem lässigen Kapuzenpulli steht dir besonders gut. Wenn ihr vielleicht doch noch essen geht, hast du noch die schwarze Bluse mit dem taillierten Blazer. Ich sag dir, du siehst super damit aus.« Meine Freundin kommt aus dem Schwärmen gar nicht mehr heraus.

Ich bin noch nicht so überzeugt, aber sei's drum. Ich kann

froh sein, dass sie mir die tollen Klamotten überhaupt für das Wochenende mit Gerrit ausleiht. »Dann wäre das Problem mit dem Styling ja geklärt«, gebe ich grinsend zurück und nippe an meinem Cappuccino. »Jetzt wäre da nur noch die Sache mit den Kids. Am besten, du kommst für die eine Nacht zu mir, oder was meinst du?« Fragend schaue ich Ina an.

»Na klar, kein Problem, Marie. Deine Kids freuen sich sicher, wenn ich Alva mitbringe«, antwortet sie achselzuckend. »Wann will du denn losfahren?«

»Ich denke, so gegen neun Uhr, gut dreieinhalb Stunden brauche ich ja schon für die Fahrt«, sage ich.

Sie nickt. »Okay, dann bin ich um acht Uhr hier und übernehme deine Kinderschar. Mach dir bitte keine Sorgen. Ich bekomme das schon geregelt. Hauptsache, du kannst dich endlich richtig mit Gerrit aussprechen. Ich denke, das ist längst überfällig.« Grinsend stupst sie mich in die Seite und fügt noch schelmisch hinzu: »Und hoffentlich lässt du dich mal auf das Abenteuer Leben ein.«

Was hat Ina noch gesagt? Abenteuer Leben, nachdenklich schaue ich nach draußen. Es ist erst sechs Uhr früh, aber ich bin schon hellwach und habe fast die ganze Nacht kein Auge zugemacht. Hoffentlich mündet meine Idee, Gerrit heute zu treffen, nicht in einer Katastrophe. Aber mein Herz sagt mir, dass ich endlich eine Entscheidung fällen muss. Was für Gefühle habe ich noch für Gerrit? Ja, ich habe ihn nie vergessen und mein Puls schlug wie wild, als ich vor ein paar Tagen mit ihm telefoniert habe. Vielleicht ist es aber auch einfach nur noch Schwärmerei. Ich weiß es nicht. Und um endlich herauszufinden, was ich wirklich noch für ihn empfinde, muss ich zu ihm fahren.

Damit springe ich aus dem Bett, gehe unter die Dusche und fühle mich danach gleich etwas besser. Meine kurzen braunen

Haare sind schnell frisiert, etwas Haargel eingearbeitet – fertig. Wie oft in meinem Leben wollte ich mir die Haare schon etwas länger wachsen lassen. Immer wenn ich eine tolle Frisur in den Hochglanzmagazinen sehe, möchte ich mir am liebsten ein Langhaarteil kaufen. Doch der Anflug der Weiblichkeit dauert meistens nicht lange, spätestens bei der morgendlichen Haarwäsche wird mir der Vorteil meiner unkomplizierten Kurzhaarfrisur wieder bewusst. Und auch heute wieder bin ich froh, dass ich meine kurze Mähne ohne langes Föhnen in den Griff bekomme. Aber jetzt kommt der schwierigere Teil: das Schminken. Ich stehe vor dem Spiegel und versuche, mit meinem dunklen Kajal einen sauberen Strich zu ziehen. Verdammt. Schon wieder daneben. Ich habe einfach keine ruhige Hand für ein stylisches Make-up. Ich reibe und wische, bis es passt. Schnell noch etwas Wimperntusche und für die Wangen terracottafarbenes Rouge, das muss reichen. Schließlich fahre ich ja an die raue Nordseeküste und nicht zur Oskar-Verleihung.

Es wird noch etwas hektischer, aber wir sind in der Zeit. Pünktlich kann es losgehen. Die Reisetasche ist im Wagen verstaut, ich stehe mit meinen Kindern und Ina vor dem Haus. »Marie, fahr vorsichtig und melde dich, wenn du angekommen bist.« Ina drückt mich liebevoll an sich und lächelt mir zu.

»Mama, wir machen heute Kinoabend mit Popcorn und dürfen ganz lange aufbleiben, hat Ina gesagt«, ruft Nele aufgeregt und ihre Augen leuchten.

Ich zwinkere ihr zu. »Super, dann macht euch ein schönes Wochenende und benehmt euch. Ich will keine Klagen hören, wenn ich zurückkomme«, sage ich und gebe meiner Jüngsten einen dicken Kuss auf die Wange.

Mattis springt um uns herum. »Aber was für einen Film werden wir uns ansehen? Bibi Blocksberg, die kleine Hexe?« Er zieht grinsend die Augenbrauen hoch.

»Warum denn nicht? Ich finde den Film schön. Mattis ist doof«, gibt Nele keifend zurück.

Ich sehe Ina an und rolle genervt mit den Augen. Diese bleibt aber entspannt. »Hey, hey, keinen Streit, bitte. Ich werde schon etwas Passendes für alle raussuchen«, geht sie schlichtend dazwischen.

Lotta steht hinter ihrer kleinen Schwester und schaut Ina an. »Sorry, Ina, ich bin raus. Jan ruft heute Abend gegen neunzehn Uhr an. Ich hoffe, du verstehst mich.«

»Das ist natürlich ein starkes Argument«, antwortet Ina lächelnd. »Dann wäre ja alles geklärt und eure Mutter kann endlich fahren. Alle ins Haus.« Sie sieht mich an. »Und du fährst jetzt los, sonst steht du heute Abend noch hier.« Energisch schiebt sie mich in Richtung Auto.

»Hey, ich möchte mich nur noch kurz verabschieden«, protestiere ich eilig. Ina lässt mich wieder los, ich laufe zu meinen Kindern und drücke sie noch einmal liebevoll an mich.

»Mama, jetzt fahr aber wirklich los. Wir werden die eine Nacht schon ohne dich auskommen«, erklärt Mattis und nimmt Nele an die Hand, der die Tränen in den Augen stehen.

»Tschüss, Mama, bis morgen. Ich hab dich lieb«, sagt meine Jüngste leise und das schlechte Gewissen steigt langsam in mir hoch.

»Hey, Nele, komm schnell, wir wollten doch noch mit Alva spazieren gehen, wenn sie ausgeschlafen hat«, lenkt Ina sie ab und Nele nickt sofort begeistert. Ein großes Lächeln macht sich auf ihrem Gesicht breit und sie winkt mir fröhlich zu.

Puh! Gerade noch einmal die Kurve gekriegt, denke ich erleichtert und bin froh, dass Ina das perfekte Kindermädchen ist. Ich gehe zum Auto und steige ein. Ein letzter Blick zum Haus, noch einmal winke ich meinen Kindern, dann fahre ich los.

An der ersten roten Ampel gebe ich eilig Gerrits Adresse ins Navi ein. Dreihundertzehn Kilometer bekomme ich angezeigt. Und es ist schon neun Uhr dreißig. Das heißt, dass ich es auf keinen Fall vor zwölf Uhr schaffe. Das hast du dir selbst eingebrockt, Marie, denke ich verärgert und fahre zügig auf die Autobahn.

Die grobe Strecke kenne ich schon, doch ich möchte vermeiden, dass ich mich vor Aufregung verfahre und vielleicht wirklich erst, wie Ina gesagt hat, heute Abend dort ankomme. Verdammt. So rolle ich über die Autobahn, noch gibt es keinen Stau oder andere Behinderungen. Doch keine zwanzig Minuten später rast ein Polizeiauto mit Blaulicht an mir vorbei. Das bedeutet nichts Gutes, denke ich, und schon sehe ich die roten Bremslichter der anderen Wagen vor mir. Oh, bitte nein! Jetzt bitte kein Mega-Stau, flehe ich stumm. Und schon stehe ich in einer langen Schlange, es geht nur noch im Stop-and-go weiter. Keine fünf Minuten später rauschen ein Krankenwagen und die Feuerwehr an mir vorbei.

Ich haue mit einer Hand aufs Lenkrad, verdammt. »Das hat mir gerade noch gefehlt. Ein Unfall auf der Autobahn«, fluche ich wütend. Ich mache das Autoradio an und erfahre dort von einem Unfall. Ein Lastkraftwagen ist ins Schleudern gekommen und in die Leitplanke gefahren. Zum Glück ist niemandem etwas passiert. Der Laster hatte Mehl geladen und durch den Unfall hat sich die Sicherung der Ladeklappe gelöst. Und das ganze Mehl hat sich über die Autobahn verteilt. Die Bäume, Sträucher und selbst die Polizeiwagen sehen aus wie mit Schnee bestäubt. Ein bizarrer und dennoch lustiger Anblick, der mich trotz allem schmunzeln lässt.

Endlich, gefühlte zehn Stunden später, geht es weiter und die Autobahn ist wieder befahrbar. Aber es nutzt alles nichts, ich muss Gerrit anrufen und ihm Bescheid geben, dass es sicherlich zwei Stunden später wird, denke ich missmutig und fahre auf den nächsten Parkplatz. Ich rolle langsam an vielen parkenden Autos vorbei. Super Idee! Der Rastplatz ist voll mit Familien, die mit weinenden Kindern vor der Toilette Schlange stehen. Aber ich habe Glück und erwische den letzten Parkplatz.

Ich atme aus. Heute ist scheinbar einer dieser Tage, an denen alles glattgeht, denke ich genervt, als ich Gerrits Handynummer wähle.

»Hallo, Gerrit hier«, höre ich seine angenehme Stimme mit dem unverkennbaren Akzent.

»Hallo Gerrit, hier ist Marie. Es tut mir leid, Gerrit, es wird wohl etwas später. Ich hatte gerade einen Unfall auf der Autobahn«, sage ich aufgeregt.

»Was? Einen Unfall? Ist dir etwas passiert?«, entgegnet er erschrocken.

Ich begreife, dass ich mich missverständlich ausgedrückt habe. »Nein, nein, nicht ICH hatte einen Unfall«, erkläre ich schnell. »Auf der Autobahn ist ein Lastkraftwagen umgekippt, dadurch ist es zu einem Stau gekommen.« Ich höre ihn ausatmen.

»Oh, dann ist ja alles goed. Fahr bitte vorsichtig, ich wart auf dich, auch wenn es später wird.«

Mein Kopf glüht vor Aufregung, als ich aufgewühlt antworte: »Okay, ich versuche so gegen vierzehn Uhr da zu sein. Bis später.«

»Mach dir kein Stress. Ik lauf niet weg. Tot ziens«, sagt Gerrit ruhig.

Mein Herz schlägt noch immer heftig, als ich das Handy wieder in meine Tasche stecke und den Wagen starte. Eilig nehme ich noch einen Schluck Apfelsaftschorle, die Ina mir mitgegeben hat. Vor lauter Aufregung hätte ich vergessen, etwas zu trinken einzupacken. Aber meine Freundin denkt an alles, geht es mir durch den Kopf und ich muss lächeln bei dem Gedanken. Wäre sie nicht gewesen, hätte ich Gerrit nie kennengelernt und wäre mit Sicherheit auch jetzt nicht auf dem Weg zu ihm. Ina kennt mich einfach durch und durch. Sie weiß, dass ich immer einen kleinen Schubs brauche.

Ich fahre wieder los. Gott sei Dank geht es jetzt endlich normal weiter auf der Autobahn und ich hoffe, die Zeit wenigstens etwas wieder einholen zu können.

Nach gut zwei Stunden überquere ich die niederländische Grenze und das Navi zeigt mir noch eine Stunde zwanzig Fahrtzeit an. Kaum bin ich wieder auf holländischem Boden, werden die Radwege links und rechts fast so breit wie die Autobahn. Ich muss schmunzeln, wenn ich an die Straßenplanung hier denke. Fietspad, wie die Fahrradwege hier genannt werden, gibt es in jeder großen Stadt bis in die kleinsten Dörfchen. Die Niederländer sind nicht umsonst für ihre Fahrradkultur in ganz Europa und darüber hinaus bekannt. Da kommt mir mein altes Fahrrad in den Sinn, das schon seit einigen Jahren ein freudloses Dasein in meiner Garage fristet. Vielleicht sollte ich mir ein neues Fahrrad zulegen. Gerrit kann mich als echter Holländer sicher bestens beraten, denke ich schmunzelnd und fahre endlich von der Autobahn ab auf die schmale Landstraße. »Westerland fünfzehn Kilometer« steht auf dem gelben Schild und auch mein Navi gibt an: Ankunft Westerland Schulstraat 28: vierzehn Uhr zwanzig. Der blöde Stau hat mich fast zwei Stunden gekostet.

Die Sonne kommt raus und ich angele meine Sonnenbrille aus dem Handschuhfach. Als ich losgefahren bin, war es trüb und grau. Typisch deutsches Januarwetter. Hier hingegen scheint die Sonne vom strahlend blauen Himmel. Tja, wie sagt Ina immer: »Wenn Engel reisen, lacht der Himmel.« Scheint für heute zu stimmen, denke ich lächelnd und drehe die Musik im Radio etwas lauter. Normalerweise hasse ich Musik beim Autofahren. Irgendwie lenkt mich das Gedudel, wie meine Mutter sagen würde, immer ab. Vielleicht werde ich auch einfach alt, überlege ich kurz und stelle die Musik noch etwas lauter. Heute ist mir einfach nach Musik im Auto und wer sagt denn, dass man immer dasselbe machen muss? Marie Kramer, es wird Zeit, dass du dich einfach mal ein bisschen vom Leben treiben lässt, rate ich mir selbst in Gedanken, wer weiß, was dir dann noch alles passiert.

Keine zehn Minuten später passiere ich das Ortsschild von Westerland. Eilig kontrolliere ich noch einmal im Rückspiegel mein Make-up. Oje, mein Kajal ist wie immer verlaufen und den Lippenstift sollte ich auch neu auftragen. Schnell halte ich an der nächsten Wiese an und öffne kurz die Wagentür. Ah, herrlich, die frische, salzige Meeresluft weht mir entgegen und ich atme sie tief ein. Sofort fühle ich wieder diese Verbundenheit mit diesem wunderbaren Ort. Das Meer zieht mich immer in seinen Bann. Egal, ob in der herrlichen Toskana am warmen Mittelmeerstrand oder hier an der rauen, aber nicht weniger schönen Nordseeküste. Komisch, es fühlt sich an wie nach Hause kommen. Dabei ist meine Heimat doch in Deutschland in meinem kleinen Reihenhaus. Oder habe ich mir das nur eingebildet. Ich atme aus, ziehe Kajal und Lippenstift nach, schließe die Tür wieder und starte den Wagen.

Wenig später fahre ich aufgeregt die letzten Meter zu Gerrits Grundstück. Das Haus sieht in der Sonne noch schöner aus, als ich es in Erinnerung hatte. Das reetgedeckte Dach und der kleine Vorgarten mit den weißen Kieselsteinen sehen einfach entzückend und einladend aus. Noch einmal schaue ich in den Rückspiegel, um mein Augen-Make-up zu kontrollieren. Wenigsten sitzt der Kajal noch an der richtigen Stelle, denke ich nervös und schalte den Motor aus. »Jetzt gibt es kein zurück mehr, Marie«, murmele ich aufgewühlt und steige langsam aus dem Wagen.

»Hallo Marie, schön, dass du da bist«, höre ich sofort die mir bekannte Stimme.

Ich sehe auf. Gerrit steht in der Eingangstür mit einem breiten Lächeln im Gesicht. Eilig kommt er auf mich zu und nimmt mich behutsam in die Arme.

Ich lasse es einfach geschehen. Oh Gott! Sein männlicher, markanter Geruch dringt mir in die Nase und mein Herz schlägt noch schneller als ohnehin schon.

»Ich freue mich sehr, dich endlich wiederzusehen«, sagt er leise in mein Ohr. Dann lässt er mich los und mustert mich.

Ich stehe verlegen da und weiß nicht wohin mit mir. »Hallo, Gerrit, ich freue mich auch«, antworte ich hölzern und hole dann umständlich meine Reisetasche aus dem Wagen. In meinem Kopf schwirrt es wie in einem Bienennest, als ich ihn flüchtig auf die Wange küsse.

Aber er bleibt entspannt. »Tja, dann komm in mein bescheidenes Huisje«, entgegnet er fröhlich und nimmt mir die Tasche ab.

Gemeinsam betreten wir den gemütlichen Flur, den ich schon vor ein paar Wochen von außen sehen konnte. Eine angenehme Wärme empfängt mich im Wohnzimmer, in dem ein offener Kamin für behagliche Gemütlichkeit sorgt.

Gerrit steht mitten im Raum und sieht mich an. »Soll ich dir dein Zimmer zeigen? Dann kannst du dich etwas frisch machen nach der anstrengenden Fahrt?«, fragt er, strahlt mich mit seinen blauen Augen an und zwinkert mir fröhlich zu.

»Gute Idee. Die Fahrt war wirklich anstrengend«, antworte ich, noch immer aufgeregt wie ein Teenager.

Gerrit geht voran. Eilig folge ich ihm in den ersten Stock, wo er eine Tür zu einem hellen Zimmer öffnet. Die Sonne scheint durch die Fenster und am Horizont kann man den Deich sehen. »Herrlich«, rufe ich vor Entzückung aus.

»Freut mich, dass dir mein Gästezimmer gefällt. Hier übernachtet auch meine Tochter, wenn sie in den Semesterferien aus Italien kommt«, antwortet er grinsend.

»Ich meine, es ist sehr schön«, gebe ich verschämt zurück. Verdammt, musste ich ihm jetzt schon zeigen, wie gut es mir bei ihm gefällt, geht es mir siedendheiß durch den Kopf. Schnell stelle ich meine Reisetasche im Bad ab.

»Ich warte unten auf dich. Lass dir Zeit«, höre ich ihn noch lachend auf der Treppe sagen.

Ich bin allein im Bad und sehe mich selbst im Spiegel an. Oh Gott, auf was habe ich mich eingelassen? Einen Mann wiederzutreffen, den ich über zwei Jahre nicht gesehen habe, und dann auch noch in seinem Haus zu übernachten, ist schon verrückt, denke ich aufgeregt, als ich mir die Hände wasche.

Alles ist blitzblank sauber. Entweder habe ich es hier mit einem männlichen Meister Propper zu tun oder er hat eine exzellente Putzfrau. Die Fenster blinken im Sonnenlicht – ohne Streifen. Das bekomme ich bei mir zu Hause nie so hin. Die Bettwäsche ist ordentlich bezogen und riecht nach Lavendel. Für einen Junggesellen eine ordentliche Leistung. Noch einmal schaue ich in den Spiegel, um meinen Kajalstrich zu überprüfen. Alles okay so weit, für ein Facelifting ist es jetzt eh zu spät.

Schnell tippe ich noch eine Textnachricht an Ina: »Bin gut angekommen. Alles BESTENS. Hoffe, es bleibt so, weitere Infos folgen. Gib den Kids einen dicken Kuss, liebe Grüße deine Marie«

So, jetzt muss ich wohl oder übel nach unten gehen. Schließlich bin ich hier, um mich mit Gerrit auszusprechen. Leise schließe ich die Tür des Gästezimmers. Mein Herz schlägt mir bis zum Hals. Als ich unten ankomme, steht Gerrit mit einem Tablett im Flur. »Hey, ich habe uns en Kopje Koffie gemacht«, sagt er grinsend und geht voran ins Wohnzimmer.

Das Feuer im Kamin prasselt gemütlich und erzeugt eine angenehme Wärme. Auf dem Tisch stehen naturfarbene Kerzen und auf der Fensterbank liegen echte Tannenzweige, die mit kleinen roten Beeren dekoriert sind. Alles sieht einladend und idyllisch aus. Verwundert schaue ich ihn an. »Eine Frage hätte ich, Gerrit, hast du extra eine Dekorateurin kommen lassen, oder warum hast du es hier so wundervoll gemütlich?«, platzt es aus mir heraus.

Lachend stellt er das Tablett auf den Tisch und antwortet: »Nein, ich kenne noch nicht einmal eine Dekorateurin, wenn du mich so direkt fragst. Das mache ich schon alles selbst. Ich bin vielleicht ein Mann, aber Männer wollen sich doch auch in ihrem Zuhause wohlfühlen, oder?«

Sofort merke ich, wie mir die Schamesröte ins Gesicht steigt und ich sage verlegen: »Ja, natürlich haben Männer auch schöne Wohnungen. Meine Güte, Marie, das war mal wieder total daneben, rüge ich mich selbst stumm und versuche ein schiefes Lächeln.

Gerrit steht neben dem Tisch und mustert mich an. »Na, dann wäre das ja geklärt und im Übrigen freue ich mich natürlich sehr, dass es dir bei mir gefällt. Dann schenkt er den Kaffee, den er in einer geschmackvollen Porzellankanne gebracht hat, in die bereitgestellten Tassen. »Komm, setz dich doch, Marie. Möchtest du noch eine Stroopwaffel dazu?« Er sieht mich fragend an und zeigt auf eine kleine Schale mit Süßwaren.

Ich setze mich in einen der Sessel. »Eine was? Sorry, Gerrit, wie heißen die Köstlichkeiten?«, frage ich zurück und nehme mir eine der flachen Teile, die tatsächlich aussehen wie Waffeln.

Er lässt sich mir gegenüber auf das Sofa fallen. »Stroopwaffeln, das ist eine holländische Spezialität. Gefüllt mit Caramel. Sehr süß, aber herrlijk«, antwortet er und nimmt sich auch eine. »Die isst man ohne Teller, einfach aus der Hand«, fügt er noch hinzu.

Der Kaffee schmeckt herrlich und die dazugehörige Waffel habe ich im Nu gegessen. Er sieht es und schiebt mir die Schale zu. »Es scheint dir ja zu schmecken. Nimm dir ruhig noch eine, ich habe noch mindestens drei Kisten davon«, sagt er.

Ich sehe ihn überrascht an. »Wirklich? Ich hatte schon Angst, dass du die leckeren Teile selbst gebacken hast. Dann hätte ich wirklich gedacht, ich sei in einem Märchen gelandet«, entgegne ich lachend. »Männer, die alles können, sind mir irgendwie unheimlich.« Damit nehme ich mir noch eine der verführerisch schmeckenden Waffeln.

»Ach wirklich, warum? Eine interessante These, darüber müssen wir uns etwas genauer unterhalten«, antwortet er und seine blauen Augen blitzen schelmisch.

Ich winke ab. »Ach, war nur so ein Spruch. Ehrlich gesagt, kenne ich keinen Mann, der alles kann. Da wärst du der Erste«, sage ich schnell und schaue ihm dabei direkt in die Augen.

»Dann wird es ja Zeit, dass du einen kennenlernst. Wobei, alles kann ich bei Weitem nicht. Es ist nur so, wenn man lange Zeit allein lebt, muss man sich wohl oder übel bestimmte Dinge aneignen«, bemerkt er und schiebt sich eine blonde Haarsträhne aus der Stirn.

Ich starre ihn an – was für ein gutaussehender Mann! Ich hatte ihn attraktiv in Erinnerung, doch wie er jetzt so vor mir sitzt, wird mir plötzlich heiß und kalt. Ich muss jetzt sofort irgendetwas tun, sonst drehe ich durch. Also sage ich: »Ja, vermutlich. Vielleicht könnten wir etwas an die frische Luft. Ich habe ziemlich lange im Auto gesessen. Also, wenn es dir nichts ausmacht, würde ich gerne noch an den Deich«, schlage ich verlegen vor und versuche ein lockeres Grinsen, was mir aber nur mäßig gelingt.

»Ja, naturlijk. Ich verstehe gut, dass du dir etwas die Beine vertreten willst. Okay, dann lass uns gehen, bevor es dunkel wird. Jetzt scheint noch die Sonne, aber hier am Meer kann sich das Wetter ganz schnell ändern.« Und schon trägt er das Tablett in die Küche und steht nur Momente später wieder vor mir im Flur.

Ich hatte meine warme hellblaue Daunenjacke, einen dicken

Schal und meine Mütze eingepackt, die ich schnell oben aus meinem Koffer hole. Mit der Strickmütze sehe ich nicht gerade verführerisch aus, aber an den Ohren frieren möchte ich auf keinen Fall, denke ich, als ich mich im Flurspiegel noch einmal kurz betrachte.

Draußen pfeift ein frischer Wind, auch wenn die Sonne noch immer vom wolkenlosen Himmel strahlt, und es ist ziemlich kalt. Gerrit hat sich auch eine Mütze und eine sportliche Jacke angezogen. Wobei ich, nicht ohne Neid, sagen muss, dass ihm seine Mütze wesentlich besser steht als meine Mütze mir. Seine blonden Locken lugen darunter hervor und seine blauen Augen strahlen mit der Sonne um die Wette. Oje, Marie, der Mann kann dir gefährlich werden, denke ich mit hochroten Wangen und versuche, mir meine Aufregung nicht anmerken zu lassen.

Schweigend gehen wir zum Deich und ich spüre den Wind auf meinem Gesicht, der immer stärker wird, je näher wir dem Meer kommen. »Heute ist Windstärke fünf, das ist schon ziemlich heftig, vor allem für Stadtmenschen«, unterbricht er das Schweigen und sieht mich an.

Ich winke so lässig wie möglich ab. »Ach, ich kann schon einiges ab, mach dir darüber mal keine Gedanken. Ich liebe den Wind und die raue Kraft des Meeres«, antworte ich. Aber ich muss mich mittlerweile ganz schön gegen den Sturm stemmen.

So erreichen wir die Deichkrone und bleiben kurz stehen. Der Blick von hier oben über das weite Meer fasziniert mich jedes Mal aufs Neue. Es ist Flut und die Wellen krachen heftig gegen den Deich.

Wir schlendern ein Stück über den Deich und lassen uns vom Wind durchpusten. Doch schließlich ziehen Wolken auf und es wird noch kälter. Ich sehe die ganze Zeit aufs Meer. Die Gezeiten, ein Naturschauspiel der besonderen Art, denke ich begeistert und vergesse fast, dass Gerrit dicht neben mir ist. »Du bist wirklich eine ganz besondere Frau, Marie«, höre ich ihn plötzlich zärtlich in mein Ohr flüstern.

Irritiert wende ich mich zu ihm um und antworte verunsichert: »Gerrit, ich … Es ist wunderschön hier, aber bevor der Sturm noch heftiger wird, sollten wir vielleicht besser gehen.« Ich deute zum Himmel. »Es fängt gleich an zu regnen.« Schnell ziehe ich meine Mütze noch tiefer ins Gesicht, laufe zur nächsten Treppe, die vom Deich herunterführt.

»Marie, warte«, ruft Gerrit hinter mir her.

Ich bin schon unten und marschiere an der Straße entlang, die wir auch hergekommen waren. Ein Stück voraus sehe ich das Dorf. Der Regen wird mittlerweile immer stärker und der Wind schneidet in mein Gesicht. Verdammt! Warum laufe ich immer weg, wenn ein Mann mir zu nahekommt, frage ich mich verwirrt, als ich tropfnass am Haus ankomme. War es überhaupt eine gute Idee, hierher zu kommen? Vielleicht sollte ich sofort wieder nach Hause fahren. Allerdings sind meine Reisetasche samt Wagenschlüssel im Haus.

»Marie, warum bist du auf einmal so schnell weggerannt?« Gerrit kommt aufgelöst auf mich zu und schaut mich fragend an.

Verschämt versuche ich seinem Blick auszuweichen. Wir stehen vor seinem Haus und schweigen, während uns der Wind den Regen um die Ohren haut.

Gerrit seufzt tief. »Wenn du nicht mit mir reden willst, dann muss ich das akzeptieren. Ich dachte nur, du wärst deshalb zu mir gekommen?«

Ich schweige weiter, mein Kopf ist leer.

»Lass uns jetzt hineingehen, sonst holst du dir noch eine ordentliche Erkältung«, sagt er schließlich bestimmt und öffnet die Haustür auf. »Am besten gehst du sofort unter die warme Dusche. Ich mache uns in der Zwischenzeit einen heißen Tee«, höre ich ihn noch sagen, dann verschwinde ich eilig im Gästezimmer.

»Super Auftritt, Marie«, murmele ich ärgerlich vor mich hin und ziehe die tropfnassen Sachen im Badezimmer aus. Momente später stehe ich in der Dusche. Angenehm spüre ich die warmen Wasserstrahlen auf meiner Haut. Wie peinlich war das denn jetzt, geht es mir durch den Kopf, als ich mich mit einem der weichen Badetücher abtrockne. Am liebsten würde ich mich jetzt unter einer Decke verkriechen und morgen früh erst wieder herauskommen. Da höre ich Gerrit mit seinem angenehmen holländischen Akzent rufen: »Hallo, alles in Ordnung bei dir? Wir können reden, Tee ist fertig.«

»Ich komme gleich«, rufe ich nach unten und sehe mich verzweifelt im Badspiegel an. Tja, Marie, da musst du jetzt durch! Schließlich bist du deshalb hier. Eilig ziehe ich eine frische Bluse und Inas viel zu enge Jeans an. Ich betrachte mich im Spiegel. Das kann ja ein tolles Gespräch werden, bei dem ich fast keine Luft kriege, und dann kommt die Aufregung noch hinzu. Wie soll ich das nur überleben, frage ich mich nervös, als ich noch schnell Wimperntusche auftrage. Aber: Verdammt, auch das geht schief. Die Mascara steht wie immer mit meinen Wimpern auf Kriegsfuß und die schwarze Farbe klebt unter meinen Augen. Eilig versuche ich mit einem Papiertaschentuch den Schatten unter meinen Augen wegzuwischen, was mir nur mäßig gelingt. Aber ich bin wieder einmal heilfroh, dass mein kurzes Haar so unkompliziert zu frisieren ist. Lange Fönprozeduren hätten mir bei meiner Aufregung gerade noch gefehlt. Und so werfe ich schließlich einen letzten Blick in den Flurspiegel, der mich doch etwas gnädig aussehen lässt.

Gerrit sitzt lässig auf seinem gemütlichen Sofa und hat gefühlt hundert Kerzen aufgestellt, als ich das angenehm warme Wohnzimmer betrete. »Oh, wie schön«, sage ich begeistert, als ich die blaue Teekanne mit dem Windmühlenmotiv auf dem Tisch sehe. »Windmühlen und Holland gehören für mich einfach zusammen. Ich liebe Windmühlen«, erkläre ich und setze mich auf den weichen Sessel gegenüber von ihm.

»Tja, Windmühlen, Käse und Frau Antje, das ist für die meisten Deutschen der Inbegriff holländischer Kultur«, sagt Gerrit und grinst mich an. Dann schenkt er den Tee in die bereitgestellten Tassen.

»Ach, so war das nicht gemeint«, entgegne ich entschuldigend und merke, dass mir schon wieder die Schamesröte ins Gesicht steigt.

Lachend schaut er mich an und sagt: »Hey, Marie, kein Problem. Wir Holländer werden nun mal so gesehen, nicht nur in Deutschland. In Italien werde ich auch regelmäßig auf die Windmühlen und den holländischen Käse angesprochen.«

Okay, dann war das ausnahmeweise kein Fettnapf. Erleichtert muss ich grinsen und nehme einen kräftigen Schluck von dem leckeren Tee.

»Fühlst du dich nach der warmen Dusche wieder etwas besser? Du warst ja tropfnass?«, fragt er fürsorglich und schaut mich dabei liebevoll an.

»Oh ja. Danke. Es war herrlich. Und dumm von mir, einfach wegzulaufen«, antworte ich peinlich berührt.

»Na, eigentlich war es gar nicht so dumm von dir. Wahrscheinlich wären wir in das richtige Unwetter gekommen, wenn du nicht losgelaufen wärst«, sagt er nur und zeigt zum Fenster.

Unsicher schaue ich nach draußen, wo der Regen heftig gegen die Scheiben klatscht und es anfängt zu dämmern.

»Ich bin auf jeden Fall sehr froh, dass du hier bist, liebe Marie«, sagt er mit einem zärtlichen Lächeln und schenkt sich Tee nach.

Ich wende mich ihm zu. »Gerrit, ich … Ja, ich bin auch sehr froh, dass ich hier bin«, antworte ich leise und mein Herz schlägt so laut, dass ich Angst habe, er könnte es hören.

»Ich habe lange auf diesen Augenblick gewartet. Und, um ehrlich zu sein, habe ich nicht mehr daran geglaubt. Dass ich ausgerechnet deine Tochter aus dem Wasser gerettet habe, kann kein Zufall sein«, fährt er zärtlich fort.

Das ist mein Stichwort. »Oh Gerrit, ich kann dir gar nicht sagen, wie dankbar ich dir bin. Ohne dich wäre es zu einer Tragödie gekommen. Die Ärzte im Krankenhaus haben gesagt, dass Lotta keine halbe Stunde länger im Wasser ausgehalten hätte«, schluchze ich nun aufgelöst und die Tränen laufen mir die Wangen herunter.

Gerrit steht auf und kommt zu mir, setzt sich auf den Sessel neben meinem. Vorsichtig nimmt er meine zitternde Hand und streicht sanft über mein tränennasses Gesicht. »Marie, es tut mir von Herzen leid, dass wir uns auf diese tragische Art und Weise wiedergefunden haben, aber ich bin dem Schicksal unendlich dankbar dafür«, sagt er und schaut mir dabei zärtlich in die Augen.

»Gerrit, ich …«, kann ich gerade noch sagen, da spüre ich seine weichen Lippen auf meinem Mund. Als sich unsere Lippen voneinander lösen, zieht er mich sanft zu sich und flüstert mir ins Ohr: »Marie, ich habe dich unendlich vermisst.«

Draußen ist es mittlerweile stockfinster und unsere Körper schmiegen sich in Gerrits großem Bett und im Schein der Kerzen aneinander. Immer und immer wieder küssen und streicheln wir uns. Sein männlicher Duft und seine zärtlichen Liebkosungen bringen mich fast um den Verstand. Oh mein Gott, was passiert hier gerade mit mir, frage ich mich, als er mich zum wiederholten Mal zärtlich an sich zieht.

Schließlich liegen wir erschöpft auf seinem weichen Bett, sehen an die von Kerzenlicht warm erleuchtete Zimmerdecke und hören den Regen gegen die Fenster schlagen. »Du bist die wundervollste Frau der ganzen Welt, Marie. Und diese

Stunden mit dir haben mir wieder gezeigt, dass wir füreinander bestimmt sind«, sagt er sanft und drückt mir noch einmal einen zarten Kuss auf die Wange.

Mein Herz schlägt zum Zerspringen und ich fühle eine unbeschwerte Leichtigkeit. Wann habe ich solche Gefühle das letzte Mal gehabt? Wann habe ich mich in der Vergangenheit so frei und glücklich gefühlt? Marie, gib es endlich zu, du wolltest nie jemanden anderes als Gerrit, deine Ausflüchte haben jetzt ein Ende. Sag endlich Ja zu diesem Mann, ermahne ich mich stumm. Zärtlich schmiege ich mich an seine Brust und sage leise: »Gerrit, ich habe dich auch unendlich vermisst. Und jetzt erst ist es mir richtig klar geworden.«

»Sag nichts mehr, lass uns die Nacht einfach genießen«, flüstert er mir zu und im Schein der Kerzen sehe ich in seine leidenschaftlichen Augen, in denen ich mich gerade verliere.

Ich liege im Bett und befinde mich irgendwo auf halbem Weg aus einem Traum. Da höre ich eine sanfte Stimme an meinem Ohr: »Guten Morgen, mein Engel. Ich hoffe, du hast gut geschlafen?«

Verschlafen wende ich mich um und schaue ihn an. Sofort erscheint ein zärtliches Lächeln auf seinem Gesicht. »Oh, guten Morgen, wie spät ist es? Ich hätte noch ewig so träumen können«, erwidere ich und ziehe ihn liebevoll zu mir.

»Hey, du, sollten wir nicht erst etwas frühstücken? Immerhin haben wir ja gestern schon das Abendessen ausfallen lassen«, entgegnet er schelmisch grinsend und küsst mich zärtlich.

»Okay, ich verschwinde nur kurz im Bad. Dann komme ich sofort«, antworte ich lächelnd und setze mich auf die Bettkante.

Gerrit springt aus dem Bett. Er hat einen Morgenmantel übergeworfen. »Lass mich bitte nicht so lange warten, ich habe den Frühstückstisch schon gedeckt«, antwortet er sanft und wirft mir noch ein Kussmund zu, ehe er im Treppenhaus verschwindet.

Ich bleibe allein im Bad zurück und stütze mich auf dem Waschbecken auf. »Hallo, Marie, was war das für eine Nacht?«, murmele ich in den Badezimmerspiegel. Ich komme mir gerade vor wie ein verliebter Teenager. Herrlich! Endlich mal wieder das pure Leben spüren, das habe ich so lange vermisst. Warum habe ich mich dagegen nur so zur Wehr gesetzt? Vielleicht aus Angst, wieder verletzt zu werden. Der letzte intensive Kuss war mit Christian und der nahm kein gutes Ende, geht es mir durch den Kopf.

»Marie, kommst du oder muss ich dich holen?« Gerrits Lachen holt mich aus meinen Gedanken.

»Ich komme sofort«, rufe ich eilig zurück. Schnell putze ich mir die Zähne und wasche mir mit frischem Wasser kurz über das Gesicht. Eine Katzenwäsche muss fürs Erste reichen. Duschen kann ich später noch, denke ich aufgeregt. Dann ziehe ich schnell meine Sachen von der Fahrt gestern an. Als ich mich auf den Weg nach unten in die Küche mache, kommt mir der Geruch von frisch geröstetem Kaffee entgegen.

In der Küche ist alles vorbereitet. »Guten Morgen, meine kleine Langschläferin.« Gerrit sitzt am Frühstückstisch und strahlt wie ein Honigkuchenpferd, als er mich sieht. Der Tisch ist üppig gedeckt mit allerlei Leckereien, angefangen von original holländischem Gouda, Hagelsla und holländischen Brodjes bis hin zu Pindakaas, das ist eine Art Erdnussbutteraufstrich. Die Holländer lieben alles, was süß ist. Auch die Kuchen sind meistens mit viel süßer Sahne dekoriert. »Das sieht ja herrlich aus«, rufe ich spontan und setze mich ihm gegenüber. Von draußen scheint die Sonne durch die Fensterscheiben und Möwen fliegen hoch am Himmel. Was für ein wundervoller Morgen, denke ich glücklich und lächele Gerrit zärtlich an.

»Ich hoffe, du hattest eine angenehme Nacht in meinem

kleinen Huis«, sagt er mit liebevollem Blick und schenkt mir frischen Kaffee ein. »Eigentlich wollte ich dir noch etwas Leckeres kochen gestern Abend. Leider hatte ich Besseres zu tun«, fährt er schmunzelnd fort, greift über den Tisch und streicht mir sanft über die Wange.

Mein Herz fängt sofort wieder an heftig zu schlagen und ich blicke verliebt in seine strahlenden Augen.

»Ich hoffe, du konntest das Abendessen entbehren«, fügt er hinzu und schaut mich fragend an.

Ich lächele ihn breit an. »Ich konnte es gut verkraften. Und du hast mir ja jetzt ein tolles Frühstück gemacht«, antworte ich und nehme mir ein süßes Brodje.

»Wollen wir später noch einmal zum Deich?«, fragt er und trinkt einen Schluck aus seinem Kaffeebecher.

Ich sehe ihn an. Meine Güte, wie kann ein Mann morgens früh schon so gut aussehen? Er sieht einfach sexy aus mit seinen blonden Locken, die ihm immer wieder ins Gesicht fallen, und seinem breiten Grinsen. »Gern, das wäre schön. Leider muss ich ja heute gegen Nachmittag schon wieder zurück«, antworte ich und schaue nach draußen, um seinem Blick auszuweichen.

»Ja, das ist sehr schade, Marie. Es war eine so wundervolle Nacht mit dir. Ich würde dich gerne noch länger bei mir haben«, sagt er sanft und nimmt zärtlich meine Hand.

»Ich komme ganz sicher wieder, Gerrit, und hoffe, dass du mich in der Zwischenzeit nicht vergisst«, entgegne ich verliebt.

Er streichelt mir mit einem Finger über den Handrücken. »Habe ich das jemals getan?«, antwortet er traurig und seine Augen füllen sich mit Tränen. »Ich liebe dich, Marie, und möchte dich niemals mehr verlieren.«

Als ich seine Tränen sehe, ereilt mich mein schlechtes Gewissen mit aller Macht. »Gerrit, ich weiß, dass ich immer vor meinem Glück weggelaufen bin, aber das Schicksal hat uns noch einmal zusammengeführt und darüber bin ich sehr glücklich.

Die Entfernung von Köln nach Westerland ist doch leicht zu überbrücken. Wir können uns sicher oft sehen, wenn du es auch möchtest«, sage ich zärtlich, entziehe ihm meine Hand und streiche ihm sanft über das Gesicht. »Warum weinst du? Es ist doch alles wunderschön mit uns«, frage ich dann verwirrt.

Er senkt seinen Blick auf den Teller. Dann sieht er wieder auf und erklärt: »Marie, ich muss dir etwas sagen. Ich habe ja nicht gewusst, dass wir uns jemals wiedersehen. Das Haus hier habe ich verkauft. Ich habe ein Jobangebot angenommen, in Spanien, in einem Hotel in der Nähe von Barcelona am Mittelmeer.«

Ich lasse meine Hand sinken. Entgeistert schaue ich ihn an und meine Lippen beben. Nach einigen Momenten Stille bringe ich hervor: »Wann gehst du?«

»In zwei Wochen«, antwortet er traurig.

Meine Augen füllen sich mit Tränen und ich schaue zum Fenster.

»Marie, ich liebe dich. Und hätte ich gewusst, dass wir uns wieder begegnen, ich hätte anders entschieden. Glaube mir.« Verzweifelt nimmt er wieder meine Hand.

Ich wende mich ihm wieder zu. »Ich war so glücklich, dich wieder zu haben. Endlich wusste ich, was du mir bedeutest, Gerrit, sag mir, dass es nicht wahr ist«, schluchze ich dann hemmungslos.

Er steht auf und nimmt mich in seinen Armen. Zärtlich küsst er mir meine heißen Tränen aus dem Gesicht und flüstert mir sanft ins Ohr: »Wir werden einen Weg finden, Marie. Ich will dich nicht noch einmal verlieren.«

Kapitel 9

Ich bin wieder auf der Autobahn und dem Weg nach Hause. Während mein Wagen Kilometer um Kilometer abspult, fröne ich meiner Fassungslosigkeit. Ich kann es noch immer nicht glauben, was Gerrit mir vor drei Stunden gebeichtet hat. Er geht nach Spanien. Über tausendfünfhundert Kilometer weit entfernt. Warum gerade jetzt? Endlich hatte ich meine Gefühle für ihn wieder zugelassen, hatte die schönste Nacht meines Lebens. »Du bist selbst schuld an deinem Unglück, Marie. Wie konntest du nur wieder zu ihm fahren?«, rüge ich mich selbst und die Tränen schießen mir in die Augen. Ein lautes Hupen holt mich aus meinen Gedanken. Verdammt – fast wäre ich von der Fahrbahn abgekommen. Ich versuche mich zu konzentrieren und nutze den nächsten Parkplatz, um mich wieder zu beruhigen. Die Tränen laufen mir noch immer über die Wangen und mein Kopf fühlt sich heiß und schwer an. Ich sitze da und starre aus der Windschutzscheibe. Leise höre ich mein Handy klingeln. Ich zucke zusammen und sehe mich hektisch um. »Verdammt, wo ist das blöde Ding nur?«, murmele ich schluchzend und durchwühle meine Handtasche. Endlich habe ich es. »Marie, hallo«, melde ich mich eilig. Zitternd halte ich mir das Handy ans Ohr.

Es ist Ina. »Hey, Marie, wo steckst du denn? Wir haben uns schon Sorgen gemacht. Ich habe schon mehrmals versucht dich anzurufen. Oder liegst du noch mit deinem Gerrit im warmen Bettchen?« Sie klingt beunruhigt und amüsiert zugleich.

»Nein, nein, alles in Ordnung. Sorry, dass ich mich noch nicht gemeldet habe. Ich bin auf der Rückfahrt«, erkläre ich schnell.

Es ist kurz still am anderen Ende. »Was? Warum denn das?«, fragt Ina dann. »Wolltest du nicht heute Abend erst zurück sein? Also, Marie, da ist doch etwas oberfaul, jetzt sag schon.«

Ina kann ich einfach nichts vormachen, sie spürt immer so-fort, wenn etwas bei mir nicht in Ordnung ist. Leugnen zwecklos. Ich atme aus. »Er geht in zwei Wochen nach Spanien«, schluchze ich laut.

Es ist wieder kurz still. »Was hast du da gerade gesagt? Er geht nach Spanien? Aber wieso denn? Und was wird aus euch?« Ina klingt verwirrt.

»Ach Ina, wenn ich das wüsste. Es war einfach so traumhaft mit ihm. Deshalb tut es mir auch so weh! Dieses Jahr fängt für mich genauso beschissen an, wie es geendet hat«, antworte ich verzweifelt.

»Oje, Marie, das sind ja keine guten News. Aber wichtig ist jetzt, dass du dich erst beruhigst und bitte ganz vorsichtig nach Hause fährst. Deine Kinder brauchen dich«, höre ich meine Freundin liebevoll und bestimmt sagen.

»Okay, Ina, ich verspreche es dir. Ich wische mir jetzt die Tränen ab und fahre vorsichtig zurück. Gib bitte allen einen dicken Kuss und sag ihnen, dass ich sie ganz doll liebhabe. Und dir noch einmal vielen Dank für alles.«

»Hey, Marie, das ist doch selbstverständlich. Ich hätte mir nur für dich einen schöneren Ausgang des Wochenendes gewünscht«, sagt Ina bedrückt.

»Wir sehen uns heute Nachmittag, ich denke, um siebzehn Uhr bin ich da«, kann ich gerade noch sagen, dann ist die Verbindung unterbrochen.

Keine zwei Stunden später stehe ich wieder vor meinem Haus und höre Rowdy laut bellen. Es scheint von hinten aus dem Garten zu kommen. Endlich zu Hause, geht es mir erleichtert durch den Kopf, als ich die Haustür vorsichtig öffne.

Sofort bin ich entdeckt. »Mama«, meine Jüngste kommt mir fröhlich entgegengesprungen und drückt sich fest an mich. »Ich bin froh, dass du wieder da bist«, ruft sie.

Nun kommt Lotta mit ihrem Gips aus dem Wohnzimmer

gehumpelt und strahlt mich an. In Richtung ihrer Schwester sagt sie: »Na, so schlimm waren die zwei Tage aber wirklich nicht, Nele.« Dann wendet sie sich an mich. »Trotzdem schön, dass du wieder zu Hause bist, Mama.« Lotta drückt mir einen liebevollen Schmatzer auf die Wange.

Mattis kommt die Treppe heruntergesprungen und nimmt mir mit einem Grinsen meine Reisetasche ab. »Hallo Mama, ich freu mich natürlich auch«, erklärt er.

»Wo ist Ina?«, frage ich und schaue mich suchend um.

»Sie ist gerade mit Rowdy in den Garten. Alva liegt oben und schläft, sie hatte Angst, dass die Kleine wach wird bei seinem Gekläffe«, erklärt Lotta und schiebt mich ins Wohnzimmer.

Durch das Terrassenfenster sehe ich meine Freundin mit Rowdy im Garten toben. Lächelnd winkt sie mir zu. Ach, Ina, denke ich gerührt. Sie ist einfach die beste Freundin, die ich mir wünschen kann. Sie ist immer für mich da, wenn ich sie brauche. Da kommt mir ihr Umzug nach Italien wieder in den Sinn und meine Augen füllen sich mit Tränen. Schnell wische ich sie mir mit dem Handrücken weg und winke lächelnd zurück.

»Hallo, Marie, ich bin froh, dass du wieder hier bist«, sagt sie keine fünf Minuten später und nimmt mich zärtlich in die Arme »Was genau passiert ist, erzählst du mir am besten heute Abend bei einem Gläschen Wein«, flüstert sie mir ins Ohr.

Nachdem wir noch alle gemütlich zusammen gegessen haben, gehen Mattis und Nele ins Bett. Lotta verzieht sich auf ihr Zimmer und telefoniert noch mit Jan. Als ich an ihrer Tür vorbeikomme, höre ich ein verliebtes Kichern. Ach, wie schön so eine junge Liebe ist, denke ich wehmütig. Wenn man jung ist, kennt man keine Grenzen und Hindernisse. Warum nur muss bei mir immer alles so kompliziert sein? Ich schleiche die

Treppe herab, da höre ich Ina aus dem Wohnzimmer: »Marie, kommst du heute noch oder gehst du auch ins Bett? Dann fahre ich jetzt nach Hause.«

»Bin auf dem Weg«, antworte ich schnell und laufe über den Flur ins Wohnzimmer.

Meine Freundin sitzt schon gemütlich mit einem Glas Rotwein in der Hand auf meinem Sofa. »Hast du deine Küken alle versorgt? Dann können wir ja reden, oder?«, fragt sie und sieht mich neugierig an.

Bedrückt setze ich mich zu ihr und antworte leise: »Ach Ina, danke, dass du noch so lange geblieben bist. Es ist einfach alles beschissen.«

Sie hebt eine Augenbraue. »Das musst du mir jetzt etwas genauer erklären.«

Sofort schießen mir wieder die Tränen in die Augen und ich schluchze aufgebracht: »Er geht nach Spanien, Ina. Ich verstehe das Leben nicht mehr. Endlich hatte ich mich dazu durchgerungen, mit ihm zu reden, fahre nach Holland und dann diese Nachricht.«

Liebevoll nimmt sei mich in den Arm und streicht mir sanft über das Haar. »Das tut mir so leid für dich. Wann hat er es dir denn gesagt?« Sie lässt mich wieder los und musterte mich mitfühlend.

Traurig schaue ich sie an und schniefe in ein Taschentuch, das sie mir hinhält. »Es war alles wunderschön. Wir waren am Deich spazieren. Nachdem ich angekommen war, haben wir Kaffee getrunken und leckeres holländisches Gebäck gegessen. Er wollte noch für uns kochen, aber dazu ist es nicht mehr gekommen.«

Ina schaut mich verwirrt an. »Warum ist es dazu nicht mehr gekommen? Hat er dich nach eurem Gespräch auf die Straße gesetzt?«

Nervös nippe ich an meinem Glas. »Nein, nein, so war es

nicht. Im Gegenteil. Wir, na ja, was soll ich sagen …«, stammele ich vor mich hin, als Ina mich unterbricht.

»Also, sag es doch, Marie. Ihr hatte eine wunderschöne Nacht und da braucht man für gewöhnlich kein Essen.« Grinsend schaut sie mich von der Seite an und nimmt einen Schluck von ihrem Rotwein.

Ich zucke verlegen mit den Schultern. »Okay, du hast recht. Eigentlich wollte ich nicht in der ersten Nacht schon mit ihm ins Bett. Aber es hat sich so richtig angefühlt und es war unbeschreiblich. Wenn ich daran denke, bekomme ich noch immer eine Gänsehaut«, antworte ich und mein Herz schlägt mir bei dem Gedanken an Gerrit bis zum Hals.

»Du musst dich doch nicht rechtfertigen für dein Verhalten. Schließlich bist du eine erwachsene Frau und kannst tun und lassen, was dir gefällt«, sagt Ina kopfschüttelnd. »Solange du niemanden anderen schadest, ist doch alles okay. Warum plagen dich schon wieder diese Schuldgefühle?«

Wieder laufen mir Tränen übers Gesicht und in meinem Kopf hämmert es laut. »Ich weiß auch nicht, Ina. Das Ganze macht mich einfach fertig. Es war so wunderschön mit ihm. Wir verstanden uns sofort auch ohne viele Worte. Nie hätte ich geglaubt, dass es noch immer ein so starkes Band zwischen uns gibt. Ich habe mich ihm gegenüber total geöffnet und die Nacht war einfach unbeschreiblich«, antworte ich in Tränen aufgelöst.

»Oh mein Gott, Marie, dich hat es ja echt erwischt«, erwidert meine Freundin verständnisvoll und streicht mir sanft über die Wange. »Wenn ich dich jetzt so niedergeschlagen sehe, muss zugegeben, es war doch keine so gute Idee von mir, dich zu überreden nach Westerland zu fahren«, ergänzt sie dann und wischt mir liebevoll die Tränen aus dem Gesicht.

»Ach Ina, nein, du kannst ja nichts dafür, dass es so gekommen ist. Es war einfach nicht der richtige Zeitpunkt, wie so oft mit Gerrit.« Langsam beruhige ich mich wieder und sage leise: »Es war so traumhaft und ich glaube, ich habe mich wieder in ihn verliebt.«

Liebevoll schaut Ina mich an und antwortet sanft: »Oh Marie, ich freue mich riesig für dich. Und bin mir sicher, dass ihr füreinander bestimmt seid, auch wenn es jetzt nicht gerade einfach ist für euch beide. Ihr könnt es gemeinsam schaffen.«

Ich nicke, dankbar für ihre Worte. Meine Freundin ist ein wahrer Schatz, immer macht sie mir Mut und versucht die Dinge positiv zu sehen. Ein Lächeln huscht über mein Gesicht.

»Hey, du kannst ja schon wieder lachen«, bemerkt sie und stupst mich freundschaftlich in die Seite.

Ich seufze. »Na ja, lachen ist wohl doch noch etwas anderes, aber lächeln kann ich schon wieder«, entgegne ich und ziehe mir die warme Decke, die immer auf meiner Couch liegt, über die Beine.

»Was hast du jetzt vor, Marie?« Fragend schaut Ina mich an und nimmt noch einen Schluck aus dem Rotweinglas.

Ich nehme ebenfalls mein Glas und trinke bedächtig einen Schluck. Dann sehe ich sie an. »Was hast DU noch vor, Ina? Ich denke, heute Nacht bleibst du hier. Auto fahren geht ja wohl nicht mehr«, antworte ich verschmitzt und proste ihr zu.

»Okay, du hast recht, Marie. Die Kleine schläft auch schon tief und fest. Wenn du nichts dagegen hast, mache ich es mir hier auf deinem gemütlichen Sofa bequem.« Eilig zieht sie ihre Schuhe aus und streckt sich der Länge nach aus. »Ach, herrlich Marie, so einen kleinen Schwips solltest du dir auch mal wieder gönnen. Ich weiß nicht, wann du das letzte Mal Alkohol getrunken hast. Ich glaube, das war in unserem Urlaub in der Toskana und das ist bekanntlich schon über zwei Jahre her. Also komm, lass uns anstoßen auf das Leben, die Liebe und die Männer. Auch wenn sie oftmals beschissen sind.« Schnell springt sie auf, holt ein Glas aus der Küche und schenkt mir etwas Rotwein ein. »Saluti, auf uns«, prostet sie mir zu und drückt mir einen Schmatzer auf die Wange.

Ich sehe auf das Glas in meiner Hand. Warum eigentlich nicht? Wie sagte meine Oma immer? »Ein Glas Wein ist besser als Medizin und hilft besonders bei Liebeskummer.« Ich nicke Ina zu. »Prosit, auf uns«, entgegne ich und leere das Glas in einem Zug.

Hey, Marie, du kannst es ja noch«, sagt meine Freundin und lacht herzhaft. Dann schenkt sie mir noch einmal nach und fragt: »Was willst du nun tun mit deinem holländischen Käsehäppchen?« Bedächtig leert auch sie ihr Glas und schaut mich dann fragend an.

»Gute Frage. Ich weiß ich es nicht. Gerrit möchte auf jeden Fall, dass wir uns weiterhin sehen. Aber ehrlich, Ina, das sind mehr als tausendfünfhundert Kilometer. Wie soll das auf Dauer funktionieren?«, antworte ich und merke, dass meine Zunge bereits schwer wird.

Aber Ina winkt ab. »Oh nein, mit dieser Nummer kommst du bei mir nicht durch. Lino und mich trennen auch fast tausendfünfhundert Kilometer, wir haben mittlerweile eine wundervolle Tochter und lieben uns noch immer wie am ersten Tag. Also, jetzt sage mir bitte nicht, dass eine Fernbeziehung keine Chance hat. Prost«, sagt sie und schenkt uns noch einmal nach.

Ich nehme mein Glas und trinke einen großen Schluck. Oh Gott Marie, du hast bald einen richtigen Schwips, wenn du nicht aufpasst, geht es mir durch den Kopf. »Okay, Ina, bei dir und Lino funktioniert es ausgesprochen gut, aber du warst auch allein, als du Lino kennengelernt hast. Vergiss nicht, dass ich drei schulpflichtige Kinder habe. Ich bin leider nicht so flexibel«, gebe ich zu bedenken und nehme noch einen kräftigen Schluck. »Ich hatte völlig vergessen, wie gut Alkohol schmeckt, und vor allem, was für eine beruhigende Wirkung er hat«, füge ich grinsend hinzu.

Ina hebt ihr Glas und nickt. »Sag ich doch, manchmal hilft einfach ein kleiner Schwips. Du wirst sehen, du schläfst sofort ein, ohne negative Gedanken.«

Ich fühle mich tatsächlich irgendwie erleichtert »Ach Ina, ich mache mir wieder viel zu viele Gedanken. Vielleicht sollte ich es einfach versuchen. Wenn da nicht immer diese Angst wäre, dass es schiefgehen könnte«, antworte ich leise.

»Du und deine Zweifel. Jetzt versuche doch einfach, das Positive zu sehen. Genieße die Zeit, die ihr zusammen habt, und lass alles andere einfach auf dich zukommen. Oder willst du wieder weglaufen? Oder hast du noch einen anderen Grund, der dich an einer Beziehung mit Gerrit hindert?« Ina schaut mich durchdringend an. »Raus mit der Sprache.«

Oje! Meiner Freundin kann ich einfach nichts vormachen und der Alkohol tut sein Übriges. Etwas verwirrt und in nicht mehr einwandfreiem Hochdeutsch murmele ich: Also, na ja, ich weiß auch nicht, was soll ich sagen, ich meine … Christian.«

Ina schaut mich mit ihren großen Augen an. »Sag nur, du denkst noch an ihn. Ich hätte schwören können, dass du ihn abgehakt hast. Schließlich hast du dich doch so an seiner bevorstehenden Vaterrolle gestört.«

Ich werde schon wieder rot und das nicht nur wegen dem Rotwein. Verschämt stottere ich mit glühenden Wangen: »Ja, eigentlich schon. Aber als ich ihn auf dem Reitgestüt bei Frederik und meiner Mutter gesehen habe, fühlte ich plötzlich wieder diese Anziehung. Verdammt, Ina, zwei Jahre habe ich weder von Gerrit noch von Christian etwas gehört und jetzt spazieren beide einfach so wieder in mein Leben. Es ist zum Haareraufen.«

Ina mustert mich, dann prustet sie los. Schließlich sagt sie japsend: »Gratulation Marie, welche Frau in unserem Alter hat schon die Auswahl zwischen zwei so attraktiven Männern? Wer soll dein Herzblatt sein? Du musst dich jetzt entscheiden.« Belustigt lässt sie sich auf die breiten Kissen meiner Couch fallen und zwinkert mir schelmisch zu.

Ich rolle mit den Augen. »Ha, ha, sehr lustig, Ina! Du hast ja deinen Lino und musst dich nicht entscheiden. Wenn ich mich für Gerrit entscheide, muss ich mich wohl oder übel auf eine Fernbeziehung einlassen. Bei Christian wäre es einfacher. Er wohnt in der Nähe und hat einen Riesenpunkt bei meinen Kids, weil er das Gestüt übernimmt. Allerdings muss ich mich mit dem Gedanken anfreunden, dass er Papa wird. Oh mein Gott, was soll ich nur tun?« Ich nehme den letzten Schluck aus meinem Glas.

Ina schenkt uns eilig nach. Dann sagt sie: »Also, Marie, frage dich doch einfach, bei wem dein Herz schneller schlägt. Das Herz gibt immer die richtige Antwort.«

Ich starre auf mein Glas. Wenn das doch so einfach wäre. Ich hatte mit Gerrit eine wunderschöne Nacht und seine sanften Lippen spüre ich noch immer auf meiner Haut. Aber allein der Gedanke, dass er bald über tausendfünfhundert Kilometer entfernt wohnt, jagt mir einen kalten Schauer über den Rücken. Ich nehme einen großen Schluck und seufze tief. »Ina, ich glaube, heute Abend kann ich keine Entscheidung mehr treffen. In meinem Kopf dreht sich auf einmal alles«, antworte ich fahrig. Und dann merke ich, dass mir speiübel wird. In letzter Sekunde rette ich mich auf die Toilette.

»Ach du meine Güte, wie siehst du denn aus?«, fragt Ina besorgt, als ich eine Viertelstunde später leichenblass ins Wohnzimmer zurückkomme.

»Ich glaube, das letzte Gläschen war wohl schlecht«, sage ich und grinse schwach. Ina steht auf und holt mir ein Glas Wasser aus der Küche.

Wir sitzen nebeneinander auf der Couch und ich trinke das Wasser in kleinen Schlucken. »Sorry, Ina, ich gehe jetzt schlafen. Für heute habe ich genug und für die nächste Zeit mit Sicherheit auch«, lalle ich schließlich.

Keine fünf Minuten später liege ich komplett angezogen in meinem Bett und falle sofort in einen tiefen Schlaf.

Der nächste Morgen kommt unerbittlich. »Guten Morgen, meine Liebe, Zeit zum Aufstehen«, höre ich leise Inas Stimme an meinem Ohr.

Erschrocken fahre ich hoch und sehe Ina ins Gesicht.

»Keine Panik, ich bin es nur«, sagt sie grinsend.

Ich fasse mir an den Kopf. Hinter meinen Schläfen hämmert ein Presslufthammer gegen meine Stirn. »Ich glaube, ich habe einen waschechten Kater. Wie spät ist es denn?«, frage ich zerknirscht und reibe mir mit der Hand über die Augen.

»Zehn Uhr«, antwortet Ina und zieht den Rollladen in meinem Schlafzimmer hoch.

Ich zucke zusammen. »Was? Oje, die Kinder müssen zur Schule«, rufe ich und springe mit einem Satz aus dem Bett. Panisch renne ich erst in Lottas, dann in Mattis und zuletzt in Neles Zimmer.

»Wenn du deine Kinder suchst, die sind in der Schule«, höre ich Ina hinter mir.

Blitzschnell drehe ich mich um und sehe sie an. Sie steht entspannt im Türrahmen. »Du hast sie zur Schule gefahren?«, frage ich irritiert und spüre sofort wieder den hämmernden Schmerz hinter meiner Stirn.

»Tja, ich hielt es für besser, dich schlafen zu lassen. Deine Kids waren mit Inas Aushilfstaxi sehr zufrieden«, erklärt sie verschmitzt, kommt ins Zimmer und schüttelt lässig Neles Kopfkissen auf.

Jetzt muss auch ich lächeln und antworte erleichtert: »Oh, Ina, wenn ich dich nicht hätte …«

»Hättest du heute Morgen höchstwahrscheinlich keinen Kater«, unterbricht sie mich lachend und drückt mich dann liebevoll an sich. »Schließlich habe ich dich ja mehr oder weniger zum Rotweintrinken verführt. Sorry, Marie, ich weiß, dass du eigentlich keinen Alkohol magst. Da ich aber auch etwas über den Durst getrunken habe, konnte ich die Situation nicht mehr abschätzen«, entschuldigt sich meine Freundin kleinlaut.

»Mensch, Ina, du brauchst dich doch nicht bei mir zu entschuldigen. Ich kann doch selbst entscheiden, wie viel ich trinke. Gestern Abend hat es mir einfach nur gutgetan und du hattest recht, ich bin sorgenlos eingeschlafen!«, antworte ich grinsend und füge noch dankbar hinzu: »Ich bin froh, dass du die Kids zur Schule gebracht hast. Bei mir hätten sie heute sicherlich schulfrei gehabt.«

»Du hast tief und fest geschlafen, da wollte ich dich nicht wecken. Deinen Kids habe ich gesagt, du hättest deine Migräne.« Ina zwinkert mir aufmunternd zu und ergänzt dann: »Ich habe uns schon einen richtig starken Kaffee gemacht. Danach gehen wir noch eine Runde mit Alva und Rowdy durch den Wald. Ich denke, damit sind unsere Lebensgeister anschließend wieder aufgetankt.«

Nach unserer halbstündigen Runde durch den morgendlichen Winterwald geht es mir und auch Ina schon um einiges besser. Die Kopfschmerzen sind dank Aspirin und der frischen Luft fast verschwunden und ich kann wieder klar denken. Wir stehen vor meinem Haus an der Straße, Ina muss los. »Danke, Ina, du bist die Beste«, sage ich aufrichtig berührt zu meiner Freundin und nehme sie noch einmal herzlich in den Arm.

»Keine Ursache, ist doch selbstverständlich. Habe ich gerne gemacht, auch wenn mir heute Morgen auch der Kopf brummt. Gott sei Dank hat Alva heute Nacht brav durchgeschlafen. Meine Tochter weiß, wann die Mama ihre Ruhe braucht.«

Lachend drückt sie Alva sanft in den Kindersitz und gibt ihr einen zärtlichen Kuss auf die Wange.

Ich stehe da und beobachte die beiden. Die Kleine ist wirklich ein besonders niedliches Kind. Noch nie habe ich Alva unausgeglichen oder kratzbürstig erlebt. Sie hat das gleiche sonnige und positive Gemüt wie Ina, denke ich gerührt.

Ina sieht mich jetzt eindringlich an. »Ich denke, du brauchst jetzt ein paar Tage, um dir klarzuwerden, was du wirklich willst. Denk nicht so viel über die Vor- und Nachteile einer Beziehung mit Gerrit oder Christian nach. Lass dein Herz sprechen, dann gehst du immer den richtigen Weg«, sagt sie und lächelt mir liebevoll zu. »Und melde dich, wenn du wieder ein Kindermädchen brauchst. Ich stehe gerne zu Diensten.« Damit steigt sie ins Auto und braust Momente später winkend davon. Bevor sie um die Kurve biegt, hupt sie noch einmal. Dann ist sie fort.

Ich gehe wieder ins Haus und bin froh, dass ich noch ein bisschen Zeit habe, bis die Kinder zurück sind. Ich räume auf und mache sauber und denke nach. Lass dein Herz sprechen – der Satz von Ina hallt mir noch immer im Ohr. Wenn das nur so einfach wäre. Als ich gestern von Gerrit wegfuhr, war ich so durcheinander, dass ich ihm keine eindeutige Antwort auf seine Frage, wie es nun mit uns weitergeht, geben konnte. Noch einmal denke ich an unsere gemeinsamen Stunden und die Schmetterlinge im Bauch fliegen wie verrückt. Schon jetzt spüre ich Sehnsucht nach seinen Zärtlichkeiten, nach seiner sanften Stimme und seinem unwiderstehlichen Lachen. Das Schicksal hat uns noch einmal zusammengeführt. Jetzt muss ich mich entscheiden, noch einmal will ich ihn nicht verlieren.

Das Klingeln meines Handys holt mich aus meinen Gedanken. Ich stehe gerade in der Küche und sehe mich um. Wo ist mein Handy? Ich konzentriere mich auf den Klingelton, der immer lauter zu werden scheint. Rowdy hebt schon seinen schweren Kopf und schaut mich mit seinen braunen Augen an. Herr im Himmel noch mal, wo habe ich das blöde Ding nur hingelegt? Ich renne hektisch los, von Raum zu Raum und schließlich hoch ins Schlafzimmer. Unschuldig liegt es neben meinem Bett auf dem Nachttisch und gibt keinen Laut mehr von sich. Erschöpft setze ich mich auf die Bettkante und starre auf das Handydisplay. Christians Nummer blinkt mir entgegen. Mein Herz schlägt laut und mein Kopf fängt an zu glühen. Christian! Warum ruft er mich an? Vielleicht möchte er mit mir über unser unverhofftes Treffen auf dem Gestüt reden. Angespannt nehme ich das Handy mit nach unten in die Küche und setze mich an den Tisch, da geht eine Nachricht ein: »Hallo Marie, ich hatte versucht dich anzurufen. Leider ohne Erfolg. Wenn du Zeit hast, ruf mich doch bitte zurück, Christian«, lese ich irritiert.

Warum schreibt er mir, dass ich ihn zurückrufen soll? Ein mulmiges Gefühl beschleicht mich und obwohl ich ihn nicht zurückrufen wollte, wähle ich nervös seine Nummer. »Hallo Christian, du hattest versucht mich anzurufen?«, frage ich unsicher und höre seinen schweren Atem, bevor er antwortet.

»Oh, Marie, schön, dass du dich meldest. Ich wollte dich fragen, ob wir uns heute Abend treffen könnten. Es wäre mir sehr wichtig. Bitte!«

Irritiert antworte ich: »Das kommt etwas überraschend, Christian, ich …«

»Ja, ich weiß. Aber ich wäre dir wirklich sehr dankbar, wenn du heute Abend Zeit hättest. Nur für eine Stunde«, unterbricht er mich fast flehend und mit brüchiger Stimme.

»Okay, aber ich kann wirklich nicht lange bleiben. Wo wollen wir uns treffen?«, gebe ich nach.

Erleichtert antwortet er: »Kennst du das Bistro La Roma in der Stadt? Um zwanzig Uhr?«

»Okay, dann bis heute Abend«, stimme ich zu.

Noch ein leises Danke, dann ist er weg. Ich starre verwirrt auf mein Handy. Habe ich mich jetzt wirklich mit Christian verabredet? Ich stehe auf und räume weiter und langsam beruhige ich mich wieder. Oh mein Gott, Marie, was soll das jetzt werden? Du hast doch schon genug Probleme an der Backe, denke ich allerdings immer wieder aufgewühlt. Aber irgendwie klang er nicht gut und ich habe das sichere Gefühl, dass er etwas Wichtiges auf dem Herzen hat.

Der Abend kommt und ich muss mich zusammenreißen. Eigentlich wollte ich früh ins Bett gehen nach meinem gestrigen Rotweinrausch. Mein Kopf fühlt sich trotz Aspirin und Kamillentee noch immer etwas benommen an. So schnell werde ich auch mit Sicherheit keinen Alkohol mehr trinken, denke ich reumütig, als ich meinen Kindern eine Gute Nacht wünsche.

»Mama, wo gehst du denn hin heute Abend?«, fragt Lotta und grinst mich schelmisch an.

»Ach, das ist nur ein kurzes Elterngespräch in Neles Klasse. Bin gleich wieder zurück«, antworte ich knapp und versuche meine kleine Notlüge zu verbergen. Dass Christian der Grund ist, braucht niemand zu erfahren. Zumal ich selbst noch nicht weiß, was er mir eigentlich zu sagen hat. Eilig drücke ich ihr noch einen Kuss auf die Stirn und fahre keine fünf Minuten später in Richtung Bistro La Roma. Jetzt erst merke ich, dass ich immer noch die alten Jeans und das verwaschene Kapuzenshirt trage. Okay Marie, du hast ja kein Date mit Christian, bleib ganz entspannt, versuche ich mich zu beruhigen. Als ich auf dem Parkplatz des Bistros ankomme, schaue ich schnell noch in meinen Autospiegel. Oh nein, der Kajal ist wieder total verwischt und meine kurzen Haare stehen kreuz und quer auf dem Kopf. So, wollte ich Christian nun doch nicht gegenübertreten, denke ich verschämt und ziehe mir noch einmal die

Lippen nach. Den Kajal kann ich notdürftig ausbessern und meine widerspenstigen Haare versuche ich etwas zu zähmen. Fertig. Das muss reichen, schließlich möchte ich heute Abend keinen Schönheitspreis gewinnen. Noch einmal blicke ich kurz in den Spiegel, bevor ich das Bistro betrete.

Das Lokal ist gut besucht und ich schaue mich unsicher um, ob ich Christian irgendwo entdecke. Keine Spur von ihm. Das kann doch wohl nicht wahr sein. Jetzt bin ich extra für ihn hier und er ist nicht da. Ich ärgere mich, da tippt mir jemand von hinten auf die Schulter. Ich drehe mich – und sehe Christian.

»Hallo Marie, sorry, dass ich etwas später bin. Ich freue mich sehr, dass du gekommen bist.«

Überrascht mustere ich ihn. »Ja, kein Problem. Ich bin auch gerade erst gekommen.«

»Ja dann, wollen wir uns setzen? Vielleicht dort hinten an der Wand«, sagt er sichtlich nervös und zeigt auf einen Zweiertisch in einer gemütlichen Ecke des Lokals.

Ich nicke und wir gehen zum Tisch, setzen uns und sehen uns an. Keiner weiß so recht, was zu sagen wäre. Doch schließlich ergreift Christian das Wort: »Vielen Dank, dass du so spontan kommen konntest. Was möchtest du trinken?« Er sieht mich fragend an.

»Ich nehme eine Apfelschorle, bitte«, antworte ich und versuche meine Nervosität zu verbergen. Unsicher schaue ich an ihm vorbei und bin froh, als der Kellner wenig später die Getränke bringt.

»Möchtest du auch etwas essen? Sie haben hier einen hervorragenden Geflügelsalat«, fragt Christian mich freundlich, aber ich höre ein Zittern in seiner Stimme.

»Nein, nein, danke, vielleicht ein anderes Mal«, antworte ich eilig und nehme einen Schluck von meiner Apfelschorle. Jetzt erst erkenne ich erschrocken, dass sich unter seinen Augen dunkle Ränder eingegraben haben und seine Gesichtsfarbe fahl und grau wirkt. Das ist nicht der strahlende Mann, den ich noch vor Kurzem bei Frederik auf dem Gutshof gesehen habe. »Du wolltest mit mir reden, Christian«, beginne ich vorsichtig und nehme noch einen Schluck aus meinem Glas

Er nickt. »Ja, ich weiß nicht, wie ich es sagen soll, Marie. Ich fühle mich noch immer so verbunden mit dir und als ich dich bei Graf von Putlitz wieder gesehen habe, wusste ich, dass wir uns noch einmal aussprechen müssen«, antwortet er mit zittriger Stimme und seine Augen füllen sich mit Tränen.

Unsicher schaue ich ihn an und antworte sanft: »Christian, auch für mich war es eine schwierige Situation, als ich dich bei meiner Mutter und Frederik wiedersah. Aber ich habe das Gefühl, dass du mir noch etwas anderes sagen möchtest. Warum hast du mich angerufen?«

Verzweifelt schaut er mich mit tränenschimmernden Augen an und sagt leise: »Ich wollte es dir selbst sagen, ehe du es vielleicht durch andere erfährst. Mein Kind lebt nicht mehr. Meine Ex-Freundin hat das Baby verloren. Am Anfang wollte ich kein Kind mit ihr, weil wir uns schon getrennt hatten. Aber dennoch habe ich mich meiner Verantwortung gestellt und mich auf das Baby gefreut. Es war ein Junge …«

Ich bin geschockt. Was erzählt er mir gerade? Das kann doch nicht wahr sein! Mein Hals fühlt sich wie zugeschnürt an und in meinem Kopf versuche ich das Chaos zu sortieren. Christian hat sein Kind verloren – es tut mir so unendlich leid für ihn. Liebevoll streiche ich ihm über sein tränenüberströmtes Gesicht und flüstere sanft: »Christian, ich bin froh, dass du mich angerufen hast. Wenn du mich brauchst, bin ich für dich da. Versprochen.«

»Danke, Marie. Wobei, ich wollte dich nicht mit meiner Geschichte belasten, aber ich musste einfach mit dir reden. Nachdem ich dich wiedergesehen hatte, hoffte ich, du würdest dich bei mir melden. Da wusste ich noch nichts von dem Unglück«, antwortet er traurig und in seine Augen schimmern noch immer Tränen.

Behutsam nehme ich seine Hand und sage leise: »Christian, ich hatte auch gehofft, dass wir uns unter anderen Umständen wiedersehen. Trotzdem bin ich jetzt hier und erleichtert, mit dir reden zu können.«

Sanft streicht er mir über den Handrücken und sagt: »Schön, dass du gekommen bist. Ich habe es fast nicht zu hoffen gewagt, umso mehr freue ich mich, dass du hier bist.«

Etwas unsicher nippe ich an meinem Glas und frage ihn mitfühlend: »Wann ist es denn passiert? Du musst mir nicht antworten, wenn du nicht möchtest.«

Traurig schaut er mich mit seinen sanften Augen an: »Gestern, gestern Nachmittag. Ich bekam einen Anruf von ihr, da war sie schon im Krankenhaus. Sie hatte vorgestern Abend starke Blutungen. Leider konnten die Ärzte nichts mehr für das Baby tun.«

Ich versuche zu erfassen, wie sich das anfühlen muss. Das ist wohl das Schlimmste, was man als Mutter und Vater erleben kann. Ich ahne seine Verzweiflung. Sofort sind meine Gedanken wieder in Westerland bei Lotta. Ich sehe sie wieder angeschlossen an Schläuchen und Apparaten auf der Intensivstation liegen und spüre Schmerz und Ohnmacht in mir aufkommen. Meine Augen füllen sich mit Tränen und ich sage leise: »Das tut mir sehr leid für dich, Christian. Ich kann dich so gut verstehen. Da helfen auch keine tröstenden Worte. Aber ich schweige auch gern mit dir.«

Er sieht mich erschöpft an, als er mit gebrochener Stimme antwortet: »Ja, Marie, dafür danke ich dir von Herzen.«

Kapitel 10

Seit gut einer Stunde bin ich nun wieder zu Hause und liege noch immer wach in meinem Bett. Christians Geschichte hat mich total aufgewühlt. Wir haben nicht viel geredet, aber seine Blicke sagten mehr als tausend Worte. Es fühlte sich vertraut an mit ihm an und ich hoffe, dass er mein Mitgefühl gespürt hat. Was hätte ich auch sagen können? Ach, das wird schon wieder. Die Zeit heilt alle Wunden. Du musst optimistisch bleiben. Solche Sprüche helfen einem überhaupt nicht weiter, egal wie gut sie gemeint sind. Ich habe sie selbst nach Daniels Tod tausendfach gehört und finde sie noch heute zum Kotzen.

Ich liege noch einen Moment da, dann quäle ich mich aus dem Bett. Leise gehe ich in die Küche, um mir meinen geliebten Kamillentee zu machen. Vielleicht kann ich damit meine Nerven etwas beruhigen. Vorsichtig öffne ich die Tür und erkenne im Halbdunkeln … Lotta!

Erschrocken steht sie vor dem offenen Kühlschrank und schaut mich mit aufgerissenen Augen an. »Mama? Was machst du denn noch hier?«

Ich brauche noch eine Sekunde, dann entgegne ich: »Die Frage könnte ich dir auch stellen, Lotta. Morgen früh ist doch Schule, oder?«

Eilig schließt sie den Kühlschrank und erklärt: »Ich hatte so einen Hunger. Ich hätte den ganzen Kühlschrank leer essen können. Sorry, dass ich dich so erschreckt habe.«

Ich winke erleichtert ab. »Kein Problem. Ich wollte mir nur einen Kamillentee machen. Irgendwie habe ich Magenprobleme«, flunkere ich meine Tochter an und fülle eilig den Wasserkocher.

»Na dann, gute Besserung, Mama, bis morgen«, antwortet meine Tochter und drückt mir noch einen Kuss auf die Wange, bevor sie mit einer Käsescheibe in der Hand in ihrem Zimmer verschwindet.

Was war das denn jetzt? Ich habe Lotta noch nie in der Nacht am Kühlschrank erwischt, denke ich noch immer etwas irritiert und gieße mir das blubbernde Wasser über den Teebeutel. Ich lehne an der Küchentheke und blinzle in die Dunkelheit. Geduldig warte ich, dass der Tee zieht. Dann trinke ich in kleinen Schlucken. Und Schluck für Schluck spüre ich die beruhigende Wirkung des Kamillentees. Ah, das alte Hausmittel wirkt Wunder. Müde setze ich mich mit meiner Teetasse an meinen Esstisch und schaue meinen schlafenden Hund an, der leise schnarcht. »Du hast es gut, Rowdy. Manchmal möchte ich gerne mit dir tauschen«, flüstere ich. Dann denke ich wieder an Christian und ich spüre mein Herz lauter schlagen. Ist es nur Mitleid, was ich für ihn empfinde? Oder ist da doch noch mehr? Oh je, Marie, wann hört das, mit deinem Gefühlschaos endlich auf und du weißt, was du wirklich willst, denke ich verwirrt und nehme noch einen Schluck Kamillentee, bevor ich in mein Schlafzimmer zurückkehre und mich in meine Bettdecke kuschele.

Der nächste Morgen beginnt normal, hat aber noch einiges in petto, was ich natürlich noch nicht ahne. Ich wecke meine Kinder, zuerst die Kleinen. »Guten Morgen, aufstehen«, säusele ich und ziehe die Jalousie in Neles Zimmer hoch, dann gehe ich zu Mattis und danach eilig nach unten, um die Brotdosen für die Schule zu füllen. Die Nacht ging wieder viel zu schnell vorbei. Aber ich war dank des nächtlichen Kamillentees sofort fest eingeschlafen und bin deshalb heute Morgen wieder einigermaßen munter.

»Ich gehe als erster ins Bad«, höre Mattis rufen. Die Tür knallt zu.

»Mama, Mattis hat die Badezimmertür abgeschlossen. Ich

muss mir auch noch die Zähne putzen. Der ist total doof«, höre ich dann Nele rufen.

Ich sprinte die Treppe wieder nach oben und klopfe energisch an die Badezimmertür, vor der meine Tochter steht und einen Schmollmund zieht. »Mattis, mach bitte auf. Nele muss auch in die Schule.«

Keine zwei Sekunden später öffnet sich die Tür und meine Tochter drängelt sich an Mattis vorbei ans Waschbecken. »Du meinst wohl, dass du alles bestimmen kannst«, ruft sie schnippisch in Richtung ihres Bruders, der mit hochgezogenen Augenbrauen das Weite sucht.

Lotta muss auch noch ins Bad. Beeile dich bitte, Nele«, sage ich nervös und klopfe unterdessen an die Zimmertür meiner Ältesten. Keine Reaktion. Merkwürdig, normalerweise ist Lotta immer die Erste morgens im Badezimmer, denke ich angespannt. Noch einmal klopfe ich an die Zimmertür, bevor ich sie einen Spaltbreit öffne. Meine Tochter liegt noch im Bett, wie ich nun feststelle.

»Oh, Mama, mir ist so übel. Kann ich heute zu Hause bleiben, bitte?«, höre ich sie unter der Bettdecke jammern.

Mit ein paar Schritten bin ich an ihrem Bett und ziehe ihr die Decke vorsichtig vom Gesicht. »Ach du meine Güte, Kind, wie siehst du denn aus? Du bist ja leichenblass«, sage ich erschrocken und streiche ihr sanft über die Wange.

»Ich weiß auch nicht, was los ist. Ich glaube, ich habe heute Nacht zu viel gegessen«, erwidert sie stöhnend und setzt sich langsam auf die Bettkante.

Ich mustere sie besorgt. »Tja, das sieht wirklich nicht gut aus, Lotta. Du bleibst am besten wirklich heute zu Hause«, antworte ich beunruhigt und fühle mit meiner Hand ihre schweißnasse Stirn.

»Ist das Klo frei? Ich glaube, ich muss mich übergeben«, ruft sie da plötzlich hektisch und ehe ich antworten kann, ist sie im Bad verschwunden. Keine zwei Sekunden später höre ich die mir bekannten Geräusche.

Als es ihr wieder besser geht, sitze ich an ihrem Bett und schaue sie forschend an. »Was hast du denn gegessen, Lotta?«, frage ich und hoffe, dass es keine Lebensmittelvergiftung ist.

Langsam kommt wieder Farbe in ihr blasses Gesicht. »Eigentlich nichts, was ich sonst nicht auch esse. Vielleicht war es einfach etwas viel von allem gestern«, antwortet sie zaghaft.

Ich runzle die Stirn, weil ich damit nicht viel anfangen kann. »Du bleibst jetzt im Bett und ruhst dich aus. Ich bringe die Kleinen zur Schule und schaue anschließend wieder nach dir«, entscheide ich und drücke ihr noch einen sanften Kuss auf ihre schweißnasse Stirn.

»Danke, Mama«, entgegnet sie leise und kuschelt sich unter ihre Bettdecke.

Keine halbe Stunde später bin ich wieder zurück und stelle den Wasserkocher in der Küche an. Die Kamillenteepackung steht noch von der letzten Nacht auf dem Küchentisch. Hoffentlich hilft er auch Lotta, denke ich und gieße das heiße Wasser in die Tasse mit dem Teebeutel. Leise gehe ich die Treppe in den ersten Stock hoch und öffne vorsichtig die Tür zu Lottas Schlafzimmer. »Lotta, ich habe Tee für dich gemacht«, sage ich mit gedämpfter Stimme und merke erst jetzt, dass sie wieder fest eingeschlafen ist. Ihr blasses Gesicht ist immer noch schweißnass und unter ihren Augen sind dunkle Schatten. Oh Gott, das arme Kind, was hat sie nur gegessen, dass ihr so übel ist, frage ich mich zum wiederholen Male. Zärtlich streiche ich ihr noch einmal über die Wange und stelle dann die Tasse auf ihren Nachttisch, bevor ich ihr Zimmer leise verlasse.

Kaum bin ich oben im Flur, höre ich unten meinen Hund in der Küche bellen. Rowdy muss auch noch raus, erinnere ich mich. Unten im Flur schnappe ich mir gleich meine Jacke und Rowdys Hundeleine, ehe ich die Küchentür öffne und mein

Hund mir freudig wedelnd entgegenspringt. »Hallo Rowdy, langsam, du wirfst mich ja um«, rufe ich kopfschüttelnd. Schnell lege ich ihm die Leine an und gehe zur Haustür, die ich im nächsten Augenblick auch schon hinter mir zuziehe.

Ich marschiere mit Rowdy zum Waldweg. Die Sonne scheint, der Schnee ist nur noch Erinnerung. Die frische Luft tut gut und die Sonnenstrahlen werden von Tag zu Tag wärmer. Entspannt laufen Rowdy und ich unseren gewohnten Weg durch den Wald. Hier kann ich immer am besten nachdenken. Keiner, der mich nervt oder irgendetwas von mir will. Nur Rowdy und ich. Herrlich! Genüsslich nehme ich einen tiefen Atemzug und genieße die Ruhe des morgendlichen Waldes. Nur vereinzelt höre ich ein paar Kaninchen, die sich im Dickicht verstecken. Langsam schweifen meine Gedanken wieder ab und ich sehe abwechselnd Gerrit und Christian vor mir. »Lass dein Herz sprechen«, hatte Ina zu mir gesagt und einmal mehr betont, dass die räumliche Trennung keine Rolle spielen darf. Wie sagt sie immer so schön: »Marie, wahre Liebe kennt keine Entfernung.« Tja, wenn das nur so einfach wäre mit drei entzückenden Kindern und einem liebenswerten Hund.

Als ich von meiner morgendlichen Runde zurück bin, höre ich gleich Lotta rufen. Eilig nehme ich Rowdy die Leine ab und spurte nach oben. Erschrocken stehe ich neben Lotta im Badezimmer und sehe die Bescherung auf dem Fliesenboden.

Wie ein Häufchen Elend hockt sie auf dem Badewannenrand, hat einen Schluckauf und sieht mich an. »Sorry, Mama, ich habe es leider nicht mehr bis zur Toilette geschafft«, bringt sie zwischen Hicksern hervor. Meine Tochter ist kreidebleich und hält sich die Hand vor den Mund. Vor ihr liegt das gesamte Menü des gestrigen Tages, inklusive Kamillentee.

Ich atme aus. »Ach du meine Güte, Lotta, du musst dir ja wirklich ordentlich den Magen verdorben haben«, sage ich verwirrt und schaue auf den Fliesenboden, der aussieht wie nach einer Explosion in einer Pizzeria.

»Es tut mir echt leid, Mama. Ich konnte es leider nicht mehr zurückhalten. Ich bin gerade noch rechtzeitig aus dem Bett gesprungen, sonst wäre alles auf der Bettwäsche gelandet.« Lotta schaut mich reumütig an und versucht den Schluckauf zu stoppen, indem sie die Luft anhält.

»Jetzt mach dir bitte keine Vorwürfe, schließlich kannst du ja nichts dafür, wenn dein Magen verrücktspielt«, sage ich verständnisvoll und streiche ihr sanft übers Haar, das ihr wirr über die Schultern hängt. »Aber wir sollten vielleicht heute noch zu Doktor Reimann fahren, um sicher zu gehen, dass du keine Magen Darmentzündung hast«, füge ich dann sorgenvoll hinzu.

Aber meine Tochter winkt ab. »Nein, lass mal, Mama. Ich denke, ich habe einfach gestern zu viel durcheinander gegessen. Ich gehe jetzt wieder ins Bett und trinke brav meinen Kamillentee. Dann wird morgen alles wieder gut sein.«

Ich bin nicht überzeugt, aber willige ein. »Okay, dann ab mit dir in dein Zimmer. Ich stelle sicherheitshalber meine Wäscheschüssel neben dein Bett. Falls dir noch einmal so plötzlich übel wird«, entgegne ich und helfe ihr zurück in ihr Zimmer.

Danach reinige ich das Bad. Als ich fertig bin und noch einmal in Lottas Zimmer schaue, ist sie fest eingeschlafen, ohne sich noch einmal übergeben zu haben. Ich schleiche mich nach unten ins Wohnzimmer und lass mich aufs Sofa fallen. Ich starre aus dem Fenster. Komisch, ich kann mich nicht erinnern, wann es ihr das letzte Mal so schlecht ging. Wenn ich es nicht besser wüsste, würde ich denken, sie ist schwanger. Ich kaue auf meiner Unterlippe herum. Aber woher weiß ich eigentlich sicher, dass sie es nicht ist? Schließlich wird sie bald achtzehn und ist somit kein kleines Kind mehr. Mein Blutdruck schnellt augenblicklich in die Höhe. Marie, du machst dir wieder viel zu viele Sorgen, versuche ich mich selbst zu beruhigen, entspann dich. Einatmen. Ausatmen … Atmend sitze ich auf dem Sofa. Langsam beruhigen sich meine Gedanken wieder etwas und ich gehe in die Küche, wo mein Handy liegt. Ein Anruf in Abwesenheit – sofort erkenne ich Gerrits Handynummer. Oje, auch das noch. Ich hatte ihm in einer kurzen Sprachnachricht versprochen, dass ich ihn anrufen werde, sobald ich wieder etwas Luft habe. Doch seit meiner Rückkehr aus Holland sind schon wieder so viele Dinge passiert. Das emotionale Gespräch mit Christian und jetzt liegt Lotta auch noch mit schweren Magenproblemen im Bett. Ach Gerrit, was soll ich dir nur antworten auf deine Frage, ob ich mir eine Fernbeziehung mit dir vorstellen kann? Tausendfünfhundert Kilometer trennen uns in einer Woche, wenn du fährst. Wenn nur diese Angst nicht wäre. Was, wenn es schiefgeht und ich dann wieder einmal vor den Scherben einer Beziehung stehe? Aber ich weiß auch, trotz allem, ich muss eine Entscheidung treffen.

Der Tag verging wie im Flug. Abends bin ich froh, als die Kids in ihren Betten liegen und es im Badezimmer ohne große Streiterei zwischen Mattis und Nele ging. Nur Lotta liegt noch wach in ihrem Bett. Es ging ihr den ganzen Tag so schlecht, dass sie überhaupt nicht aus dem Haus konnte. Zaghaft klopfe ich jetzt an ihre Zimmertür und höre leise: »Mama, komm ruhig rein.«

Langsam öffne ich die Tür und sehe meine Tochter mit rotgeweinten Augen in ihrem Bett liegen. Erschrocken eile ich zu ihr und setze mich auf die Bettkante. »Lotta, was ist denn los, Kind? Hast du dich noch einmal übergeben müssen?«, frage ich. Liebevoll nehme ich ihre Hand und ergänze aufmunternd: »Hey, meine Große, morgen geht es dir bestimmt wieder besser und du kannst wieder zur Schule.«

»Nein, Mama, es geht mir morgen auch nicht besser und

übermorgen wahrscheinlich auch nicht und überhaupt …« Schluchzend drückt sie sich ihr Kissen gegen das Gesicht.

Nun bin ich doch in ernster Sorge. So verzweifelt habe ich meine Tochter noch nie gesehen. Ich streiche ihr zärtlich eine Haarsträhne aus ihrem blassen Gesicht. »Ach Lotta, so schlimm wird es nicht werden. Wir gehen morgen zu Doktor Reimann und der wird dir sicher ein wirksames Medikament gegen deine Magenverstimmung geben«, sage ich liebevoll.

Nun legt sie das Kissen zur Seite, sieht mich an und schüttelt den Kopf. Langsam zieht sie dann die Schublade ihres Nachttisches auf und holt einen Schwangerschaftstest heraus, den sie mir mit zitternden Händen entgegenhält.

Ich nehmen ihn wie betäubt entgegen und schaue ihn an: positiv. Oh mein Gott, Lotta ist schwanger! In meinem Kopf kreisen die Gedanken. Sie ist doch noch ein halbes Kind, oder? Warum habe ich nichts gemerkt und wie konnte das überhaupt passieren? Ich sehe entgeistert auf.

Verschämt schaut sie mich aus tränennassen Augen an und sagt leise: »Mama. Ich habe mich schon seit einigen Wochen nicht gut gefühlt. Und meine Periode habe ich auch schon zwei Monate nicht mehr. Heute erst habe ich mich endlich getraut und habe den Test gemacht. Es tut mir so leid. Ich war so dumm.«

Völlig fassungslos sitze ich neben meiner Tochter. Das kann doch alles nicht wahr sein. Lieber Gott, bitte lass mich aus diesem Albtraum erwachen, denke ich verwirrt und schaue auf ihre fahlen Wangen.

Schluchzend schlägt sie die Hände vors Gesicht und wimmert: »Es ist einfach passiert, Mama. Ich fühle mich so schlecht. Bitte verzeih mir.« Dann lässt sie die Hände wieder sinken und nimmt zitternd meine Hand und Tränen rinnen über ihr Gesicht. Verzweifelt schaut sie mich an, als ob ich alles ungeschehen machen könnte.

Leider kann ich das nicht. Meine Lotta, mein Kind, geht es mir bestürzt durch den Kopf. Liebevoll nehme ich sie in die Arme und streiche zärtlich über ihr verschwitztes Haar. »Lotta, es wird alles gut. Wir schaffen das gemeinsam«, sage ich leise und küsse sanft ihre feuchte Stirn. »Wir haben schon Schlimmeres zusammen durchgestanden, oder?«, füge ich lächelnd hinzu und lasse sie wieder los.

»Ach Mama, ich bin so froh, dass du mir keine Vorwürfe machst. Du bist einfach die beste Mutter auf der ganzen Welt. Ich hatte solche Angst, es dir zu sagen«, sagt sie jetzt erleichtert und in ihrem verweinten Gesicht erkenne ich ein leichtes Lächeln.

Ich nicke, das freut mich natürlich, aber ich wüsste gern noch, wer denn der Vater ist. »Jetzt musst du mir aber noch erklären, wie es überhaupt soweit gekommen ist, Lotta«, verlange ich vorsichtig. »Ich dachte, du hast keinen festen Freund. Habe ich da etwas verpasst?« Ich gebe ihr ein Papiertaschentuch, das ich noch in der Hosentasche habe.

Sie schaut mich bedrückt an, dann schnäuzt sie sich und erzählt: »Es passierte auf der letzten Klassenfete. Wir hatten alle etwas zu viel getrunken und du weißt ja, dass ich nichts vertrage, da geht es mir wie dir, Mama. Die Stimmung war super und wir hatten Spaß. Und dann haben Marco und ich uns von den anderen weggeschlichen in die Storträume. Leider hat der Alkohol schon seine Wirkung gezeigt und da ist es dann passiert. Wir wollten es beide und es war auch schön mit ihm, aber natürlich hat keiner von uns die Konsequenzen bedacht an diesem Abend. Einen Tag später hat er in der Klasse so getan, als ob nichts vorgefallen sei. Und als ich ihn darauf ansprach, sagte er nur, ich solle kein Drama daraus machen. Ich war natürlich sehr enttäuscht, wollte es ihm aber auf keinen Fall zeigen.« Nachdem sie geendet hat, muss sie sich wieder schnäuzen.

Ich runzele die Stirn – dann ist der Sohn von dem Kerl mit dem Auto der Vater meines Enkelkindes? Na herzlichen Glückwunsch. Das hört sich nicht gut an. Verständnisvoll frage ich nach: »Warum hast du nicht mit mir darüber gesprochen? Ich hatte ja keinen blassen Schimmer, dass du dich verliebt hast.«

Jetzt hebt sie entrüstet den Blick. »Ich habe mich nicht verliebt, Mama. Dieser Marco, na ja, er ist ein gutaussehender Typ, aber mir war klar, dass er nichts Festes will. Deshalb ärgere ich mich auch umso mehr über mein Verhalten. Wie konnte ich nur so dumm sein und mich mit ihm einlassen«, antwortet sie und ihre Augen funkeln gefährlich.

Kluges Kind, denke ich. Trotzdem ist es passiert. Ich lausche noch immer dem Schock ganz tief in mir. Doch zu meiner Tochter sage ich: »Jetzt lass uns erst einmal schlafen und morgen gehen wir zum Arzt. Du musst dich auf jeden Fall untersuchen lassen. Eines sollst du aber wissen: Ich liebe dich und ich stehe hinter dir, egal was du tust. Ich bin überglücklich, dass dir in Holland nicht mehr passiert ist und wenn es so sein soll, dann begrüßen wir noch ein neues Mitglied in unserer Familie.« Während ich spreche, spüre ich plötzlich deutlich wie nie zuvor das innige und unzertrennliche Band der Liebe zwischen meiner Tochter und mir, das mit nichts zu vergleichen ist.

Keine Stunde später sitze ich in meiner Küche und bin immer noch aufgewühlt. Niemals hätte ich gedacht, dass Lotta mich so früh zur Oma macht. Natürlich konnte ich mir bei ihr nicht anmerken lassen, wie tief mich ihre Geschichte geschockt hat. Sie braucht jetzt meine volle Unterstützung, egal wie und weshalb es dazu gekommen ist. Auf diesen Marco als Kindesvater kann sie sich sicherlich nicht verlassen. So wie die Sache aussieht, weiß er auch noch nichts von seinem Glück, sie hat es ja heute erst selbst erst erfahren. In meinem Kopf kreisen die Gedanken und mir wird heiß und kalt, wenn ich an die Folgen denke. Lotta steht kurz vor ihrem Fachabitur und muss sich anstrengen, dass sie einen guten Abschluss macht. Schließlich ist es ihr Herzenswunsch, eine Ausbildung zur Fotografin zu machen. Wie soll das alles funktionieren?

Ruhelos stehe ich auf und gehe ins Wohnzimmer. Dort bleibe ich vor dem Foto ihres Vaters auf der Vitrine stehen. »Ach, Daniel, wenn du doch noch hier wärst. Dann würde alles gut werden«, flüstere ich und Tränen rinnen mir die Wangen herunter. Verdammt, das Leben ist ungerecht. Warum kann ich nicht wie tausend andere Frauen mit meinem Mann und meinen Kindern ein schönes, unaufgeregtes Familienleben führen? Stattdessen muss ich mich als verwitwete, alleinerziehende Mutter mittleren Alters ohne festen Partner der Frage stellen, wie ich mein Kind kurz vor dem Abitur in der Schwangerschaft unterstützen kann. Himmel nochmal, kann bei mir nicht auch einmal etwas rund laufen? Ich muss an Gerrit denken und die Entscheidung, die noch ansteht. Will ich wirklich eine Fernbeziehung mit einem Mann, der über tausendfünfhundert Kilometer in einem fremden Land wohnt?

Ich laufe ziellos durch das Wohnzimmer und bleibe vor der Terrassentür stehen. Mein Kopf glüht vor Anspannung und es hämmert hinter meiner Stirn, als ich sie langsam öffne und in den klaren Sternenhimmel schaue. Die kalte Nachtluft tut gut und ich spüre, wie sich mein Herzschlag allmählich beruhigt. Wie in einem Traum sehe ich plötzlich eine helle Sternschnuppe über unserem Haus verglühen. »Du darfst dir etwas wünschen«, höre ich mich selbst flüstern. »Liebes Universum, lieber Gott, bitte gib Lotta die Kraft, sich für das Baby zu entscheiden«, sage ich spontan – und weiß in diesem Moment, auch meine Entscheidung ist gefallen.

Ina sitzt mir gegenüber und schaut mich angespannt mit großen Augen an. Lotta und ich sind vor genau zwei Stunden von unserer Frauenärztin Frau Berger zurückgekommen. Jetzt liegt sie in ihrem Zimmer und schläft. Die Arme hat mit schlimmer Schwangerschaftsübelkeit zu kämpfen und musste sich schon wieder mehrfach übergeben.

»Jetzt bitte noch einmal eins nach dem anderen, Marie«, verlangt Ina.

Ich nicke und sage schlicht: »Ich werde Oma. Lotta ist in der dreizehnten Schwangerschaftswoche.« Es klingt gefasster, als ich mich fühle. Ich hole den Orangensaft aus dem Kühlschrank und stelle zwei Gläser auf den Tisch.

»Ja, aber wie konnte das denn passieren?«, fragt mich meine Freundin ungläubig und nimmt ihr Glas entgegen.

Ich sehe sie entrüstet an. »Mensch, Ina, das ist eine gute Frage. Wie konnte so etwas passieren? Hattest du Biologie in der Schule?«, antworte ich grinsend und setze mich. »Sie hat nicht aufgepasst. Der Kindesvater wird nicht begeistert sein, denke ich mal. Es ist auf einer Klassenfete letztes Jahr passiert, bevor wir nach Holland gefahren sind.«

Jetzt kommt Leben in meine Freundin, aufgeregt nimmt sie einen Schluck von ihrem Orangensaft, bevor sie mir antwortet: »Also ist nicht der junge Holländer der Kindesvater?«

Ich nicke erneut. »Du hast es erfasst. In Holland war sie demnach schon schwanger. Wahrscheinlich war das auch der Grund, warum sie im Eis eingebrochen ist. Jetzt erst hat sie mir erzählt, dass ihr übel geworden wäre«, schildere ich weiter.

Ina wird plötzlich blass im Gesicht und sagt leise: »Ja, aber was ist mit dem Baby? Sie lag schließlich auf der Intensivstation.«

Ich nehme ich ihre Hand und antworte ruhig: »Alles gut, Ina. Es ist ein Wunder, beiden ist nichts passiert. Das sagt Frau Doktor Berger. Das Baby entwickelt sich völlig normal und außer Lottas gebrochenem Bein und der Schwangerschaftsübelkeit ist alles in bester Ordnung.«

Erleichtert nimmt Ina mich in die Arme und die Tränen

laufen ihr übers Gesicht. »Ach, Marie, ich bin so froh! Gott sei Dank geht es den beiden gut. Will sie denn, ich meine …« Unsicher schaut sie mich an und schnieft in die Serviette, die ich ihr gegeben habe.

»Ja, sie will das Baby bekommen. Ich habe lange mit ihr gesprochen und ihr versichert, dass ich selbstverständlich für sie und das Baby da sein werde, egal was passiert.« Jetzt füllen sich auch meine Augen mit Tränen und ich schluchze hemmungslos. Ina nimmt mich in den Arm, einen Moment lang halten wir uns gegenseitig. Dann lassen wir uns wieder los und sehen uns an. »Mensch, Ina, ich weiß auch noch nicht, wie das alles werden soll. Aber ich bin so stolz auf Lotta, dass sie sich für das Baby entschieden hat«, sage ich schniefend.

Liebevoll streicht mir Ina über die Wange und entgegnet lächelnd: »Wir sind doch starke Frauen und werden das Kind schon schaukeln. Ich habe noch so viele Babysachen von Alva, die kann sie natürlich gerne haben. Es wird kein leichter Weg, aber sie muss ihn ja nicht allein gehen.«

Ich atme aus. Langsam beruhigt sich mein Herzschlag wieder und ich drücke meine Freundin zärtlich. »Danke, Ina, für deinen lieben Worte, du hast recht, wir sind starke Frauen und werden auch das meistern.«

Kurz vor Mitternacht sitzen wir immer noch in meinem Wohnzimmer. Ich habe Ina restlos alles erzählt. Wir diskutieren gerade darüber, dass Lotta mit dem Kindesvater keine Beziehung eingehen will und dass er, so wie es aussieht, keine Verantwortung übernehmen wird.

»Na, das scheint mir ja ein verwöhntes Jungchen zu sein. Von Beruf Sohn oder wie?«, brummt Ina aufgebracht und mit grimmiger Miene.

»So wie es aussieht, hat der Vater wirklich Kohle. Ich hatte schon das zweifelhafte Vergnügen, ihn kennenzulernen«, berichte ich. »Ein ziemlich arroganter Fatzke.«

Ina überlegt kurz, dann sagt sie: »Das würde erklären, warum der Sohn so ist. Aber habe ich das jetzt richtig verstanden, dieser Marco ist der Kindesvater, verliebt ist Lotta aber in diesen jungen Holländer?«

Als Ina »Holländer« sagt, denke ich sofort an Gerrit und werde schon wieder puterrot. Schnell antworte ich: »Ja, so kann man es sehen. Lotta ist total verliebt in Jan und er auch in sie. Stell dir vor, er hat ihr gesagt, dass er immer zu ihr stehen wird und das Kind wäre kein Trennungsgrund für ihn.«

Ina nickt anerkennend und schürzt die Lippen. »Wow, was für ein erwachsener und verantwortungsbewusster junger Mann. Das muss wirklich Liebe zwischen den beiden sein. Schließlich war er auch an ihrer Seite, als sie im Krankenhaus lag. Es gibt sie also doch noch, die wahre Liebe.«

Irgendwie trifft mich das. Autsch! Sofort spüre ich, wie meine Augen sich mit Tränen füllen und mein Kopf wird zentnerschwer. Auch für mich wäre ein Holländer, der richtige Mann gewesen, aber … Ich blinzele die Tränen weg und schweige.

Ina mustert mich, dann fragt sie erschrocken: »Oh sorry, habe ich etwas Falsches gesagt?«

Ich schüttele den Kopf. »Nein, nein, es ist schon okay. Es ist nur …«

»Gerrit. Hast du noch einmal mit ihm gesprochen?«, unterbricht sie mich sanft und streicht mir liebevoll über die Wange.

Ich atme einmal tief ein und dann wieder aus. »Nein, bis jetzt nicht. Aber ich habe eine Entscheidung getroffen. Es wäre total unvernünftig, jetzt eine Beziehung mit einem Mann einzugehen, der über tausendfünfhundert Kilometer entfernt wohnt. Lotta braucht mich mehr denn je. Es soll einfach nicht sein mit uns«, flüstere ich.

Kapitel 11

Die Zeit vergeht wie im Flug und langsam spürt man, dass der lange Winter, endlich dem Frühling weicht. Lotta ist mittlerweile im fünften Monat ihrer Schwangerschaft und es geht ihr wieder richtig gut. Marcos Vater hat sich bei uns gemeldet und mitgeteilt, dass er selbstverständlich für alle finanziellen Unannehmlichkeiten, inklusive Unterhalt aufkommen wird. Als ich den Brief gelesen habe, musste ich erst einmal schlucken. Verdammt, einige Menschen denken allen Ernstes, sie könnten mit Geld alles regeln. Zum Glück kommt Lotta bestens mit der Situation zurecht, was zu einem großen Teil an Jan liegt. Er ist ihr eine große Stütze und trotz der Entfernung immer für sie da. Manchmal kommt es mir so vor, als hätte Jan schon immer zu unserer Familie gehört. Auch meine Mutter und Frederik haben ihn in ihr Herz geschlossen. Dass Lotta schwanger ist, hat beide natürlich erst einmal geschockt und die üblichen und auch verständlichen Bedenken mussten besprochen werden. Doch jetzt freut sich meine Mutter unglaublich, dass sie Uroma werden darf.

Heute sind wir das letzte Mal auf dem Gutshof von Frederik und meiner Mutter zum Essen eingeladen. Der Verkauf ist bestätigt und am ersten April wechselt das Gestüt offiziell den Besitzer. Dann wird Christian Waldschmitt der neue Eigentümer sein. Langsam gehen wir alle gemeinsam noch einmal durch die Stallungen und verabschieden uns von den Pferden. Nele streicht liebevoll ihrem Lieblingspferd über den Rücken. »Ich komme wieder, Beauty, ganz sicher. Christian hat es mir versprochen«, flüstert sie ihm ins Ohr und eine Träne läuft ihr über die Wange.

Frederik nimmt sie zärtlich und tröstend auf den Arm und sagt lächelnd: »Ganz bestimmt, Nele. Herr Waldschmitt hat uns fest zugesagt, dass du jederzeit kommen kannst.«

Meine Mutter nickt und ergänzt: »Herr Waldschmitt braucht doch dringend eine so gute Pferdeflüsterin wie dich, Nele.«

Ich stehe daneben und schweige. Mir wird flau im Magen bei dem Gedanken, dass wir nun das letzte Mal hier in dieser Runde stehen. Auch wenn wir noch hierher kommen, wird es natürlich nicht mehr das Gleiche sein. Selbst Mattis wirkt ein wenig bedrückt. Das spätere Essen, das meine Mutter wie immer hervorragend zubereitet hat, scheint er dieses Mal nicht wie sonst genießen zu können.

Frederik bemerkt die leicht gedrückte Stimmung am Tisch und greift zu seinem Glas. Auffordernd sieht er in die Runde. »Lasst uns noch einmal auf Gut Putlitz und auf unsere andere, aber sicherlich nicht weniger schöne Zukunft anstoßen«, sagt er und lächelt meiner Mutter zärtlich zu.

»Ein Prosit auf Gut Putlitz und auf eure wunderbare Zukunft«, rufe ich mit Tränen in den Augen, aber dennoch von ganzem Herzen aus.

Am Abend dieses Tages bin ich immer noch aufgewühlt. Endlich liegen alle in ihren Betten und sind nach diesem emotionalen Abschied direkt eingeschlafen. Nur ich liege noch wach und meine Gedanken kreisen wieder einmal um das letzte halbe Jahr. Was ist in diesem Winter nicht alles passiert! Da war das unverhoffte Wiedersehn mit Christian, dann unsere Silvesterreise nach Holland, der schreckliche Unfall von Lotta und ihre jetzt glückliche Schwangerschaft, der Abschied vom Gut von Putlitz und schließlich die wunderschöne Begegnung mit Gerrit und die schmerzhafte Trennung von ihm. Es war die richtige Entscheidung und dennoch tut es immer noch weh. Ich erinnere mich noch genau an den Tag. Eigentlich hatte ich ihm nur eine Nachricht schreiben wollen, doch ich musste ihn nicht noch ein letztes Mal sehen. Deshalb habe ich meinen ganzen Mut zusammengenommen und bin am Tag seines Abfluges nach Spanien zum Flughafen in Amsterdam gefahren. Schon von Weitem sah ich ihn in der Abflughalle stehen. Meine Hände zitterten vor Aufregung und Herzschmerz, als ich mich ihm näherte. Als ich hinter ihm stand, sagte ich mit zitternder Stimme: »Hallo Gerrit.«

Er drehte sich um und sah mich überrascht an. »Marie? Was machst du hier? Ich dachte …«

Ich unterbrach ihn hastig: »Ich musste dich noch einmal sehen.«

Irritiert schaute er mich an. Dann schien er zu begreifen und nahm mich fest in seine Arme. »Danke für alles. Ich werde dich immer lieben«, flüsterte er mir sanft ins Ohr und küsste zärtlich meinen Hals.

»Ich …, Gerrit. Es tut mir so leid. Es ist einfach nicht die richtige Zeit«, stammelte ich unter Tränen.

Er ließ mich los und sah mich an. »Wie so oft«, antwortete er mit einem bitteren Zug um den Mund. »Ich hoffe, du vergisst unsere gemeinsame Zeit nicht, Marie. Ich muss jetzt leider gehen. Ich wünsche dir, dass alles gut wird für dich und deine Familie.«

Ich war wie gelähmt und nickte nur. In seinen Augen sah ich eine Träne schimmern, als er mir noch einen flüchtigen Kuss auf die Wange hauchte. Ein letztes Mal lächelte er mir zu, dann ging er und die Glastür schloss sich hinter ihm.

Das ist mittlerweile über drei Monate her. Seit diesem Tag habe ich nichts mehr von Gerrit gehört. Der Frühling hat den kalten Winter vollkommen verdrängt und ich öffne gedankenversunken die Terrassentür. Der warme Abendwind weht durch mein Haar und ich schaue verträumt zum Sternenhimmel, von dem der Mond hell auf meinen kleinen Garten scheint. Was er jetzt wohl macht in Spanien und ob es ihm gutgeht, frage ich mich auch heute wieder. Ich war es, die unsere Liebe beendet hat, denn eine Fernbeziehung kann und will ich nicht führen. Vor allem unter diesen schwierigen Umständen. Lotta bekommt bald ihr Kind und wird auf meine Hilfe angewiesen sein. Und doch, mein Herz schlägt noch immer heftig, wenn ich an ihn denke.

Ich stehe in der Küche und räume auf, die Kinder hatte ich schon abgeholt.

»Mama, fahren wir heute zu Christian?« Nele wirft ihre Schultasche in den Flur und kommt in die Küche.

Ich sehe sie über die Schulter an und wische die Küchentheke ab. »Erst machst du deine Hausaufgaben und dann schauen wir weiter«, antworte ich.

Sie wirft sich auf einen der Stühle am Küchentisch. »Ja, natürlich, Feldmarschall Kramer. Zuerst die Arbeit dann das Vergnügen.« Sie grinst mir schelmisch zu. »Christian ist ein super netter Reitlehrer, Mama, und er weiß so viel über Pferde.«

Nele freut sich immer sehr, wenn ich sie alle zwei Wochen zum Reitstall auf Gut von Putlitz fahre. Seit der Übernahme im April durch Christian hat sich einiges dort verändert. Frederik und meine Mutter hatten sich die letzten Monate nicht mehr besonders intensiv um den Reitbetrieb kümmern können. Christian hat nun frischen Wind in das altehrwürdige Gestüt gebracht und das spüren alle, die dort ihre Reitstunden nehmen. Er führt den Reiterhof mit liebevoller Hand und meine Tochter ist total begeistert von ihm.

Was uns beide betrifft – seit unserem letzten Treffen in der Stadt habe ich ihn nicht mehr allein gesprochen. Zum Glück ist er durch die Übernahme des Gestüts abgelenkt und ich habe das Gefühl, dass er den schmerzlichen Verlust seines ungeborenen Kindes so etwas besser verarbeiten kann.

Ich sehe Nele an. »Ja, da hast du recht. Christian kennt sich sehr gut aus mit Pferden, mit Tieren ganz allgemein. Wusstest du, dass er Revierförster hier in unserem Wald war, bevor er das Gestüt von Frederik übernommen hat?«, sage ich. Bei dem

Gedanken an unser erstes Zusammentreffen in seiner damaligen Jagdhütte spüre ich noch immer ein freudiges Grummeln in meinem Bauch.

Nele sieht mich neugierig an. »Ach, wirklich? Christian war Förster? Das habe ich nicht gewusst, Mama«, sagt sie und klappt ihr Buch zu. »Fertig. Wir können fahren«, verkündet sie und keine zwanzig Minuten später parke ich meinen Wagen vor dem ehemaligen Reitgestüt von Frederik von Putlitz.

Nele springt sofort aus dem Wagen und sprintet zur Koppel, wo Christian steht und sich gerade zu uns umwendet und winkt. »Hallo, Christian«, ruft sie und schwenkt wild mit den Armen. Glücklich rennt sie auf ihren Reitlehrer zu und schließt ihn liebevoll in die Arme.

»Hey, meine kleine Reiterfreundin, schön dich zu sehen«, antwortet er lachend und drückt meine Jüngste herzlich an sich.

Ich bin auch ausgestiegen und schlendere langsam zu ihnen hinüber. Verlegen bleibe ich ein paar Schritte vor ihnen stehen. Christian sieht mich an und ich nicke ihm zu. »Ich fahre dann wieder. Ich hole Nele in einer Stunde ab, wenn das für dich okay ist.«

Er nickt zurück, ich wende mich sofort wieder ab und will weg, denn ich werde schon wieder rot. Aber Christian hält mich auf. »Hättest du vielleicht noch ein paar Minuten Zeit?«, fragt er und kommt mit Nele näher, die neben ihm hin und her hüpft.

»Ich reite heute Black Beauty, Mama«, verkündet sie stolz.

Ich bleibe stehen und sehe sie an. »Viel Spaß, mein Schatz, und pass auf dich auf. Bis später …« Weiter komme ich nicht, denn sie dreht sich auf dem Absatz um und rennt zu den Pferdeboxen. Ich seufze und sehe Christian an. »Tja, Nele fühlt sich sichtlich wohl hier, bei den Pferden und natürlich auch bei dir«, sage ich und versuche seinem Blick auszuweichen.

»Ja, es ist schön zu sehen, was sie für Fortschritte macht. Sie reitet schon sehr gut«, antwortet er lächelnd.

Ich weiß nicht, was ich sagen soll. »Sie kommt auch sehr gerne hierher und kann es kaum abwarten«, murmele ich einfach nur. Damit wende ich mich wieder zum Gehen. Ich höre, wie mir Christian bis zum Wagen folgt. Als ich die Wagentür öffne, sagt er: »Das freut mich. Aber kommst du denn auch gerne her? Du bist immer so schnell wieder weg. Ich habe leider nie die Gelegenheit, mit dir zu reden. Seit unserem letzten Gespräch im Bistro haben wir nicht mehr miteinander gesprochen. Also ich meine, nur wir beide. Hast du vielleicht morgen Abend Zeit? Sagen wir um zwanzig Uhr in der Pizzeria San Remo?«

Ich wende mich wieder zu ihm um. Oh Gott, was soll ich denn jetzt antworten? Sofort fallen mir tausend Ausreden ein, aber warum eigentlich nicht? Christian ist ein sehr netter Mann und mir würde es auch mal wieder guttun, etwas anderes zu sehen als nur Kochtopf, Haus und Rasenmäher. »Okay, dann morgen um zwanzig Uhr. Ich freue mich«, höre ich mich sagen und steige dann schnell ins Auto.

Zu Hause angekommen, muss ich erst einmal meine Gedanken sortieren. Was habe ich da gerade ausgemacht? Eine Verabredung mit Christian? Marie, was soll das denn, frage ich mich. Willst du allen Ernstes mit diesem Revierförster essen gehen? Die Geschichte war doch wirklich abgeschlossen, oder? Tausend wirre Gedanken kommen mir plötzlich in den Sinn und ich bin kurz davor, die Verabredung wieder abzusagen. Aber ich reiße mich zusammen, ich werde hingehen und mir einen schönen, entspannten Abend machen. Das habe ich mir verdient. Basta!

»Ina, ich bin verabredet«, sage ich aufgeregt zu meiner Freundin keine zwei Stunden später am Telefon.

»Hey, Marie, das freut mich, endlich denkst du mal wieder an dich. Wer ist denn der Glückliche?«, fragt sie zurück.

»Christian«, antworte ich wie aus der Pistole geschossen.

»Der Revierförster? Beziehungsweise mittlerweile Pferdehofbesitzer? Marie, du überraschst mich immer wieder. Ich dachte, mit euch läuft nix mehr«, höre ich Ina sagen.

»Hallo, da läuft auch nix. Er hat mich nur eingeladen, ganz unverbindlich unter Freunden«, antworte ich schnell und abwiegelnd.

»Okay, unter Freunden? Marie, hör mal, du bist doch eine erwachsene Frau und kannst tun und lassen, was dir gefällt. Ich freue mich einfach für meine beste Freundin. Mach dir einen wunderschönen Abend und bitte denk nicht wieder so viel nach«, antwortet sie mit ihrer ehrlichen, erfrischenden Art. »Du hast die letzten Monate nur an alle anderen gedacht. Jetzt denke bitte auch mal wieder an dich.« Inas Stimme ist eindringlich.

Ich seufze tief. »Du hast ja recht. Die letzten Monate waren echt hart. Ich will gar nicht an all die schwierigen Situationen denken, da bekomme ich gleich wieder Bauchschmerzen«, sage ich frustriert.

»Genau, deshalb sollst du auch endlich mal raus. Genieße den Abend mit Christian und schalte einfach einen Gang zurück, okay?«

Ich merke, Ina versucht mich aufzubauen. Leider geht das jetzt nur noch am Telefon, denn sie ist letzten Monat nach Italien zu ihrem Lino gezogen. Ich freue mich von ganzem Herzen für die beiden, aber Ina fehlt mir schrecklich. Natürlich lasse ich es mir bei unseren Telefonaten nicht anmerken und versuche gut gelaunt und locker zu wirken. Wie auch heute wieder. »Alles gut, ich gebe mein Bestes«, antworte ich mit einem gekünstelten Lachen. Verdammt, Ina, warum bist du gerade jetzt so weit von mir entfernt? Und überhaupt, warum musste auch Gerrit über tausendfünfhundert Kilometer weit weg ziehen? Bei dem Gedanken daran spüre ich sofort wieder, wie sich in meinem Bauch alles zusammenzieht und mir die Tränen in die Augen schießen. Einen Moment lang würde ich das Gespräch am liebsten beenden, aber ich beruhige mich schnell wieder und sage gefasst: »Wie geht es eigentlich der Kleinen und Lino? Ich hoffe, sie genießen die Sonne Italiens.«

»Oh, danke der Nachfrage, den beiden geht es prächtig. Alva hat schon richtig hellblondes Haar bekommen und Lino fühlt sich an seinem neuen Arbeitsplatz superwohl«, antwortet Ina und klingt begeistert.

Ich bin froh, dass sie auf mein kleines Ablenkungsmanöver eingegangen ist. »Das hört sich ja phantastisch an, Ina. Ich hoffe, wir sehen uns ganz bald wieder. Bis dahin gibt es bei mir ja keine Langeweile.«

Im selben Moment höre ich meine Freundin am anderen Ende der Leitung glucksen. »Allerdings, Marie, bei dir kommt nie Langeweile auf«, sagt sie. Und dann fährt sie wieder etwas ernster fort: »Ach, fast hätte ich es vergessen, wie geht es eigentlich deiner Mutter und Frederik auf ihrer Weltreise?«

Sofort denke ich an das lebhafte Gespräch, das ich heute Morgen noch mit meiner Mutter hatte. Momentan sind sie in Schweden und genießen die Ruhe und die Weite der Wälder und der tausend Seen im Norden des skandinavischen Frühlings. »Oh, den beiden geht es bestens. Frederik sagte mir noch vor Kurzem, dass es die beste Entscheidung ihres fortgeschrittenen Alters gewesen wäre, alles zu verkaufen und auf Reisen zu gehen. Sie genießen jeden Tag. Allerdings wollen sie sich jetzt erst einmal in Europa genauer umsehen. Die ganz große Weltreise muss wohl noch etwas warten. Ich denke mal, dass ihre Entscheidung, nicht über den großen Teich zu fliegen, mit Lottas baldiger Geburt zusammenhängt. Sie freuen sich schon sehr auf unser neues Familienmitglied«, antworte ich wahrheitsgetreu.

»Das kann ich sehr gut verstehen«, sagt Ina sofort, »dass sie unmittelbar nach der Geburt ihres Urenkels da sein möchten. Wann ist es denn bei Lotta so weit?«

»In vier Wochen. Ich bin auch schon total aufgeregt. Schließlich wird man ja nicht aller Tage Oma«, antworte ich lachend und muss an meine letzte Schwangerschaft denken, die ja auch noch nicht allzu lange zurückliegt. »Manchmal kann ich es selbst noch nicht glauben – ich werde Oma! Aber so ist das Leben, es steckt voller Überraschungen.«

Darauf entgegnet Ina mit gespielt-getragener Stimme: »Tja, wie sagte der Filmheld Forrest Gump einst so treffend? Das Leben ist eine Wundertüte, man weiß nie, was man bekommt.«

Unentschlossen stehe ich vor meinem Kleiderschrank und schaue mir meine übersichtliche Auswahl an einigermaßen modischen Teilen an. Was soll ich bloß anziehen? In knapp einer Stunde bin ich mit Christian verabredet und heute will ich besser aussehen als bei unserem letzten Treffen in der Stadt. Leider ist Ina nicht mehr da, um mir mit ihren schicken Klamotten auszuhelfen. Auch da fehlt mir meine beste Freundin sehr. Irgendwie sind alle meine liebsten Menschen weg, denke ich traurig. Ina ist nach Italien gezogen, meine Mutter und Frederik reisen durch Europa und Gerrit ist in Spanien. Nachdenklich setze ich mich auf mein Bett und die anfängliche Euphorie über Christians Einladung löst sich in Wohlgefallen auf. Mir steigen die Tränen in die Augen und ich spüre, wie sich die Niedergeschlagenheit in mir breitmacht. Verdammt, warum fühle ich mich ausgerechnet jetzt so allein gelassen? Ich seufze tief, da höre ich ein zaghaftes Klopfen und Lotta ruft leise durch die geschlossene Zimmertür: »Mama, bist du noch da?« Dann steckt sie vorsichtig ihren Kopf ins Zimmer.

Ich habe mich schnell abgewandt, tue so, als würde ich etwas auf dem Bett sortieren und wische mir mit einer unverfänglichen Bewegung die Tränen aus dem Gesicht. Dann wende ich mich zu ihr um. »Ich will gleich fahren«, antworte ich und sehe sie fragend an.

Lächelnd kommt sie nun zu mir, nimmt liebevoll meine Hand in ihre und sagt leise: »Ich wollte dir nur einen schönen Abend wünschen, Mama, und dir sagen, dass ich froh bin, dass du immer für mich da bist. Ich habe dich unendlich lieb und wünsche mir, dass mein Baby das auch mal irgendwann zu mir sagen kann.«

Gerührt und voller Zuneigung schaue ich Lotta an und antworte lächelnd: »Ich liebe dich über alles, mein Kind, und bin immer für dich da. Wir schaffen das gemeinsam, denn gemeinsam sind wir stark.«

Noch einmal schaue ich in den Rückspiegel und kontrolliere wie immer meinen Kajalstrich. Vor Rührung über die liebevollen Worte meiner Tochter vor gut einer halben Stunde waren mir immer wieder Tränen über die Wangen gelaufen. Marie, du bist ganz und gar nicht allein, denke ich nun und ziehe den Kajal nach. Du hast deine wundervollen Kinder und bald noch ein gesundes Enkelkind. Warum strebst du im Leben immer nach dem, was du nicht hast, statt dich mit dem zufriedenzugeben, was schon da ist? Und das ist oftmals sehr viel. Man muss nur richtig hinschauen und es auch erkennen. Erleichtert und zufrieden schaue ich mich im kleinen Spiegel an und weiß, es wird ein guter Abend.

Das Restaurant ist schon gut gefüllt, als ich es gegen zwanzig Uhr betrete und nach Christian Ausschau halte. Winkend lacht er mir von einem gemütlichen Tisch in einer Ecke der Pizzeria entgegen.

»Hallo, Marie, schön dich zu sehen«, sagt er, als ich zu ihm trete. Dann hilft er mir aus der von Lotta geliehenen Jeansjacke. Es ist mittlerweile schon Mitte Juni, aber die Abende sind noch etwas frisch, sodass ich nicht nur mit meiner Bluse losgehen wollte. Außerdem meinte Lotta, dass ich mit ihrer Jeansjacke cooler aussehen würde. Ob das Christian besonders beeindruckt, wage ich zu bezweifeln. Er ist doch ein eher bodenständiger Typ. Ihm sind Charakter und Einstellung einer Person wichtiger als Äußerlichkeiten.

»Hallo, Christian, ich finde es auch schön, dass wir uns treffen. Und dieses Mal geht es dir hoffentlich besser«, antworte ich lächelnd und setze mich ihm gegenüber.

»Ja, danke, ich habe die Situation ein wenig verarbeitet. Es geht mir, auch wegen der neuen Aufgabe auf dem Reiterhof, wieder gut«, erwidert er aufrichtig. »Was möchtest du trinken?« Er sieht mich fragend an und reicht mir die Karte. »Und ich hoffe, du isst auch etwas mit mir. Ich habe nämlich einen Bärenhunger und den ganzen Tag noch nichts gegessen.«

Ich nehme die Karte und erwidere seinen Blick. Seine warmen braunen Augen strahlen und ich spüre, dass hier ein anderer Christian sitzt als noch vor ein paar Wochen. Die Übernahme des Gutshofes hat ihm eine neue Lebensperspektive gegeben und ihm scheinbar auch über den schweren Verlust seines Kindes hinweggeholfen. »Na, dann lass uns etwas Leckeres bestellen. Was kannst du empfehlen?«, frage ich lächelnd zurück.

»Also, ich sterbe für Pizza Nummer sieben mit Meeresfrüchten und Ruccola«, sagt er mit einem Augenzwinkern.

Schnell überfliege ich die leckeren Gerichte und antworte leicht überfordert: »Das hört sich alles superlecker an. Da hat man echt die Qual der Wahl. Ich nehme dann mal die Nummer sieben, wenn du sie mir empfiehlst. Ich vertraue dir.«

Sofort winkt er die gutaussende Kellnerin an unseren Tisch: »Hallo Britta, zweimal Pizza Nummer sieben. Mit besonders viel Meeresfrüchten, bitte.«

Die junge Frau nickt erst ihm und dann mir freundlich zu,

dann sagt sie: »Alles klar, Christian, wie immer. Bekommt ihr auch noch etwas zu trinken?«

Er sieht mich aufmerksam an und antwortet: »Ich nehme ein Glas Rotwein, und du Marie?«

Nervös schaue ich noch einmal auf die Speisekarte, um seinem Blick auszuweichen. »Ich nehme auch ein Glas Rotwein«, sage ich schließlich, weil mein Kopf gerade leer ist. Oh Gott, Marie, wie peinlich! Du stellst dich ja schlimmer an als bei deinem allerersten Date.

Keine fünf Minuten später stoßen wir mit Rotwein auf unser Treffen an. Einfühlsam lächelt Christian mir zu und sagt behutsam: »Auf deine Zukunft als junge, attraktive Oma, Marie.«

»Und auf dich, Christian, und deine Zukunft als Gutsbesitzer«, entgegne ich. Wir trinken beide und sehen uns dann an, es ist ein tiefer Blick in die Augen. Langsam wird mir warm in meiner Jeansjacke. Auch wenn Lotta meinte, ich solle die Jacke auf jeden Fall anbehalten, weil es einfach cooler aussehen würde, ziehe ich sie doch aus. Mir ist warm und das liegt nicht nur an den frühsommerlichen Temperaturen.

Vorsichtig nimmt Christian meine Hand in seine und sagt liebevoll: »Schön, dass du gekommen bist. Ich hatte schon nicht mehr damit gerechnet, Marie.«

»Also, ja …, ich …«, kann ich gerade noch sagen, da kommt die Pizza. Gott sei Dank! Warum bin ich nur so nervös? Christian ist doch nur noch ein guter Freund der Familie, oder nicht?

»Lasst es euch schmecken und noch einen schönen Abend«, sagt die nette Bedienung und zwinkert uns zu, als sie uns die Teller auf den Tisch stellt.

»Danke, Britta«, antwortet Christian, lächelt sie an und legt sich das Besteck zurecht.

Britta eilt wieder davon, ich sehe ihr nach und lausche einem seltsamen Gefühl. Dann sehe ich Christian an. »Woher kennst du sie?«, höre ich mich fragen und bereue es sofort. Mit hochrotem

Kopf stottere ich: »Ja, tja, versteh mich nicht falsch, ich meine, das ist natürlich, deine Sache, wen du kennst. Sorry, blöde Frage.«

Er lächelt mich an. »Ach, das ist keine blöde Frage. Dafür musst du dich nicht entschuldigen. Britta kenne ich von hier. Als Junggeselle ohne besondere Kochkünste gehe ich hier ein- bis zweimal die Woche essen. Ich kann dir noch mehr von der Speisekarte empfehlen«, sagt er, lacht herzlich und seine braunen Augen funkeln im Schein der Kerze.

Ich atme aus und sehe auf meinen Teller. Es sieht köstlich aus. Die Pizza schmeckte hervorragend und das Tiramisu, das Christian mir danach empfiehlt, passt gefühlt gerade noch in den letzten Winkel meines Magens. »Puh, jetzt bin ich papp-satt. Danke für die Empfehlung«, sage ich grinsend und verdrücke das letzte Stückchen vom Nachtisch.

Lachend entgegnet er: »Du hast echt gut mitgehalten, die Pizza bekomme sogar ich kaum aufgegessen.«

»Tja, du darfst mich nicht unterschätzen«, antworte ich grinsend und proste ihm noch einmal zu.

»So einen schönen Abend hatte ich schon lange nicht mehr, Marie. Mit dir ist es einfach so unkompliziert. Die anderen Frauen, mit denen ich ausgegangen bin, waren mir echt zu anstrengend. Vielleicht habe ich mich aber auch anders verhalten und es lag an mir, dass es einfach nicht funktioniert hat«, sagt er ehrlich und schaut mich dabei aufmerksam an.

»Ich finde es auch immer sehr entspannt mit dir Christian, das macht unsere Freundschaft so wertvoll«, entgegne ich und spüre sofort, dass mir die Schamesröte in die Wangen steigt.

Zärtlich lächelt er mich an und sagt leise: »Was hältst du davon, wenn wir noch etwas durch die Stadt laufen? Es ist so ein wunderschöner Abend. Ein kleiner Verdauungsspaziergang würde uns beiden sicher guttun, oder?«

»Na ja, da hast du wohl recht. Ich platze fast bei jeder Bewegung«, stimme ich etwas verlegen zu.

»Okay, ich bezahle und dann können wir gehen«, sagt er schnell und winkt Britta freundlich zu.

Keine zehn Minuten später laufen wir durch den fast menschenlehren Stadtpark, nur ab und zu kommt uns ein Pärchen oder eine Gruppe junger Leute lachend entgegen.

»Herrlich, die frische Luft. Das war eine gute Idee, Christian«, sage ich lächelnd und schaue ihn aus dem Augenwinkel an. Er sieht immer noch verdammt gut aus, denke ich nervös und versuche mir meine plötzliche Unsicherheit nicht anmerken zu lassen.

»Tja, manchmal haben wir Männer auch gute Ideen«, sagt er, lacht herzhaft und sieht mich mit seinen braunen Augen unbefangen an.

Wir schlendern eine Weile schweigend nebeneinander her, aber es fühlt sich nicht unangenehm an. Ein Stück voraus steht im Mondlicht eine Bank mit Blick auf die Wiese. »Es ist wirklich ein sehr schöner Sommerabend. Sogar der Mond scheint hell durch die Bäume. Wollen wir uns auf die Bank da drüben setzen?«, fragt Christian leise und sieht mich an. »Oder hast du Angst, ich werde zum Werwolf? Hu, hu«, er hebt in gespielter Bedrohung die Arme. In dem Moment erreichen wir auch schon die Bank und er zieht mich liebevoll und ohne auf eine Antwort zu warten herab.

Ich lasse alles geschehen und sitze einfach nur neben ihm. Oje, was passiert jetzt, geht es mir durch den Kopf, als ich seine Nähe spüre.

Zärtlich nimmt er meine Hand und sagt leise: »Marie, du sollst wissen, dass ich immer für dich da bin. Egal wie schwierig es mit uns war und auch wenn ich dir unbeabsichtigt wehgetan habe, meine Gefühle für dich waren immer echt und sind es noch.« Liebevoll streicht er mir über die Wange und haucht mir einen sanften Kuss auf die Stirn.

Und jetzt spüre auch ich wieder meine zärtliche Zuneigung zu Christian, die ich die ganzen Monate erfolgreich verdrängt hatte. Lass es doch einfach zu, Marie, flehe ich mich selbst an. Dieser Mann liebt dich von ganzem Herzen und du spürst doch auch, dass dein Herz für ihn schlägt, denke ich verwirrt – und die Schmetterlinge in meinem Bauch lassen sich plötzlich nicht mehr kontrollieren. »Christian, ich …, es tut mir leid, dass ich dich so verletzt habe. Verzeih mir«, hauche ich ihm zärtlich ins Ohr und atme seinen männlichen Duft tief ein.

»Sag nichts mehr, Marie. Es wird alles gut«, antwortet er leise, bevor er mich hingebungsvoll küsst und seine Hände sanft über meinen bebenden Körper streichen.

Mein Herz schlägt plötzlich bis zum Hals und mir wird schwindelig vor Sehnsucht und Verlangen. »Christian, ich liebe dich«, kann ich nur noch sagen, bevor ich mich ganz in seinen warmen Augen verliere.

Doch dann, mitten in der Mondscheinnacht auf der Parkbank, mitten im Kuss: Jäh werde ich in die Realität zurückgeholt, als ich mein Handy klingeln höre. Wir lassen voneinander ab und ich starre Christian an. »Sorry, ich muss rangehen. Es ist Lotta«, sage ich, noch immer verwirrt von den wunderschönen und starken Gefühlen, die ich gerade zugelassen habe.

Am anderen Ende höre ich meine panische Tochter: »Mama, ich glaube, es geht los.«

Mehr brauche ich nicht. Ich springe auf. »Oh Gott, Lotta, ich komme«, rufe ich.

Christian schaut mich entgeistert ein und fragt sichtlich irritiert: »Was ist denn los, Marie? Ein Unfall?«

Ich stehe vor der Bank und sehe ihn an. Jetzt muss ich trotz aller Aufregung lächeln und antworte sanft: »Wenn du eine Geburt einen Unfall nennst …«

Damit springt auch Christian auf. »Was? Lotta bekommt ihr

Baby? Wir müssen los!« Zärtlich nimmt er meine Hand und sagt grinsend: »Wenn ich schon kein Vater werde, gebe ich bestimmt einen guten Ersatz-Opi ab, was meinst du?«

»Du bist der beste Opi, den man sich wünschen kann«, gebe ich lachend zurück und drücke ihm noch einen zärtlichen Kuss auf die Wange. Dann rennen wir Hand in Hand zum Parkplatz.

Am Vormittag des folgenden Tages halte ich voller Stolz und Dankbarkeit meine kleine Enkeltochter im Arm. Sie sieht so niedlich und süß aus. »Ganz die Mama«, sage ich gerührt und Tränen rinnen mir übers Gesicht.

Lotta hatte plötzlich starke Wehen und so ist die kleine Sophie fast drei Wochen zu früh auf die Welt gekommen. Gott sei Dank ist alles in Ordnung und Mutter und Kind geht es prächtig. Jetzt lege ich meiner Tochter ihre kleine Sophie wieder sanft auf die Brust.

Frederik und Uroma Christine haben ihre Europareise unterbrochen und sitzen gerührt am Bett ihrer Enkeltochter. »Dass ich das noch erleben darf, Uroma zu werden«, sagt meine Mutter, lächelt und hält innig die Hand ihrer Enkeltochter.

Auch der große Bruder ist sichtlich stolz. »Hey, Lotta, darf ich Sophie auch mal halten?«, fragt er aufgeregt und stellt sich neben seine Schwester.

»Natürlich, Mattis, aber vorsichtig, das ist kein Fußball«, antwortet Lotta lachend und legt die Kleine ihrem Bruder vorsichtig in die Arme.

»Schon komisch, so ein kleiner Mensch«, erwidert er sichtlich berührt, wiegt das Baby kurz in den Armen, gibt es aber schnell wieder zurück.

Auch Nele schaut das kleine Bündel liebevoll an. »Wie süß, Mama, war ich auch mal so klein?«, fragt sie verwundert und küsst Sophie zärtlich auf die Stirn.

»Und ob«, sage ich lachend.

»Du bist jetzt die große Tante, Nele«, bemerkt Lotta und streicht ihrer kleinen Schwester liebevoll durchs Haar.

»Da wären wir ja fast komplett«, sage ich erwartungsvoll und schaue zur Tür, an die es gerade geklopft hat.

»Wer kommt denn noch, Mama?«, fragt Lotta aufgeregt.

»Na, lass dich mal überraschen«, antworte ich grinsend. Da öffnet sich auch schon die Tür.

Lotta quiekt auf. »Jan, du hier?«, ruft sie überglücklich. »Woher wusstet du …?«

Jan kommt aufgeregt und mit einem dicken Strauß roter Rosen ans Bett. »Deine Mutter hat es mir heute früh geschrieben und dann bin ich sofort losgefahren«, erklärt er.

»Danke, Mama«, haucht Lotta, lächelt mich an und zieht ihren Freund zärtlich zu sich.

Da klopft es erneut. Ich deute zur Tür. »Ich glaube, wir haben noch einen Gratulanten«, sage ich grinsend. Alle Blicke wenden sich erneut der Zimmertür zu.

Nun tritt Christian mit einem Päckchen unter dem Arm ein, winkt allen zu und kommt langsam zum Bett.

»Christian.« Nele fällt ihm in die Arme.

»Tja, ich wollte natürlich auch gerne gratulieren.« Christian lächelt Lotta herzlich zu und reicht ihr das mit rosa Schleifen verpackte Geschenk.

»Aufmachen«, ruft Nele lachend und schaut aufgeregt auf das Päckchen.

Eilig öffnet Lotta die Schleifen und zieht ein kuscheliges braunes Plüschfohlen hervor. »Oh, wie wunderschön, Christian. Vielen Dank.« Sie ist den Tränen nahe und drückt das weiche Fohlen zärtlich an sich.

»Bekomme ich auch so ein tolles Fohlen, Mama?«, fragt Nele und schaut mich erwartungsvoll an.

»Ich denke schon, oder Christian? Schließlich gehörst du ja

nun zur Familie«, sage ich lächelnd – und in meinem Bauch flattern tausend Schmetterlinge.

»Wir können keine Seiten aus unserem Lebensbuch reißen.
Doch wir können jede Sekunde ein neues Kapitel beginnen ...«
C. Bischoff

Die Autorin

Nadja ten Peze liebt es zu schreiben, zu lesen und das Meer! Schon als Jugendliche ist sie nie ohne Buch unter ihrem Kissen eingeschlafen und liebte es, Geschichten zu schreiben. In ihrer späteren Ausbildung zur Gestalterin für visuelles Marketing konnte Sie ihre kreative und künstlerische Begabung perfekt ausleben. Mit ihrem Debütroman „Von Meer zu Meer«, einem humorvollen, spritzig unterhaltsamen Frauen-roman mit Tiefgang, erfüllte Sie sich ihren großen Traum! Sie lebt liebenswert chaotisch mit ihrem holländischen Mann, ihren Kindern, zwei Hunden und einer Katze an der niederländische Grenze.

https://www.nadjatenpeze.com/